우륵은 낭성(지금의 충주)의 새로운 지배자인 신라 왕(진흥왕) 앞으로 나아갔다. 그리고 금琴을 껴안고 오른손으로 첫 줄을 튕겼다. 왼손으로 사라져가는 소리를 들어올렸다. 진흥왕이 점령지인 낭성 땅에 행차한 것은 서기 551년 3월의 일이다. 우륵은 왕 앞에 나아가기 전 왕명을 받들고 온 전령의 전갈을 받고 제자 니문尼文에게 이렇게 탄식했다. "이제 신라 왕 앞에서 춤을 추고 소리를 내야 하는 모양이다." 소리는 왕의 것이 아니고 오로지 스스로 울리는 것임을 아는 우륵은 착잡한 마음을 다잡았다. 도판은 중원 문화역사인물 기록화 중 일부다.

국보 195호로 지정된 토우장식장경호土偶裝飾長頸壺. 고졸하고 소박하기 짝이 없는 이 토기에, 뜻밖에도 금琴을 뜯는 남자의 모습이 부조로 돌출해 있다. 애틋하고 귀하고 아름답다. 토기는 땅속에 파묻혀 제 안의 빈 공간에 소리를 감추고 천년의 시간을 공명시키지 않았는가.(국립경주박물관 소장)

일본 황실의 창고 정창원正倉院에 보관되어 있는 현존 최고의 신라시대 금琴의 12현絃 부분이다. 우륵이 만든 가야금의 영향을 받은 것으로, 형태나 기능적인 측면에서 가장 원형에 가깝게 보전된 금으로 알려져 있다.

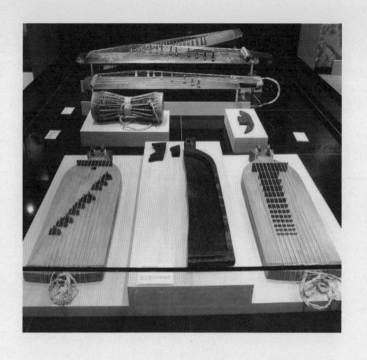

1997년 광주 신창동 유적에서 반쪽이 없어진 채로 발견된 현악기와 그것을 바탕으로 재현해낸 가야금의 실물. 한반도 남쪽인 마한, 변한, 진한에는 여러 형태의 현악기가 만들어져 연주되었고 대가야에서 이들을 통합해 12줄의 가야금을 만들었다.(우륵박물관 소장)

현_絃의 노래

若言琴上有琴聲
放在匣中何不鳴
若言聲在指頭上
何不于君指上聽

김훈 장편소설

현絃의 노래

문학동네

잊었던 책을 문학동네 출판사에서 다시 내게 되었다. 지나간 꿈을 되짚어 꾸는 것처럼, 식은땀이 등을 적신다.

펼쳐보니 수다스런 글이었다. 다시는 그러지 않으리라는 작심을 늘 거듭하고 있다. 필일신必日新이 불가능하다고 해서 그것이 무의미한 글자는 아닐 것이지만, 날이 저물었는데 좋은 일은 내일에 있을 것이라고 말할 수 있을는지.

세한歲寒에 웅크리고 있다. 지난 일 년 내내, 내가 태어나서 살아온 나라에서는 자고 새면 날마다 증오의 쓰나미가 몰려오고 저주의 활화산이 폭발했다. 서로를 조롱하는 웃음으로 모두들 낄낄거렸다. 말들의 쓰레기가 세상을 뒤덮고, 눈보라로 회오리쳤다. 새해에도 쓰나미는 몰려오고 활화산은 터질 것이다. 조짐은 모든 것을 보여주고 있다. 그 세상으로 책을 내보내는 일은 두렵다.

　순결하고, 무장해제된 말을 기다린다. 다시, 일 년 내내 들어앉을 곳을 찾고 있다.

2012년 1월 1일 김훈 쓰다

2003년 1월부터 10월까지 나는 가끔씩 서울 서초동 국립국악원 안의 악기박물관을 기웃거리면서 소일하였다. 관람객이 없어 늘 나 혼자였다.

별 할 일도 없는 나는 오랫동안 악기를 들여다보다가 혼자서 밥을 사먹곤 했다.

수많은, 경이로운 악기들이 거기에 널려 있었다. 악기는 인간의 생명의 모습과 질감을 닮아 있었다. 모든 악기는 인간이 끌어안거나 두들기거나 입술 대기에 편하게 만들어져 있었다. 악기는 인간의 몸의 연장延長이었으며 꿈의 도구였다. 악기는 스스로 자족自足한 세계 안에서 꿈꾸는 듯했으나, 악기는 몸이 지닌 결핍의 보완물로서 불우해 보였다.

이제는 주법奏法이 단절되어서 아무도 연주할 수 없는 옛 악기들도 진열장 속에 들어 있었다. 악기의 잠은 혼곤했고 아무도 그 잠을 깨울 수 없었지만, 잠든 악기는 그 깊은 잠 속에서 무언가 소리를 내고 있는 것 같았다. 나는 귀 기울이고 또 기울였으나 들리는 것은 맹렬한 적막뿐이었다.

잠든 악기 앞에서, 그 악기가 통과해온 살육과 유혈의 시대를 생각하는 일은 참담했다. 악기가 홀로 아름다울 수 없고, 악기는 그 시대의 고난과 더불어 비로소 아름다울 수 있을 뿐이었다. 그러므로 악기가 아름답고 무기가 추악한 것이 아니다. 무기가 강력하고 악기가 허약한 것도 아니며, 그 반대도 아닐 것이다.

삼 년 전 겨울, 나는 충남 아산 현충사에서 이순신의 칼을 들여다보면서 한 계절을 보냈다. 칼을 들여다보는 일과 악기를 들여다보는 일이 나에게는 같았다.

2003년 겨울에 나는 그 악기들의 내면의 맹렬한 적막에 관하여 쓰기로 작정을 하고 다시 연필을 쥐고 원고지 앞에 앉았다.

그러나 들리지 않는 적막을 어찌 말로 옮길 수 있었겠는가. 내 글이 이루지 못한 모든 이야기는 저 잠든 악기 속에 있고, 악기는 여전히 잠들어 있다.

2004년 정월 김훈 쓰다

若言琴上有琴聲
放在匣中何不鳴
若言聲在指頭上
何不于君指上聽

만약 금琴에 금 소리가 있다면
상자 속에 있을 때는 왜 울리지 않는가.
만약 손가락에서 소리가 난다면
그대 손가락에서는 왜 들리지 않는가.
소동파,「금시 琴詩」

樂而不流哀而不悲可謂正也
즐기면서도 휩쓸리지 않고, 슬프면서도
비통하지 않으니, 바르다고 이를 만하다.

伽倻王淫亂自滅樂何罪乎　盖聖人制樂緣人情以爲撙節國之理亂不由音調

가야 왕이 음란하여 스스로 멸망한 것이지 음악이야 무슨 죄가 있겠는가.
대개 성인이 음악을 제정함은 인정에 연유하여 법도를 따르도록 한 것이니,
나라의 다스려짐과 어지러움은 음조로 말미암은 것이 아니다.

『三國史記』卷三十二 志一

차례

| 일러두기 |

　이 소설의 골격은 『삼국사기』(卷三十二 志一·樂)에서 빌려왔다. 『삼국사기』
의 기사 중에서, 미의식이 정치 이데올로기에 매몰되어 있다고 판단되는 대목
은 빌려오지 않았다.

　가야금과 우륵에 관한 『삼국사기』의 기사는 소략해서 기댈 만하지 못했다.
그러나 옛글의 그 영성零星함은 천오백 년 뒤에 소설을 쓰는 후인의 복이었다.

　여러 인물들을 그 시대의 질감 속에서 지어냈다. 이 책은 다만 소설이다. 사
서에 실명이 등장하는 인물이나 장소조차도 이 소설에서는 허구로 읽혀져야
옳다. 그것이 글쓴이의 뜻이다. _김훈

별

왕들의 상여는 능선 위로 올라갔다. 늙어서 죽은 왕들의 장례
행렬은 길고도 느렸다. 강 건너편 언덕을 넘어온 만장의 대열은
들판을 구불구불 건너와 산 위로 향했다. 쇠나팔이 맨 앞에서
소리의 꼬리를 가파르게 치켜들면서 왕의 입산을 하늘에 고했
다. 상여를 둘러싼 근위 무사들의 도끼날이 햇빛에 번쩍였다.
비빈妃嬪과 소생들, 시녀와 몸종 들이 상여에 연결된 흰 무명끈
을 붙잡고 울면서 비틀거렸다. 바람에 쓸리우는 울음소리는 멀
거나 가까웠다. 울음은 물결처럼 일렁이면서 산으로 올라갔다.
길고 가는 울음의 한 줄기가 잦아들면 또다른 울음의 줄기가 일
어서서 뒤를 이었다. 울음은 먼 들판 저쪽의 대숲을 흔드는 바
람결에서 태어나는 듯싶었다. 여자들의 깊은 몸속이 흔들렸다.
여자들은 높은 소리로 울었다. 젊은 비빈들의 울음은 날카로웠

고, 늙은 시녀들의 울음은 깊었다. 깊은 울음은 땅 위로 깔렸고, 가늘고 높은 울음은 허공으로 흩어졌다. 바람이 바스락거리는 가을날, 그 울음은 산맥을 한 자락 돌아선 분지마다 들어선 여러 고을에 들렸다. 우는 여자들 뒤로, 지팡이를 짚은 중신들과 여러 고을의 수장, 부족장, 단골, 대장장이, 군사와 백정 들이 길게 이어져 억새숲길을 따라왔다. 갈 수 없는 곳을 가야만 하는 자들의 발길로 그들의 걸음은 무겁고 느렸다.

행렬의 앞쪽만 능선 위로 올라갔고, 뒤쪽은 산역이 끝날 때까지 들판에 꿇어앉아 능선 쪽을 향해 고개를 숙였다. 들판을 멀리 굽이치는 강물이 노을 속에서 붉게 빛나고, 저녁 새떼들이 숲으로 돌아갈 때까지 그들은 숙인 고개를 들지 않았다. 하관이 시작되려는지, 능선 위에서 쇠나팔 소리가 길고도 질긴 곡哭을 이끌며 치솟아오를 때, 들판에 꿇어앉은 사람들은 더욱 깊이 고개를 숙였고 살찐 메뚜기떼들이 얼굴에 부딪혔다.

순장자殉葬者들은 울지 않았다. 능선 위에서 순장자들은 신분에 맞는 의관과 장신구를 갖추고 도열해서 두 번 절하고 왕의 상여를 맞았다. 왕들의 죽음은 종잡을 수 없었다. 왕들은 어려서 죽거나 늙어서 죽었고, 갑자기 죽거나 천천히 죽었는데, 죽기 전에 이미 백골이 되어서 젊은 시녀에게 아랫도리를 맡기고도 창밖의 신록과 백설을 바라보며 오래오래 살았다.

왕을 장사 지낼 때마다 순장자들은 출상 전날 밤에 능선 위묏자리에 모여 각자의 구덩이 앞에서 밤을 새웠다. 어른 키만한 토기향로에서 향이 타올랐다. 그런 밤에 그들은 밤새도록 인기척을 내지 않았다. 풀벌레 소리가 어둠 속에 가득 찼고 교미하는 뱀들이 가랑잎 속에서 버스럭거렸다. 달과 별은 맑았고 바람은 소슬했으며, 능선 아래쪽 대궐 주변의 관아와 그 너머 민촌에는 밤새도록 관솔불이 켜져 있었다. 새벽닭이 울고 아침 새들 우짖는 소리에 마을이 깨어나면 강 건너 들판 가장자리로 해가 떠올랐고, 능선 위의 순장자들은 그 마지막 날의 해를 향해 두 번 절했다. 순장자들 중에는 자원한 자들도 있었고 징발된 자들도 있었지만, 이제는 파뿌리처럼 늙어버린 지밀至密 중신이나 어린 왕의 푸른 똥을 받아내고 토한 젖을 닦아내던 늙은 유모나, 늙은 왕의 샅을 주무르던 젊은 시녀들은 자원도 징발도 아닌 채 저절로 순장에 편입되었다.

한번 장사 때마다 쉰 명 정도의 순장자들이 죽은 왕을 따라서 구덩이 속으로 들어갔는데, 그 쉰 명 안에는 신하와 백성 들의 여러 종자와 구실 들이 조화롭게 섞여 있었다. 문과 무의 중신들이며 농부, 어부, 목수, 대장장이가 구실에 따라 징발되었고 무사와 선비가 있었으며 늙은 부부, 아이 딸린 젊은 부부에 처녀와 과부도 있었다.

순장자들의 구덩이는 왕의 관이 들어앉은 석실 주변에 부챗살 모양으로 배치되었다. 고귀한 자의 구덩이는 석실에서 가까웠으며 비천한 자의 구덩이는 멀었다. 순장자들은 왕보다 먼저 각자의 구덩이 속에 누워 왕의 하관을 맞았다. 늙은 부부가 머리와 다리를 거꾸로 포개고 한 구덩이 속에 누웠고 젊은 부부는 아이를 사이에 끼고 모로 누워 끌어안고 눈을 감았다. 아낙이 허연 젖을 드러내고 젖꼭지를 물려 우는 아이의 입을 막았다. 처녀는 긴 타래머리 두 가닥을 가슴 위로 가지런히 하고 누워서 숨을 골랐다. 아직 돌뚜껑이 덮이지 않은 구덩이 위로 물오른 봄 숲의 비린 향기가 끼쳐왔다. 하늘은 파랬고, 가까웠다. 구덩이 속에 누운 여자가 그 하늘을 만져볼 듯 구덩이 밖으로 손을 뻗쳤으나 아무도 그 손을 본 사람은 없었다. 흔히 돌뚜껑이 덮이기 직전에 여자들은 가랑이 사이로 때 아닌 생리혈을 왈칵 쏟아냈고 피냄새를 맡은 개미들이 몰려들었다.

왕들은 죽어서 쇠붙이 위에 누웠다. 석실 바닥을 깊이 파서 벽돌 모양의 덩이쇠 수천 근을 깔아놓고 그 위에 관을 올려놓았다. 때때로 지진이 땅을 흔들어 석실에 균열이 났고 지하수가 흘러들어와 쇠는 싯누런 녹물을 흘리며 삭았고 왕들의 사체도 그 녹물 속에서 썩어갔는데, 죽어서 쇠붙이 위에 눕는 것은 왕들의 자랑이었으며 마지막 우국憂國이었다.

산맥이 갈라지는 틈새마다 나라들은 서식했고 강과 강 사이마다 나라들은 돋아났다. 빈약한 물 한 줄기가 겨우 흘러내려오는 산골짜기 사이로 경작지는 비집고 들었다. 나라들은 잘록하거나 오목했는데 오래된 부스럼처럼 완강하게 땅에 들러붙어 있었다. 날랜 말로는 한나절, 걸어서는 이틀을 가면 나라는 바뀌었다. 개들이 마주 보며 짖었으며 맞닿은 나라의 낮닭 울음소리가 들렸다. 길러서 먹기는 힘들었고 빼앗기는 더욱 어려워서 전쟁과 생업은 구별되지 않았고 군사와 백성이 따로 없었다. 나라들이 언저리를 마주 댄 강가나 들판에서 쇠에 날을 세운 병장기들이 날마다 부딪쳤다. 말 탄 적을 말 위에서 찌를 때는 창이 나아갔고, 말 탄 적을 말 아래서 끌어내릴 때는 화극畫戟이 나아갔다. 창이 들어올 때 방패가 나아갔고 방패 위로 철퇴가 날아들었고 철퇴를 든 자의 뒤통수로 쇠도끼가 덤벼들었고 쇠도끼를 든 자의 등에 화살이 박혔다. 쇳조각으로 엮은 갑옷이 화살을 막았는데, 화살촉은 날마다 단단해졌고 갑옷은 날마다 두꺼워졌다. 경작지는 좁고 곡식이 모자랐으므로 포로와 투항자와 부상자와 부녀자 들은 모두 들판에서 베어졌고, 가축들은 살아서 끌려갔다. 돌을 달궈서 쇳물을 끌어내는 쇠터와, 덩이쇠를 녹이고 두드리고 구부리고 갈고 벼려서 병장기를 만드는 대장간이 나라마다 번창했다. 쇠터는 참나무 우거진 산속, 숯가마 옆에 자리잡았고, 대장간은 민촌이나 관아 주변에 들어섰다. 마을마다 쇠 두드리는 소리가 요란했다. 그 소리는 민촌에서도 들렸고 대궐에서도 들렸다. 처녀들은 그 소리만 듣고서도 젊은 대장장이의 어깨 근육을 떠올렸다. 늙고 병든 왕들은 쇠 두드리는 소리를 들으며 탕약을 마셨고, 선왕들이 묻힌 능선 쪽을 향해 백성과 가축의 흘레가 순조롭기를 빌었다. 왕들은 쇠 두드리는 소리를 들으며 임종했고, 죽어서 덩이쇠 위에 누웠다.

　왕의 관이 석실로 내려올 때, 문무의 두 순장 중신들은 흰 수염을 가지런히 하고 눈을 감았다. 군사들이 석실의 돌뚜껑을 덮을 때 쇠나팔이 길게 울렸다. 순장자들의 구덩이마다 배치된 군사들이 일제히 돌뚜껑을 들어올려 구덩이를 덮었다. 구덩이를 덮을 때, 울음소리나 비명소리가 한 줄기도 새어나오지 않으면, 백성들은 그 적막을 죽은 왕의 덕으로 칭송했다. 간혹 구덩이 뚜껑을 덮을 때 흑, 흑 젊은 여자들의 웃음인지 비명인지가 새어나오는 경우도 있었지만, 사람들은 그 불경하고 요망한 일을 입에 담지 않았다. 또 돌뚜껑이 덮이는 순간, 뚜껑을 밀치고 구덩이 밖으로 뛰쳐나오려는 자들도 더러는 있었다. 군사들이 달려들어 몽둥이로 사지를 부러뜨려 구덩이 안으로 밀어넣었는데, 그 일도 사람들은 애써 기억하지 않았다. 때로는 장례 전날 밤, 소복을 입은 채 달아난 처녀들도 있었다. 군사들이 갈대숲과 바위틈을 뒤져 처녀들을 붙잡아 여러 토막으로 베었다. 군사들은 처녀의 몸 토막을 우물에 던지고 흙으로 메웠다. 처녀의 부모들이 쇠터의 노비로 끌려갔고 살던 집은 헐렸다. 처녀들의 도망은 없었던 일로 바뀌었는데, 세월이 지나도 사람들은 그 참람한 일을 일절 입에 담지 않았다.

사백 년 동안, 왕들의 상여는 능선 위로 올라갔다. 능선 아래 쪽으로 산은 깨끗이 벌목되었다. 무덤들이 들어선 능선은 마을 어디에서나 뚜렷이 보였다. 왕들의 무덤은 우뚝하게 두드러져서 하늘에 닿았다. 무덤들이 오래된 능선을 가득 채운 후에도 왕들은 거듭 죽어서, 무덤은 새로운 능선으로 뻗어나갔다. 그 능선에서 내려다보면, 먼 변방 쪽으로 산봉우리들이 출렁거리 며 달려갔고 대궐과 관아는 능선의 남쪽 사면에 안겨 있었다. 여러 고을을 휘돌아나가는 강물이 굽이마다 들판을 품었고 들 판의 가장자리로 민촌은 흩어져 있었는데, 소 울음소리며 개 짖 는 소리가 능선에까지 들려왔다. 왕들은 죽어서 하늘 가까운 산 위에 묻혔지만, 왕들의 내세는 여전히 능선 아래의 들판인 듯싶 었다.

봄마다 새 풀 돋는 무덤들은 연두색으로 빛났고, 겨울에는 눈 덮인 봉분에 칼바람이 부딪혀 새파란 하늘로 눈보라가 날렸다. 하늘이 팽팽한 겨울 저녁에 노을에 비낀 흰 봉분들은 보랏빛으 로 젖어들며 밤을 맞았다. 그믐밤에도 무덤들은 어둠이 엷어진 능선 위에서 희끄무레한 윤곽을 드러냈고, 그 위로 푸른 별, 붉 은 별, 노란 별과 먼 별, 가까운 별, 밝은 별, 흐린 별이 반짝였 다. 별들은 계절마다 흘러서 자리를 바꾸었고, 무덤과 별 사이 에는 어둠이 가득 찼다. 가야伽倻의 별이었다.

대숲

우륵 于勒은 대숲으로 들어섰다. 젊은 제자 니문 尼文이 나무망
치를 들고 뒤를 따랐다. 새벽에 비가 개어, 대숲은 연두색으로
빛났다. 숲은 헐거웠고 어둑시근했다. 숲의 성긴 틈새로 빛줄기
들이 쏟아져들어왔다. 숲으로 들어온 바람은 여러 갈래로 흩어
져 나무 사이를 스쳤다. 숲이 흔들릴 때마다 빛줄기들은 흩어지
고 모였다. 젖은 댓잎들이 바람에 떨리면서 빛을 튕겨냈고 빛들
은 깨어진 자리에서 다시 태어났다. 빛과 어둠은 꼬리를 붙잡고
놀면서 깔깔대는 듯했는데, 빛들은 태어나면서 어둠에 녹아들
었고 빛이 녹아드는 어둠의 안쪽이 다시 빛나서, 빛들은 나무나
사람을 찌를 듯이 달려들지 않았고 대숲에서는 나무도 사람도
그림자가 없었다.

젖은 땅에 흩어진 메추라기 알을 피해 디디면서, 우륵은 대숲

의 한가운데로 걸어갔다. 대나무를 잘라낸 자리에 넓은 평상이 깔려 있었고, 그 위에 어른의 앉은키만한 오동나무 널판들이 널려 있었다.

지난가을, 우륵은 니문을 데리고 가야산伽倻山 홍류동 계곡 깊이 들어가서 아름드리 오동나무 다섯 그루를 베어 소달구지에 싣고 왔다. 늦가을의 계곡물은 흐르는 힘이 잦아지고 걸러져서 바위 사이에서 투명한 소리를 냈다. 오동나무는 그 물가 자갈밭에 들어서서 물 위로 누런 잎을 떨구고 있었다. 가야산에 다녀오는 데 닷새가 걸렸다. 집 뒤뜰에서 우륵과 니문은 통나무를 사이에 두고 마주 앉아 톱질을 했다. 낮에 비화飛火가 점심밥을 뒤뜰로 이고 왔다. 호박잎에 싸서 졸인 쏘가리찜에 푸른 완두콩을 섞은 밥과 탁주 한 홉이었다. 그날 점심을 먹으면서 우륵은 혼잣말처럼 중얼거렸다.

—물가에서 철마다 바뀌는 물소리며 바람 소리를 듣고 자란 놈들이니, 나무라도 아주 벙어리는 아닐 게다.

비화는 손으로 입을 가리고 웃었다.

—나무는 본래 벙어리가 아니지요. 바람이 불면 소리를 내고 두들겨도 소리를 내잖아요.

—그렇구나. 울리면 다들 소리를 내는구나.

우륵은 손바닥으로 비화의 무릎을 치며 웃었다. 우륵의 웃음소리는 뱃속 창자의 꿈틀거림으로 출렁거렸다. 바람에 숲이 수

런거리는 소리와 망치로 두들길 때 나무가 내는 소리가 저렇게 큰 웃음을 일으키는 것인가 싶어, 니문은 스승의 웃음을 따라 웃었다. 니문은 스승과 스승의 여자가 아기처럼 느껴졌다. 비화가 숟가락질을 할 때 겨드랑 밑 속살이 내비쳤다. 팔이 오르고 내릴 때마다 속살은 벌어지고 접혔다. 니문은 밥그릇 위로 고개를 숙였다. 흰쌀밥에 박힌 완두콩이 반짝였다. 쌀밥에 기름이 흘러 윤이 났고 완두콩의 초록이 쌀 속으로 번져 있었다. 니문의 시선은 밥 속으로 깊이 빨려들어갔다. 완두콩 속에는 무슨 소리가 들어 있는 것인지, 니문의 생각은 막혔다.

옹이가 박혔거나 결이 뒤틀린 널판은 골라 도끼로 패서 장작을 만들었다. 니문은 결이 고른 널판 열두 쪽을 추려서 대나무숲 속 평상 위에 벌여놓았다. 가을에서 봄까지, 널판들은 대숲에서 눈비를 맞으며 바람에 쓸렸고, 대숲의 엷은 빛에 절여졌다. 나무의 안쪽으로 흐르던 결들이 겉으로 겨우 배어나오기 시작했다. 어른거리는 결들은 멀리서 다가오는 구름처럼 희미했다.

—망치를 다오.

니문이 망치를 건넸다. 우륵은 널판들을 차례로 두들기며 귀를 기울였다.

—나무가 소리를 먹는다. 아직도 멀었구나. 이게 다 물건이 되지는 못할 게다.

니문의 시선은 스승의 얼굴을 바라보지 못하고 허리춤에 머

22

물렀다. 니문이 물었다.

　—소리를 먹는다 하심은……

　—소리가 울려서 퍼지지 못하고 안으로 스민다는 말이다. 속이 아직도 습하다는 말이지.

　—마른 곳에서만 소리가 납니까?

　—그렇지 않다. 허나, 제 몸이 바싹 말라야만 남의 소리를 울려서 밖으로 내보낼 수 있다. 금琴은 줄의 소리이고 통은 그 울림이다.

　—금의 소리는 줄의 것입니까?

　—북은 가죽의 소리이고 피리는 바람의 소리이다. 징은 쇠의 소리고 목탁은 나무의 소리이다. 소리의 근본은 물物을 넘어서지 못한다.

　—하오면, 물이 어찌 사람을 흔드는 것입니까?

　—울림이다. 울림에는 주객主客이 없다. 그래서 소리가 울릴 때, 물과 사람은 서로 넘나들며 함께 울린다. 개 소리, 꿩 소리, 닭 소리가 다 마찬가지이고 대장간 쇠망치 소리와 다듬이 소리며, 파도 소리, 빗소리, 바람 소리, 눈길에 소달구지 미끄러지는 소리와 어린아이 울음소리와 군사들의 말발굽 소리가 다 이와 같다. 이 말이 너무 어려우냐?

　—하오면, 듣는 자가 여럿이면 한 소리가 여러 소리가 되어 소리는 정처 없는 것입니까?

우륵은 멈칫하면서 니문을 바라보았다. 바람이 대숲을 흔들어, 빛들은 뒤집히면서 깨어졌다. 니문의 얼굴 위로 죽고 또 태어나는 빛의 알갱이들이 스쳤다. 우륵은 그 흔들리는 얼굴을 향해 말했다.

—니문아, 네 말이 너무 어렵구나. 이 널판이 악기가 되는 날, 아마도 알 수 있을런가.

낮에, 우륵은 강가로 말을 달렸다. 며칠째 봄비가 내려, 말은 마구간에 갇혀 지냈다. 아침에 날이 개자, 말은 삭신이 옥죄이는지 뒷발로 흙벽을 차며 힝힝거렸다. 누런 수말이었는데, 적게 먹고 멀리 달렸다. 달릴 때, 숨은 고르고 편안해서 헐떡거리지 않았고 박차를 받을 때 뱃살로 진저리를 치지 않았다. 질주할 때 허리에 조신操身한 기운이 살아 있어서 주인을 편안하게 했고 빠르게 멀리 달리고 나서도 늘 몸속에 힘을 남겨두고 있었다. 이빨은 가지런했고 입속은 얼룩이 없이 붉었다. 똥은 다부졌고 오줌은 맑았는데, 콧김에서 내뿜는 수컷의 냄새는 진하고도 누렸다. 선왕의 장례 때 예악禮樂을 수발든 포상으로 대궐에서 내려준 말이었다.

마을을 벗어나자 우륵은 개포開浦나루 쪽으로 방향을 잡고 박차를 질렀다. 젖은 숲이 향기를 토해냈고 강가의 자작나무 새잎이 바람 부는 쪽으로 뒤집히며 나부꼈다. 길가의 버드나무 줄기가 얼굴을 때리자 말은 고개를 숙인 채 눈을 치뜨고 달렸다. 말은 콧구멍을 벌름거리며 숲을 건너오는 단 바람을 들이마셨다. 바람이 몸속으로 들어가서, 말의 힘은 한정이 없는 듯했다. 젖은 공기가 말 콧구멍 속으로 빨려들어가면서 콧구멍 언저리에 물방울이 맺혔다. 말은 이따금씩 부르르 콧바람을 내뿜어 물방울을 떨쳐냈다.

　말을 타고 달릴 때 우륵은 자신의 다리가 말의 뒷다리 발굽으로 퍼져나가 땅을 박차는 듯이 느껴졌다. 몸의 출렁거림은 말 허리의 출렁거림에 실려서 아늑했고, 시선은 말의 눈과 겹쳐져서 먼 앞쪽을 살폈다. 젖은 들이 햇볕에 마르면서 반짝거렸고, 새잎 돋는 나무들이 제가끔의 빛을 뿜어내 처음 보는 세상인 듯싶었다. 아아아, 우륵은 몸 밖으로 터져나오려는 소리를 안으로 눌러넣으면서 고삐를 당겨쥐었다. 대궐이 들어선 고령高靈 마을에서 동쪽으로 산허리를 몇 굽이 돌아나와 민촌이 여기저기 흩어진 넓은 들을 건너가면 개포나루였다. 그 넓은 들의 이름은 알터였다. 알터는 낮은 산으로 둘러싸여 물과 바람이 순했고 소출은 넉넉했으며, 흘레가 순조로워 암컷들은 쉴새없이 새끼며 알을 낳았다. 알터 들이 끝나는 곳에서 낙동강은 커다랗게 굽이치면서 들판 쪽으로 넓은 모래언덕을 펼쳐놓았다. 강을 거슬러 올라오는 바다의 배들은 이 모래언덕에서 말린 생선이며 소금과 쌀가마를 부려놓았고, 상류의 산악에서 베어진 목재들이 뗏목으로 엮어져 이 나루에 닿았다. 개포는 산악과 바다가 만나는 내륙의 포구였는데, 버섯, 약초, 꿀, 잣, 밤과 산짐승의 가죽은 이 포구를 거쳐 바닷가로 내려갔고 바닷배로 올라온 소금이나 생선은 이 포구에서 강배로 옮겨실려 산간 마을로 올라갔다. 강배와 바닷배, 돛배와 노 젓는 배들이 뒤엉켜 포구는 늘 시끌벅적했고 아랫녘 갯가의 창기들이 몰려들어 주막은 화사했다. 강 건너편 창녕昌寧 땅에 신라 장군 이사부異斯夫가 이끄는 군대가 들어왔다는 소문이 떠돌았고 이따금씩 강 건너편 산속에서 군대들이 밥을 짓는 듯한 연기가 구름처럼 피어올랐다. 때때로 강을 건너오는 바람결에 바싹 마른 말똥가루 냄새가 묻어오는 듯했으나, 연기는 바람에 흩어졌고 말똥 냄새도 강 비린내에 묻혀버려 소문은 종잡을 수 없었다.

선착장이 끝나고 오리나무숲이 시작되는 모래밭 너머에는 새로 생긴 대장간들이 즐비했다. 대장간들은 가야산 속의 쇠터에서 받아온 덩이쇠를 녹여서 창, 칼, 도끼, 갈쿠리, 철퇴, 화극, 화살촉, 방패, 갑옷, 철모, 말안장, 등자, 재갈을 만들어냈다. 대장간마다 만드는 병장기들의 품목이 정해져 있었고, 그 품목에 따른 쇠장이며 불장이들이 배치되어 있었다. 물길을 따라서, 상류로부터 불힘 좋은 나무를 구할 수 있었고, 또 물길을 따라서 병장기들을 여러 고을에 실어보낼 수 있었으므로 개포나루의 대장간들은 저절로 번창했다. 여러 고을들은 왕국에 속해 있기는 했지만 병장기를 거저 얻어갈 수는 없었고 곡식과 가축이나 금은과 바꿔가야 했다. 그 물건들이 다시 개포나루로 몰려들어, 나루터에는 밤새도록 뱃꾼들의 고함소리와 노랫소리가 끊이지 않았다.

우륵이 개포나루로 말을 달려온 것은 늙은 대장장이 야로冶爐가 이 나루에 나타났다는 소문을 확인하기 위해서였다. 나루터의 모든 대장간은 야로의 사업이었다. 야로는 가야산 속 곳곳에 쇠터를 열었고 민촌이며 강가에 대장간을 세웠다. 쇠를 단단하게 걸러내고 거기에 날을 세우는 일에 야로는 가야의 으뜸이었다. 그는 쇠의 야무진 속살을 날 위로 뽑아냈고, 불꽃의 색깔과 흔들림을 보고 그 고요한 안쪽의 온도를 가늠할 수 있었다. 대장장이의 신분은 비천했으나 야로는 때때로 왕을 독대했으며 왕이 하사하는 녹용과 여우 가죽을 받았고 선왕의 장례 행렬 때 앞자리를 차지했다. 야로의 집은 가야산 속 쇠터 안이었지만 그 산속에서도 야로는 나라들의 전쟁과 화친의 조짐이며 군사들의 진퇴를 훤히 알고 있었다. 그 늙은 대장장이가 산속에서 내려와 개포나루에서 며칠째 묵고 있다는 것이었다.

—이 자식들아, 풍구를 멈춰라. 바람이 세다고 불이 세지지 않는다. 불을 볶지 마라.

야로는 대장간을 돌며 젊은 대장장이들을 다그치고 있었다. 저녁 무렵이었다. 대장간마다 고래기름이며 광솔을 쌓아두고 있었다. 날마다 밤을 새워가며 쇠를 두들기는 모양이었다.

─야장冶匠 어른, 수고가 많으시오.

우륵은 야로 앞에서 말을 내렸다. 야로가 우륵을 알아보고 미간을 찌푸렸다.

─악사樂士께서 이 매캐한 대장간에는 웬일이신고. 들을 만한 소리도 없을 터인데, 쇠 때리는 소리를 들으러 오셨나······

야로의 어투는 악사를 깔보고 있었다. 그의 몸매는 화목火木처럼 깡말랐고 한평생 불가마를 들여다본 눈동자는 붉게 짓물러 있었지만, 그 동자 안쪽의 눈빛은 날이 서 있었다.

─날이 좋아 말이 갑갑해하길래 예까지 달려보았소.

─세월 좋구려. 허나 여긴 풍류남아가 놀 만한 곳은 아니오.

─헌데, 어인 일로 이처럼 일을 벌이시오?

─쇠붙이는 대장장이의 것이 아니라 모두 왕의 것이오. 악사가 어찌 병장기의 일을 알려 하시는 게요?

야로는 돌아서서 대장간 안으로 들어갔다. 우륵은 나루터 언저리와 그 아래 강 쪽을 찬찬히 살폈다. 며칠 전에 남원 운봉 아래 사매들판에서 싸움이 끝났다. 남원 싸움터에서 붙잡아온 백제인 포로 백여 명이 개포나루에서 노역에 동원되고 있었다. 포로들은 선착장에 닿은 뗏목을 모래언덕으로 끌어올려 말렸고, 마른 나무들을 도끼로 빠개 장작을 만들어 대장간으로 지어 날랐다. 포로들은 또 대장간에서 다듬어져나온 병장기들을 나무

궤짝에 담아서 배에 실었다. 화살촉이나 쇠도끼를 가득 실은 배들은 하류로 내려갔다. 날이 이미 저물기 시작했지만, 뱃꾼들은 나루에서 묵을 기색이 없이 서둘러 돛을 올리고 밤의 물길로 나아갔고, 물가에서 창기들이 멀어져가는 배를 향해 손을 흔들었다. 선착장과 노역장을 감시하던 군사들이 이따금씩 야로에게 달려가 무언가 보고하는 모습도 보였다. 야로에게서 아무런 내막도 듣지 못했지만, 이 바삐 돌아가는 나루터 대장간의 쇠냄새와 불냄새 속에는 닥쳐올 피의 냄새가 배어 있었다.

날이 저물자, 대장간마다 횃불을 올렸고 멀리 가는 배들도 불을 밝혔다. 우륵은 천천히 말을 몰아 집으로 돌아왔다. 강가로 말을 몰아갈 때, 하늘과 강물에서 두 개의 달이 우륵을 따라왔다. 흔들리는 물속의 달을 보며 말이 힝힝거렸다. 밤의 숲은 비리고 축축했다. 말은 콧구멍을 벌름거리며 수컷의 누린내를 뿜어냈다. 멀리서 밤 부엉이가 울었다.

……야로의 바쁜 날들은 시작되었다. 아하, 또 피가 흘러 내를 이루겠구나……

우륵이 마을 어귀로 들어섰을 때, 먼 능선 위로 왕들의 무덤은 달빛 속에서 완연했다. 무덤은 밤하늘에 닿아 있었고 그 위로 별들이 와글거리듯 빛났다. 초가지붕들이 달빛에 부풀어 보였고 그 달빛은 대숲 속 오동나무 널판 위에도 비쳤다. 널판의 엷은 결들 속으로 달빛은 스미고 있었다.

쇠

대장장이 야로는 기병 오십 명을 인솔하고 남원으로 향했다. 말이 끄는 빈 달구지 스무 대가 뒤를 따랐다. 달구지마다 몰이 꾼이 두 명씩 붙어 있었다. 몰이꾼들은 모두 보졸步卒이었는데, 개포나루에 배치된 수비대 중에서 가장 사납고도 온순한 자들이었다. 왕은 개포나루의 군권을 야로에게 맡겼고, 대궐 중신들도 나루터와 쇠붙이의 일에 대해서는 군 통수 계통을 따지지 않았다. 기병은 엄호 병력이었고 보졸들은 수송 병력이었다. 기병이 앞서고 빈 달구지를 몰아가는 보졸들이 뒤를 이어, 대열은 길었다. 산맥들이 잦아들면서 겹치는 틈새를 비집고 들어가, 가야산, 덕유산, 백운산, 지리산의 허리를 넘거나 언저리를 돌아나와야 하는 여정이었다. 열흘쯤 걸릴 것이었지만 도중에 날이 궂거나 말들이 속을 썩이면 이틀이나 사흘쯤은 더 걸릴 것이었고, 산속에 길이 끊어져서 달구지가 들어갈 수 없다면 돌아올 날을 헤아리기 어려웠다.

새벽에, 여장을 갖춘 보졸들이 잠이 덜 깬 말들을 끌어내 달구지에 묶을 때, 많은 싸움터를 거쳐온 말들은 먼 길 가는 눈치를 알아챘다. 말들은 대가리를 하늘로 쳐들고 콧바람을 뿜어내며 기세를 올렸고 몸속의 똥오줌을 밖으로 쏟아냈다.

야로의 대열은 저녁 무렵에 가야산 남쪽 쑥고개에 도착했다. 다음날 아침에 남쪽으로 길을 잡아 덕유산, 백운산의 먼 언저리를 돌았다. 패어진 수렁들을 통나무로 메워가며 달구지들을 따라왔다. 거기서부터 지리산의 산세는 아득히 치솟았다. 먼 능선들이 첩첩이 포개져 그 끝은 보이지 않았고, 구름과 봉우리 들이 뒤섞여 분간할 수 없었다. 비지땀을 흘리는 말들이 먼 능선을 향해 울었다. 팔량치 고개로 지리산 북쪽 허리를 넘어가면 운봉이었고, 운봉에서 다시 동남쪽으로 하루를 가면 남원이었다.

남원 운봉 밑 사매들판에서 싸움은 며칠 전에 끝났다. 늦가을에 시작된 싸움은 겨울을 넘기고 해를 넘겼다. 미처 추수하지 못한 백성들은 풍년이 든 벌판을 버리고 달아났고, 양쪽 군사들은 배불리 먹으면서 싸웠다. 군졸들 중에 살아서 돌아간 자들은 없었고 굶어 죽거나 얼어 죽은 자들도 없었다. 군졸은 전멸되었는데, 모두가 적의 병장기에 맞아 죽었다. 양쪽이 모두 살아남은 자가 없게 되자 싸움은 저절로 끝났다. 가을에서 봄까지, 죽고 또 죽여서 싸움은 가뭄에 못 바닥 마르듯이 잦아들었고 말탄 장수는 혼자서 돌아갔다. 썩은 시즙屍汁이 스며드는 들판에는 아직도 털지 않은 낟가리들이 쌓여 있었다. 싸움이 끝난 뒤에도 그 들판은 여전히 가야의 땅도 아니었고 백제의 땅도 아니었다. 살 오른 새떼들이 날갯소리 퍼덕거리며 그 들판 위를 날았다.

운봉에서 야로의 대열은 노숙했다. 남원을 앞둔 마지막 밤이었다. 남원으로 들여보냈던 정찰대가 새벽에 돌아왔다. 산판 고갯길이 비에 쓸려내려가 더이상 달구지가 들어갈 수 없다고 정찰대는 보고했다. 아침에 보졸들은 달구지에 묶인 말을 풀었다. 빈 달구지를 숙영지에 감춰두고 야로의 대열은 남원으로 향했다. 보졸들은 달구지에서 떼어낸 말을 타거나 걸었다.

싸움이 지나간 들판을 찾기는 어렵지 않았다. 나뭇잎이 아직 어려서 시야를 막지 않았고, 물가를 따라 펼쳐진 모래톱 위로 새카만 독수리떼들이 내려앉고 있었다. 야로의 대열은 독수리떼 짖어대는 모래톱으로 다가갔다. 사람과 말의 시체들이 뒤엉켜서 썩어가고 있었다. 엎어진 시체의 겨드랑이나 사타구니 틈으로 봄풀이 돋아올라 흰 꽃을 피우고 있었다. 꽃들은 바람에 흔들렸다. 독수리가 파먹던 창자에 구더기가 슬어 날벌레들이 들끓었다. 갈대숲 속에는 더 많은 시체들이 물을 향해 머리를 처박고 죽어 있었다. 시체들은 머리가 깨어졌거나 옆구리가 터졌고, 등판에 화살이 박혀 있었다. 싸우던 군대들이 물러간 저녁 무렵에 부상자들은 물가로 기어나와 물 한 모금을 마시고 나서 죽은 모양이었다. 부상자들이 기어온 자리를 따라서 갈대가 쓰러져 있었다. 들판의 북쪽 언덕에 저수지가 있었고 저수지 뒤쪽은 야산이었다. 시체는 저수지 뚝방과 수로를 뒤덮고 산속에까지 널려 있었다. 저수지에는 주름지는 봄 물 위에 수련의 새 잎이 빛났고 굵은 붕어들이 물 위로 치솟았다.

야로의 군사들은 눈 구멍이 뚫어진 수건을 머리에 뒤집어썼다. 야로의 군사들은 창으로 시체를 뒤적이며 죽은 자들이 놓친 병장기들을 거두었다. 쇠도끼와 창은 자루를 빼버리고 쇳덩이만을 챙겨서 한곳에 모았다. 도끼에 맞아 우그러진 방패들도 거두었다. 썩어서 흐물거리는 사체의 팔다리를 칼로 쳐내고 갑옷과 투구를 벗겼다. 갑옷에 묻어나는 살점들을 흙으로 비벼서 떨어냈다. 죽은 말을 뒤집어놓고 안장을 벗기고 재갈, 등자, 말방울, 말 얼굴가리개, 말 가슴가리개들을 떼어냈다. 날이 저물자, 군사들은 벌판 여기저기 횃불을 세웠다. 어둠 속에서 불빛에 너울거리는 그림자들이 밤새도록 시체를 뒤지며 쇠붙이를 수거했다.

야로는 시체들을 뒤적이며 깨어진 머리통과 으깨어진 가슴팍을 찬찬히 들여다보았다. 기병과 보병과 궁수弓手 들이 뒤엉켰던 싸움판이었다. 갑옷의 윗도리만을 걸치고 정강이에 쇠판을 댄 시체들은 보병이었고, 갑옷을 위아래로 갖추어 입고 박차가 달린 신발을 신은 시체는 기병이었으며 소매 없는 갑옷에 화살통을 메고 쓰러진 시체는 궁수들이었다.

정수리가 창으로 찍혀서 죽은 시체들이 많았다. 투구가 없었던, 하급 군졸들이었다. 어느 쪽 군대인지는 알 수 없었으나 모두 보병이었다. 그리고 창이 정수리를 찌르고 들어간 각도는 대체로 수직이거나 예각에 가까웠다. 관자놀이에서부터 아래턱까지 곧게 내리찍힌 시체도 있었다. 말 탄 기병들이 근접 공격하는 보병들을 말 위에서 창으로 내리찍은 상처였다. 기병들의 시체는 대체로 창으로 가슴을 찍혔거나 등판에 화살이 꽂혀 있었다. 칼로 베어진 기병들은 거의 없었다. 기병은 창을 들었고 보병은 주로 칼을 들었다. 기병은 기병의 창에 죽거나 궁수의 화살에 죽었다. 보병이 기병을 베려면 우선 말에서 끌어내려야 할 것이었다. 말 위에서의 균형은 불안정하고 고삐는 의지가 되지 못한다. 기병의 갑옷은 가슴 부위는 쇠통이, 팔은 여러 조각의 쇠판으로 엮여져 있다. 쇠통에는 목둘레가 있고 쇠판에는 이음새가 있다. 보병이 긴 갈쿠리를 기병의 갑옷 이음새에 걸어서 끌어당기면, 기병은 도리 없이 땅에 떨어질 것이었다. 땅에 떨어지는 순간 기병의 팔다리는 방어 능력을 수습하지 못하고 버둥거린다. 그때 보병은 안정된 자세로 기병을 찌르거나 벨 수 있다. 이 갈쿠리는 낚싯바늘처럼 미늘이 돋쳐야 하고 한 자루에 여러 가지가 붙어 있어야 하며 가볍고 단단해야 한다. 그리고 땅 위에서 내밀어서 말 탄 자의 상반신에 걸릴 수 있는 가장 정확한 각도로 구부려놓아야 한다. 사람의 키가 제가끔이고 말의 키도 제가끔이므로, 이 구부러짐의 각도에는 어느 정도의 폭이 있어야 한다. 군사를 풀어서 몇 차례 실험을 해보면 합당한 각도를 찾을 수 있을 것이고 재료가 많이 들지도 않아서, 이 새로운 병장기를 만들어내는 일은 어렵지 않을 것이었다.

보병의 주검에는 활, 창, 칼, 철퇴, 쇠도끼의 자국이 박혀 있었지만, 기병의 주검은 단순해서 이해하기 쉬웠다. 기병들은 대체로 기병의 창에 찔려 죽었다. 뒤에서 날아드는 화살은 보병이나 기병이나 어쩔 수 없었다. 죽은 기병들의 상처는 깊었고 대체로 급소를 찔렸고, 찌르고 들어오는 힘은 좁고 날카로웠다. 창은 자루가 길었으므로 한번 헛찌르고 나면 다시 자루를 돌려 겨누기가 어려웠다. 표적을 놓치고 나서 다시 물러서 수세를 확보하지 못하는 순간에 적의 창은 그 틈새로 달려들었을 것이었다.

……창은 하나의 점을 공격하는 무기다. 점과 점 사이에 지옥은 있다. 그러므로 자루가 길수록, 창은 위태롭다. 허나, 자루가 짧으면 어찌 될 것인가……

죽은 보병의 시체는 땅에 들러붙어 한 걸음씩 걸어다니는 자의 굼뜸을 드러내 보였고 죽은 기병의 시체는 빠르고 가벼운 자들의 의지 없음을 보여주었다. 그리고 죽은 보병의 시체는 한 걸음씩 다가와서 들러붙는 자들의, 그 피할 길 없는 엉킴을 보여주었고, 죽은 기병들의 시체는 휘두르는 반경이 큰 자들의 넓이와 가파름을 보여주었다. 그 넓이와 가파름 속에 기병의 죽음은 있었다. 야로는 앉은뱅이걸음으로 자리를 옮겨가며 벌판 끝까지 나아갔다.

……쇠의 바다는 넓고 또 깊어서 끝이 없구나……

시체를 뒤적이면서 이따금씩 야로는 심한 구역질을 했다. 그가 등을 구부리고 먹은 것을 토해낼 때, 늙고 마른 등뼈가 옷 위로 드러났다.

남원의 싸움터에서 수거한 쇠붙이는 이천 근이 넘었다. 야로는 쇠도끼며 방패를 망치로 두들기며 귀를 기울였다. 깊은 소리도 있었고 맑은 소리도 있었다. 처음 들어보는, 높은 소리도 있었다. 백제의 어느 산속에서, 강도 높은 덩이쇠를 만들어내고 있었고, 그 병장기들은 이미 싸움터에 나와 있었다. 높은 소리를 내는 쇠붙이들은 개포나루 대장간에서 녹여서, 쇠의 내막을 알아볼 작정이었다.

군사들이 칡넝쿨로 쇠붙이들을 한 다발씩 묶어냈다. 달구지는 운봉 아래 숙영지에 있었다. 보졸 몇 명이 말을 타고 나아가 벌판 인근 백 리를 뒤져서 달아났던 백성 이십여 명을 몰아왔다. 그들은 어느 나라의 백성도 아니었고, 다만 태어난 땅을 갈고 있었다. 모두 늙은이와 부녀자 들이었는데, 풍년으로 끼니를 거르지 않아 부릴 만했다. 군사와 백성 들이 길게 늘어서서 쇠붙이를 한 짐씩 지고 운봉으로 향했다. 야로의 대열은 열이틀 만에 개포나루로 돌아왔다. 쇠붙이를 실은 달구지에 치여 군사두 명이 도중에서 죽었고 다친 말 다섯 마리를 내버렸다. 나루터 군사들이 창검을 치켜들고 야로의 대열을 맞았고, 색주가 창기들이 부산을 떨었다.

재첩국

    가실왕嘉實王은 몇 달째 침전寢殿 밖으로 나오지 못했다. 왕의 항문은 조일 힘을 잃고 열려 있었다. 창자가 항문 밖으로 삐져나와 죽은 닭의 벼슬처럼 늘어졌고 오그라진 성기는 흰 터럭 속에 숨어 있었다. 늙은 비빈들은 침전에 얼씬거리지 않았고 시녀들이 똥오줌과 해수가래를 받아냈다. 떠먹인 미음과 국물이 이내 밑으로 흘러내려, 왕의 아랫도리는 늘 벗겨져 있었다. 밑살에 수건이 스칠 때, 왕은 진저리를 치며 아파했다. 아침저녁으로 침전 깊숙이 햇살이 들어왔다. 시녀들은 햇살을 따라 왕의 이부자리를 옮겨가며 아랫도리를 말렸고 흐린 날에는 부채질을 했다. 흰 터럭 몇 올이 부채 바람에 흔들렸다. 왕은 마른 몸을 뒤틀며 기침을 토했다. 시녀들이 팔다리를 붙잡았다. 등짝 안쪽에 붙은 가래가 뱉어지지 않고 가르릉거렸다. 기침은 낮게 잦아들어 끓는 소리를 내다가 터져나왔다. 누런 가래가 입가로 흘렀다. 왕의 기침소리는 비빈들의 처소에까지 들렸다. 기침과 기침 사이에서 대궐은 낮게 엎드렸다. 긴 타래머리를 옆으로 늘어뜨린 젊은 시녀들은 왕의 밑살을 주무를 때 머리카락에 배설물이 묻지 않도록 머리타래를 위로 틀어올렸다. 흰 목이 드러났고, 그 위에 잔 머리카락이 흩어져 있었다. 왕은 짓물러서 흐린 눈으로 젊은 시녀들을 바라보았다. 움직일 때마다 머리카락이 흔들렸고 흰 목은 따스해 보였다. 무릎을 꺾고 앉아 옷을 갈아입힐 때나 등판의 식은땀을 닦아낼 때, 젊은 시녀의 젖가슴에서는 단 냄새가 났다. 그 가슴은 왕국이나 부족이나 고을이 없어도, 제가끔 살아 있는 살덩이였다. 여자마다 젖은 두 봉우리로 솟아 있었다. 제가끔 두 개씩이었다. 왕은 그 두 개씩인 봉우리들을 처음 보듯이 바라보았다.

　……저것들은 왜 두 개씩인가. ……하나라면 고랑이 없을 것이고 셋이면 짝이 없을 것이다. ……저 봉긋이 솟은 살덩이 두 개는 대체 무엇인가……

　그 살덩이 두 개가 신기하고 의아하게 느껴질 때, 왕은 스스로 임박한 죽음을 알았다. 시녀를 바라보는 왕의 눈에 눈물이 맺혔다. 눈물은 메말라서 흘러내리지 않았다.

　……저것들을 이 세상에 두고 가는가. 아아, 저것들을 다 데리고 가야 하는가……

대궐 뜰에 백일홍이 필 무렵, 왕은 기침 끝에 피를 토해냈고 구더기가 섞인 똥을 흘렸는데, 여름 적삼으로 갈아입은 시녀들의 젖가슴은 도드라졌다.

변방은 날마다 무너졌다. 들판과 골짜기에 며칠씩 먼지와 연기가 피어올랐고, 먼지를 쓸어가는 바람이 산맥을 넘어가고 나면 고을은 무너져 있었다. 바람이 불고 간 들판에는 시체와 병장기가 뒤엉켜서 썩고 녹슬었다.

낙동강, 섬진강 하구 일대에는 오래전부터 왕명이 닿지 않았다. 변방의 수장들은 죽었는지 달아났는지 아무런 기별도 없었다. 이웃 부족장의 전령이 대궐에 당도해서 소식을 전할 때, 이미 싸움이 끝난 들판에는 적의 점령군이 진주해 있었다. 하구는 산이 멀고 들이 넓어서 싸우기에 좋았다. 신라의 군대와 백제의 군대는 가야 땅으로 몰려들어와 맞붙었다. 가야의 고을들은 느슨하게 흩어져 있었다. 쇠붙이로 무장했지만, 고을들은 자생하는 군락群落과도 같았다. 신라의 병장기는 무겁고 단단했으며 백제의 병장기는 가볍고 날카로웠다. 그 병장기들은 왕 밑으로 집중되어 있었다. 가야의 변방 부대는 양쪽 모두를 대적할 수 없었다. 가야의 군대가 하구 모래톱에서 백제의 군대를 맞아 싸울 때, 신라의 군대는 강 언덕 위에서 움직이지 않았다. 양쪽이 모두 힘을 잃고 싸움이 헐거워졌을 때, 신라의 기병들은 모래톱으로 달려들었다. 기진해서 비틀거리는 양쪽 군대를 쓸어내면서, 신라의 군대는 강의 먹통과 그 언저리 나루와 들판을 쉽게 차지했다. 거기서부터 바다는 열리고 있었다. 두 나라 군대의 틈새에 낄 때, 가야의 군대는 거의 싸우지 못했다. 때때로 들판 가득히 적을 베어 쓰러뜨린 적도 있었지만 가야의 군대는 싸울수록 적을 이롭게 했고 적을 죽여서 또다른 적의 승리를 도왔으며, 적을 죽여서 자신의 죽음을 재촉했다. 하구를 빼앗은 신라의 군대는 섬진강 물길을 따라 들어선 가야의 성들을 하류에서부터 차례로 부수고 올라와 내륙을 겨누었다.

침전 밖을 나가지 못하는 동안, 왕의 나라는 작아졌고, 변방의 전령들은 오지 않았다.

왕이 부르지 않는 한, 중신들은 침전에 들지 못했다. 변방 수장은 중신들에게 알렸고, 중신은 시녀에게 알렸다. 시녀가 중신의 말을 옮겨서 왕에게 고했다.

—섬진강 하구에 다섯 고을이 무너졌다 하옵니다.

장맛비가 쏟아져 기왓장이 식고 바람이 축축한 날 왕의 기침은 순하게 내려앉았다. 왕은 보료에 비스듬히 기대어, 벗은 아랫도리를 홑청으로 가리고 있었다. 왕은 갈라진 입술을 떨면서 말했다.

—군사들은 살아서 물러섰느냐?

—백제군을 다 죽이고 나서 더러 살아서 돌아설 때 다시 신라군을 맞아 살아남지 못했다 하더이다.

　—백성들은 어떠하냐?

　—죽고 또 흩어져서 들이 비었다 하더이다.

　—빈 들은 비어 있느냐?

　—신라가 차지했으나, 다시 백제 군대가 강 건너에 모여 있다 하옵니다.

　……고을들은 왜 젊은 시녀들의 젖봉우리 두 개처럼 스스로 자족自足하며 살아가지 못하며, 백성들은 왜 새떼처럼 아늑한 숲을 찾아 이리저리 날아다니며 살지 못하는가. 어째서 나라는 쇠붙이로 막아내야 하며 나라마다 대장간을 짓고 쇠붙이를 두드려 날을 세우는가. 저 위태로운 고을들을 쇠붙이의 세상에 남겨두고 어찌 죽을 것이며, 저 고을들을 다 죽여서 데리고 가야 하는 것인가. 그러나 아마도, 빼앗긴 고을이 무너진 것은 아니리라. 고을들은 왕의 것도 아니고 나라의 것도 아니어서 뉘 땅이 된들 고을은 살아갈 것이다. 그러므로 고을은 무너지지 않는다……

　왕의 마음에는 계통이 없었다. 그런 망상에 시달릴 때, 왕은 아침이나 저녁처럼 확실히 다가오는 죽음을 느꼈다. 고을이 제가끔 살아간다 해도, 빼앗긴 고을들의 소식이 당도하는 저녁에 왕은 옆구리가 시렸고 뼈마디가 쑤셨다. 고을들은 삭신이었다.

왕은 변방의 일들을 더이상 묻지 않았다. 왕은 늘 저편으로 돌아누워 있었다. 젊은 시녀 한 명이 왕 앞에 무릎을 꿇고 고개를 숙였다. 시녀는 그림자처럼 고요했다. 얼굴은 희고, 머리타래는 검었다. 왕의 목소리는 허공에서 울리는 듯했다.

—아라阿羅야, 네 이름이 아라냐 아란이냐?

이름이 불리운 젊은 시녀는 몸을 움츠렸다. 젊은 시녀는 고개를 깊이 숙였다. 왼쪽 젖가슴 밑으로 늘어진 머리타래가 방바닥에 닿았다.

—아라이옵니다.

아라의 눈앞에서 빛들이 일시에 꺼졌다. 왕을 따라 들어가야 할 구덩이 속의 어둠이 아라의 눈앞을 덮쳐왔다. 그 어둠 속에서, 다시 왕의 목소리가 들렸다.

—너는 몇살이냐?

—열여덟이옵니다.

그뿐이었다. 돌아누운 왕은 더이상 말이 없었다. 홑청 위로 마른 등뼈가 내비쳤다. 석양이 비껴, 시녀들의 그림자가 장지문 위에 길게 늘어졌다. 도끼로 시간을 쪼개내듯, 장끼가 울었다. 왕은 다시 이쪽으로 돌아누웠다.

—목이 마르다.

아라는 무릎걸음으로 왕에게 다가갔다. 아라는 왕의 상반신을 일으켜 가슴에 안았다. 아라는 재첩국 국물을 왕의 입속으로 흘려넣었다. 앞니가 모두 빠진 왕의 입속은 캄캄했고 그 어둠 속에서 시궁창 냄새가 피어올랐다. 재첩국 국물은 그 어둠 속으로 흘러들어갔다. 국물을 넘길 때, 왕의 목울대가 흔들렸다. 국물은 왕의 마른 창자에 스몄다. 엷고도 아득한 국물이었다. 아득한 국물은 창자 굽이굽이와 실핏줄 속으로 깊이 스몄다. 국물은 연기처럼 퍼졌다. 두어 모금을 삼키고 나서, 왕은 재첩국 사발을 들여다보았다. 잿빛 토기 속에서 뽀얀 국물 위에 부춧잎이 떠 있었다. 부추의 초록이 국물 속으로 풀려나와 국물은 새벽안개처럼 몽롱하고 정처 없어 보였고, 그 밑에 쌀알만한 조개들이 가라앉아 있었다. 물가에서 자라난 젊은 빈첩에게 들으니, 흐름을 다한 강이 느리고 순하게 바다와 포개지는 어귀에서 산맥은 멀어지고 물은 넓어져서 멀리 가는 새들이 퍼덕거리는 새로운 천지가 열리는데, 이 쌀알만한 조개는 그 어귀의 강바닥을 훑어서 건져올린다고 했다. 이 조개는 사람이 잡아 먹거나 뒤져 먹거나 키워 먹는 것들 중에서 가장 맑아서, 그 끓인 국물은 몸속의 들뜨고 삿된 기운을 다스려 사㈑해주며 헤매려는 넋을 붙들어 몸 안에 깃들게 한다고 그 빈첩의 아비는 말했다고 한다. 하구에서 건져올린 그 작은 조개는 강을 거스르는 이틀과 한나절의 뱃길에 실려와 개포나루에 부려졌다.

국물은 강이 끝나고 바다가 열리는 먼 하구의 엷은 비린내를 풍겼다. 한 번도 본 적이 없는 바다라는 큰 물과 이제는 빼앗긴 그 언저리 고을들의 냄새가 왕의 후각에 어른거렸다. 그 고을의 물가에 서식하는, 멀리 간다는 새들처럼 백성과 고을은 새로운 시공 속으로 날아가고 국물의 냄새만 남게 되는 것인지…… 눈물이 메말라서 왕은 마른 눈시울을 꿈벅거렸다.

국 사발이 빌 때까지, 아라는 캄캄한 왕의 입속으로 국물을 흘려넣었다. 왕의 등판에서 배어나온 땀이 왕의 몸을 부축한 아라의 젖가슴을 적셨다. 왕의 땀은 시즙처럼 *끈끈*했고 멀리서 썩어오는 악취를 풍겼다.

—되었다.

왕은 먹기를 마쳤다. 아라는 왕을 자리에 반듯이 눕혔다.

—나를 앉혀라.

시녀 두 명이 달려들어 왕을 요 위에 앉혔다. 왕은 말했다.

—대장장이 야로는 멀리 있느냐?

—개포나루에 있다고 들었습니다.

또 기침을 일으키려는지 왕의 몸속 먼 곳이 떨리면서 가르릉 소리가 들렸다. 왕은 또 말했다.

—악사 우륵은 어디에 있느냐?

—중신들께 여쭈어서 수소문하겠습니다.

왕은 허리를 구부리고 오랫동안 기침을 토해냈다. 기침 끝에 재첩국 국물이 왈칵 토해졌다. 나이 든 시녀들이 왕의 요를 바꾸었다. 아라는 왕의 턱 밑을 수건으로 닦았다. 기침이 가라앉자 왕은 또 말했다.

　—그 둘을 찾아서 불러들여라.

　왕은 또다시 자리에 누웠다. 열린 장지문 밖으로, 선왕들의 무덤이 들어선 능선이 보였다. 비가 멎고 구름이 흩어진 틈새로 저녁 햇살이 쏟아졌다. 젖어서 번들거리는 무덤에 석양이 비쳐 붉은 무덤들은 영롱했다. 무덤의 능선은 길게 뻗어 있었다.

강

우륵은 개포나루에서 하류로 내려가는 객선에 올랐다. 보따리를 진 니문이 먼저 배에 올라 스승의 손을 잡아끌었다. 니문의 보따리 속에는 보릿가루 열흘 치와 육포 몇 조각, 옷가지 몇 점이 들어 있었다. 우륵은 빈손에 지팡이를 들었고, 강바람에 날리는 머리카락을 수건으로 동였다. 며칠 전, 니문에게 출행을 준비시키면서 우륵은,

—물을 따라 내려가 일들을 살펴야겠다. 니문아, 이 산골에 주저앉아 죽을 수야 있겠느냐. 죽으면 육신이 없어지고 마음도 없어진다. 소리는 육신의 일이고 마음의 일이다. 살아서, 들릴 때만이 소리이다.

라고 말했다. 우륵은 무너져가는 변방의 일에 대해 아무것도 알지 못했다. 이따금씩 관아 거리에서 마주치는 늙은 중신들에게

물어봐도, 그들 역시 전해들은 풍문의 한 자락을 옮길 뿐이었는데 이빨 빠진 입에서 헛바람이 새어나와 그들의 말을 알아들을 수 없었다.

하류 쪽 고을들이 흩어졌다는 소문이 돌자 선창은 한산했다. 돼지 몇 마리를 실은 농부와 말린 산나물 보따리를 인 아낙 두어 명과 주막을 옮겨가는 듯한 창기 서너 명이 배에 올라 있었다. 하류 쪽이 무너졌다면 물길을 따라 올라오는 배는 땅을 버린 자들로 붐벼야 할 터인데, 그 또한 한산했다. 내려가는 배와 올라오는 배가 멀리서 엇갈릴 때마다 사람들은 뱃전에서 뭐라고 소리쳐 소식을 물었으나 강바람에 흩어지는 목소리는 배에 닿지 못했다. 소문은 흉흉했으나 종잡을 수 없었다. 신라가 들어왔다고도 했고 백제가 들어왔다고도 했는데, 들어왔다가 다시 나갔다고도 했다. 비루먹은 말이 마구간에서 뛰쳐나와 병풍 속으로 걸어들어가서 세상을 향해 길게 울었으며 그림 속의 별들이 세상으로 튀어나와 하늘에 박혔다고도 했다. 소가 사람의 말을 지껄여대서 부려먹을 수가 없게 되었고, 공알에 혀가 돋아서 여자들이 음문으로 말을 했으며, 수꿩이 암말 엉덩이에 붙어서 교미를 했는데, 암말이 사람을 닮은 핏덩이를 유산했다고도 했다.

나루터 대장간 뒤쪽 떡갈나무숲에는 새로 숯막이 들어섰다. 대장간들은 소를 묶어서 커다란 풍구를 돌렸는데, 연기가 산불처럼 피어올랐다. 병장기를 실은 배들이 잇달아 나루를 떠나 하류로 향했다.

아침에 비가 그치자 강은 부풀었다. 흐름이 빠른 강심 쪽에 여울이 일었고 가장자리를 흐르는 물은 나루 쪽 모래톱과 건너편 갈대숲을 깊숙이 적셨다. 출렁거리면서 먼 산줄기들을 돌아나온 강은 들판을 건널 때는 순하고 크게 굽이쳤는데, 개포나루에 이르러서 수면은 들판 언저리까지 차올라와서 강을 바라보는 사람의 몸속으로 흘러들어오는 듯싶었다. 우륵은 고물 쪽 어창 바닥에 니문과 마주 앉았다. 우륵은 시간에 실려 출렁거리는 몸을 느꼈다. 사공이 삿대로 물 밑을 밀어서 배를 강심 쪽으로 부렸다. 배는 물살 빠른 여울에 올라타서 아래쪽으로 흘렀다. 바람은 강폭을 가득 메웠다. 사공은 부푼 돛을 모로 세워 바람을 걸러냈다. 배는 물이거나 바람이듯이 나아갔다. 여울 위에서 반짝이는 빛들은 흔들리면서 배를 따라왔다. 산 그림자를 지날 때 빛들은 물밑으로 잠겼고, 산 그림자를 벗어나면 빛들은 수면 위로 떠올랐다. 배가 강 언저리로 다가갈 때 바람에 수런거리는 숲의 소리가 들렸고, 배가 강심으로 흘러갈 때 서로 부딪치는 물의 소리가 들렸다. 숲의 소리는 바람 속에서 일어났다가 바람 속으로 스몄고 물의 소리는 강의 흐름에 실려 재잘거렸다. 숲이 바람에 뒤채고, 물결들이 부딪쳐 새로운 물결이 솟아날 때마다 빛과 소리는 출렁거렸다. 빛나는 것과 소리나는 것들이 흐르는 것들 속에서 태어나 거기에 실려서 함께 흘렀다. 상류 쪽으로 해가 기울자 먼 산들은 헐겁게 저물었고 강심 쪽 수면 위에서 빛들은 더욱 들끓었고, 빛과 소리와 물이 함께 여울졌다. 배는 여울을 따라 내려갔다. 물살에 올라탄 사공은 노를 끌어 올려놓고 키만으로 배를 부렸다.

　—니문아, 강이란 참 좋구나.

　스승의 어법에 익숙한 니문은 대답하지 않고, 점점 더 붉어지는 먼 하류 쪽을 바라보았다. 스승의 말은 바람 소리나 물소리처럼 들렸다.

　니문아, 여름이란 참 좋구나. 니문아, 새벽이란 참 좋구나. ……니문아, 보리밭이란 참 좋구나. ……니문아, 억새밭의 바람 소리란 참 좋구나. ……니문아, 떡갈나무숲의 빗소리란 참 좋구나. ……니문아, 암말이란 참 좋구나. 니문아, 수말이란 참 좋구나. ……니문아, 메추리, 비둘기, 쥐, 까치, 오리, 닭이란 참 좋구나. ……니문아, 밭에 쪼그리고 앉은 여자란 참 좋구나……

　스승은 때때로 혼잣말처럼 그렇게 중얼거렸다. ……좋구나, 라고 말할 때 스승의 목소리는 길게 끌리면서 낮아졌다. 스승이 그렇게 말할 때마다, 니문은 그 말투의 안쪽을 헤집어보면서 아득함을 느꼈다. 스승의 목소리는 봄과 여름, 새벽과 저녁, 흘러가는 시간들과 살아 있는 것들로 더불어 살아 있으되 더이상 그

50

것들을 어찌해볼 수 없는 체념이나 단절의 신음처럼 들리기도 했다. ……좋구나, 라는 스승의 혼잣말에 니문은 때때로 설명하기 어려운 슬픔을 느꼈다. 그리고 또 그 말은 여름의 힘과 새벽의 풋내, 바람의 흔들림과 비의 적심, 암말의 엉덩이와 수말의 갈기와 쥐의 앞발과 닭의 벼슬을 그 자체로서 긍정하는 말처럼 들리기도 했다. 그때 니문은 암말의 엉덩이와 수말의 갈기에서 선명한 기쁨을 느꼈다. 니문아, 강이란 참 좋구나, 라는 스승의 말은 결국 니문아, 강이란 강이로구나 또는 강이란 이러하구나, 라고 말하는 것과 같게 들리기도 했다. 그때 스승의 말은 빈들을 스치는 바람 소리처럼 도무지 하나 마나 한 말과 같았는데, 니문은 그 하나 마나 한 말을 깊은 시름처럼 내뱉는 스승의 혼잣말에 웃음을 느꼈다. 니문아, 강이란 참 좋구나, 라고 우룩이 말할 때 니문은 속으로, 스승은 늘 이러하구나, 라고 대답하면서 시선을 먼 곳에 주고 조용히 웃었다. 니문은 보따리에서 육포 한 조각을 꺼내 스승께 드렸다. 수면의 빛 속에서 물고기들이 튀어올라 공중제비를 돌았다.

병장기를 실은 군선들은 노를 저어 빠르게 객선을 앞질렀다. 군선마다 노꾼들 외에도 창검을 든 군사들이 서너 명씩 타고 있었다. 개포나루에 진을 친 야로의 군사들이었다. 개포와 물포 사이에는 다섯 군데의 나루가 있었다. 군선들은 나루마다 두어

척씩 닿았다. 고을의 군사들이 백성들을 끌고 나와 군선을 맞았다. 군선들은 나루에서 병장기를 내려놓았고, 지게를 진 백성들이 병장기를 마을 안쪽으로 날랐다. 객선 고물 쪽에 앉아서 우륵은 군선과 나루 쪽을 살폈다. 백성들은 나루터에 쌓여 있던 물건들을 군선에 실었다. 그 물건들은 가마니 같기도 했고 밧줄로 묶은 자루 같기도 했는데, 멀어서 확실히 보이지는 않았다. 아마도 병장기와 바꿔가는 물건들로 곡식이나 더 하류 쪽에서 올라온 건어물일 것이었다. 짐을 바꿔 실은 군선들은 물살이 약한 가장자리를 따라서 상류로 올라갔다. 날이 저물어도 군선들은 나루에서 묵지 않았다. 야로는 아직 무너지지 않은 하류 쪽 가야 고을들을 무장시키고 있었고 군선들은 일을 서둘렀다.

　—아니, 물포엔 왜 가시오? 거긴 인기척이라곤 없소이다. 물포는 이제 나라가 아니오.

　배에 우륵과 니문 둘만 남자, 그만 배를 돌리려는 사공은 짜증을 냈다. 우륵은 물포나루에서 내렸다. 물포에는 묵을 곳이 없다면서 사공은 배를 돌려 윗나루로 올라갔다. 사공의 말대로, 나루터에는 인기척이 없었다. 깨어진 거룻배 두 척이 모래밭에 얹혀 있었고 비쩍 마른 개 몇 마리가 모래를 뒤지다가 사람을 피해 달아났다. 개들이 파헤쳐놓은 인골人骨에서 시퍼런 인광이 번득였다. 강 건너편에서 보름달이 올랐다. 강과 달 사이의 공간을 개구리 울음소리가 가득 메웠다. 물포는 개구리들의 나라인 듯싶었다. 사람들이 흩어져버린 마을에서 개구리들은 일제히 폭소를 터뜨리듯이 울어댔다. 우륵은 어지럼증을 느꼈다. 강을 거슬러오는 풍문에, 소가 사람의 말을 지껄이고 여자들이 음문으로 말을 한다는 곳이 이 마을이었으나 마을에는 소도 사람도 없었다.

우륵은 나루터에서 마을로 들어가는 달구지 길가의 빈 주막에서 묵었다. 물포나루의 허우대는 개포나루보다 더 컸다. 선착장을 쌓은 돌들은 굵고 달구지 길은 두 대가 스칠 만큼 넓었는데 자갈이 깔려 있었다. 주막은 방이 다섯 개였고 마당에는 어른 키만한 술독들이 묻혀 있었다. 술독에 남은 술이 끓어올라, 술지게미를 쪼아 먹은 새들이 마당에 쓰러져 퍼득거렸다. 주인 없는 염소들이 방으로 들어와 이부자리 위에서 새끼를 낳아 젖을 물렸고, 살찐 쥐들이 아궁이 속을 들락거렸다. 니문은 이 방 저 방 문을 열어보고, 염소가 없는 방을 골라서 거적을 폈다. 달빛을 받은 강물이 철썩거렸고, 개구리들이 새벽까지 울어댔다. 우륵은 잠들지 못했다.

이튿날부터 우륵은 마을 안쪽으로 들어갔다. 강이 순해서, 마을은 물가에 잇닿아 있었고, 강 옆으로 펼쳐진 농경지의 가장자리를 따라서 마을들은 이어졌다. 싸움이 끝난 마을은 비어 있었고 어느 쪽 군대도 보이지 않았다. 우물에 시체가 처박혀 있었고 잡초가 솟아오른 썩은 우물가에 백일홍이 피어 있었다. 빈집

툇마루 밑에는 무를 말리던 소쿠리가 엎어져 있었고, 초가지붕 위에서 주먹만한 버섯이 돋아났다. 불타버린 관아 주변에는 가야 군대의 시체 몇 구가 땡볕 아래서 죽처럼 흘러내렸는데, 시즙에 말발굽이 찍혀 있었다. 가야 군대의 저항은 별것이 없었고, 신라 기병 부대는 가야의 보졸 몇 명을 거꾸러뜨린 뒤 관아와 마을을 부수고 돌아간 모양이었다. 강의 하류 일대는 내륙 깊숙이 무너져 있었다. 신라의 접경 부대는 인원과 무기를 갖추어 다시 들어올 것이었다.

—니문아, 봐라, 가야는 무너지는구나.

라고 말할 때 우륵의 목소리는 낮았고 흔들림이 없었다. 니문은 스승의 그 조용한 말투에 무서움을 느꼈다. 스승의 말투는 해가 뜨는구나, 바람이 부는구나, 라는 말투처럼 들렸다. 스승의 말투에서는 무너지는 나라에 대한 비애가 느껴지지 않았다. 가야는 무너지는구나, 라고 말할 때, 스승의 마음속에 무엇이 들어 있는 것인지, 니문은 난감했다. 니문은 스승의 마음을 묻지 않았다. 우륵은 무너진 관아와 주막 들의 헛간을 뒤져 금琴 두 개를 찾아냈다. 사슴 무늬가 새겨진 나무판에 명주실 다섯 가닥이나 여섯 가닥을 매단 금이었는데, 울림통은 없었다. 명주실은 손가락이 닿았던 위쪽이 닳아서 올이 흩어져 있었다.

—이걸 챙겨라.

니문은 금 두 개를 보따리에 넣었다.

우륵과 니문은 다시 물포나루로 나왔다. 객선은 오지 않았다. 모래밭에 얹힌 배를 강으로 내어 밀었다. 배에는 노가 꽂혀 있었다. 윗나루까지 저어가면 거기서 객선을 만날 수 있을 것이었다. 상류 쪽 강심에서 배 한 척이 나루로 다가오고 있었다. 군사들 서너 명이 타고 있었다. 우륵은 니문을 끌고 모래언덕 뒤로 숨었다. 배가 나루에 닿았다. 야로가 먼저 내렸고 군사들이 뒤따랐다. 배에는 병장기들이 가득 실려 있었다.

—아니, 저자가 여길 왜……

우륵은 모래밭에 몸을 깔았다. 야로는 선착장에 주저앉아 하류 쪽을 응시하고 있었다. 매미들이 일제히 울음을 그치자 물소리가 크게 들렸다. 하류 쪽에서 군선이 또 한 척 올라왔다. 뱃머리에 용대가리가 새겨져 있었고, 날 출出자를 그린 깃발이 펄럭였다. 신라의 군선이었다. 신라 군선은 선착장으로 다가왔다. 야로의 군사들이 싣고 온 병장기를 신라 군선으로 옮겼다. 야로는 신라 군선의 수장인 듯한 사내를 끌어안고 어깨를 두들겼다. 병장기가 모두 옮겨지자 배들은 나루를 떠났다. 야로의 배는 상류로 올라갔고, 신라 군선은 하류로 내려갔다.

—니문아, 봐라. 저것이 쇠의 흐름이다.

배 두 척이 모두 물굽이를 돌아가서 보이지 않을 때, 우륵은 그렇게 말했다. 그리고 우륵은 또 말했다.

—니문아, 야로의 일을 발설치 마라. 명심해라.

니문은 스승의 의중을 알 수 없었다. 우륵은 여드레 만에 집으로 돌아왔다.

오줌

아라는 치마를 올리고 속곳을 내렸다. 엉덩이를 까고 주저앉아 가랑이를 벌렸다. 허벅지 안쪽에 풀잎이 스치자 팔뚝에 오소소 소름이 돋았다. 아라는 배에 힘을 주어 아래를 열었다. 쏴 소리를 내면서 오줌줄기가 몸을 떠났다. 떡갈나무 마른 잎에 부딪힐 때 오줌줄기는 물방울로 흩어지면서 탁탁 튀는 소리를 냈다. 침전 아궁이 앞에 쪼그리고 앉아 불을 땔 때, 마른 삭정이가 타들어가는 소리와도 같았다. 덜 마른 밤나무 잎에 부딪힐 때 오줌 소리는 젖어서 낮아졌고 돌멩이 위에 낀 이끼에 부딪힐 때 소리는 돌 속으로 스며서 편안했다. 오줌줄기 부딪히는 소리가 돌 속으로 스미자, 오줌줄기가 몸을 떠나서 쏴— 소리가 크게 울렸다. 몸속에서 살이 울리는 소리가 가랑이 사이의 구멍으로 퍼져나오고 있었다. 오줌을 눌 때마다 그 소리는 낮설고 멀게 들렸고, 소리를 내고 있는 살 구멍의 언저리가 떨렸다. 아라는 놀라서 오줌줄기의 방향을 바꾸었다. 마른 잎이 찢어지고 흙이 튀었다. 아라는 가랑이를 벌려서 오줌줄기를 펼쳤고 가랑이를 오므려서 오줌줄기를 모았다. 땅은 부채 모양으로 젖었다. 아라는 대궐 침전 뒷숲에 오줌 누는 자리를 정해두고 있었다. 사슴 우리를 지나서 작은 개울을 건너면 오리나무, 떡갈나무, 밤나무가 들어선 숲이 있었다. 바위가 뒤쪽을 막은 그늘 아래, 아라는 판판한 돌맹이 두 개를 주워다놓고 그 위에 쪼그리고 가랑이를 벌렸다. 바위 밑에 물이 고여 있었는데, 겨울에도 차지 않아서 뒷물하기에 좋았다. 늦가을부터 봄까지 오줌줄기는 마른 잎에서 바스락거렸고 겨울에는 오줌줄기가 눈 속으로 파고들면서 더운 김이 올랐다. 겨울 눈밭에 쪼그리고 앉았을 때, 벌린 가랑이 밑으로 찬바람이 스쳤고 몸속의 살들이 오줌줄기를 따라서 바람 속으로 비져나올 듯 설레었다. 아라는 엉덩이 밑에서 피어오르는 더운 김 속에서 제 몸의 냄새를 맡았다.

아라는 숲에서 침전으로 돌아왔다. 왕은 낮잠에서 깨어 있었다. 왕은 누워서 장지문 밖으로 무덤의 능선 쪽을 바라보고 있었다. 아라는 무릎걸음으로 다가가서 고했다.

—집사장執事長께서 뵙기를 청하십니다.

—들여라.

집사장이 침전으로 들어와 왕의 머리맡에서 무릎을 꿇었다.

허연 수염이 방바닥에 닿았다. 아라는 미음 그릇을 거두어 윗목으로 물러났다.

　―몸이 점점 가라앉는구나.

　―신들의 불충이옵니다.

가늘게 뜬 눈꺼풀 속에서 집사장의 눈빛이 빛났다.

　―산역山役의 일로 왔느냐?

　―유택幽宅은 신들의 일이옵니다. 어찌 차마 아뢰리까.

　―서둘러라. 몸이 급하다.

왕의 죽음이 임박하자 집사장은 해토 무렵부터 능선 위에서 산역을 벌였다. 능선 중턱의 남쪽 사면을 헐어냈다. 나무를 베고 뿌리를 뽑아내 땅을 골랐다. 평평한 개활지가 드러나자 거기에 구덩이를 팠다. 왕과 문무 측신 두 명이 함께 묻힐 주석실은 가로가 스물한 척, 세로가 일곱 척, 깊이가 열 척이었다. 일관日官이 정동正東으로 침향枕向을 잡았다. 그 바닥에 덩이쇠 오천 근을 깔아야 하는 일이 남아 있었다. 주석실 주변 동서남북으로 근위 무사 네 명이 묻힐 구덩이를 팠고, 그 바깥쪽으로 작은 구덩이 서른 개를 팠다. 주석실을 중심으로, 구덩이들은 자미원紫薇垣의 별자리 모양으로 배치되었다. 일관이 구덩이들의 위치를 정해서 솟대를 꽂았다. 구덩이 바닥과 안벽에 편석을 쌓았고 개활지 둘레로 배수로를 팠다. 능선 위까지 달구지 길이 열렸고 강 건너 마을에서 능선까지 돌과 흙을 나르는 백성들이 줄을 이었다.

집사장은 앉은뱅이걸음으로 왕에게 다가갔다.

─자미원은 사철이 없이 늘 봄이라 하더이다. 밝은 별에까지 따라가 모시려 하오니 거두어주소서.

─무리하지 마라.

─선왕의 법도를 따르려 하옵니다.

─버겁지 않겠느냐? 고을들이 무너지고 있다고 들었다.

─별 속에 더 큰 고을이 있을 것이옵니다.

─너의 말이 아름답다.

─신들이 선제先制를 살펴, 문무 신하, 시녀, 시종, 구실아치, 남녀 백성 마흔두 명으로 따를까 하나이다.

─중론에 따를 것이니……

─혹시 마음에 두고 계신 자가 있사오신지……

─없다. 허나 수발들던 아이들은 곁에 두고 싶다.

집사장이 아라를 바라보았다. 아라는 고개를 들었다. 맑고 고요한 눈동자가 빛났다. 집사장은 아라의 시선을 피하지 않았다. 집사장은 눈을 가늘게 뜨고 아라의 시선을 맞았다. 집사장의 눈 속에서 아라의 눈동자는 자미원의 큰 별처럼 보였다. 아라의 앞섶 젖고랑에 땀방울이 흘렀다. 아라는 때 아닌 요의尿意에 쪼그려앉은 가랑이를 조였다.

─피곤하다. 물러가라.

왕은 늘어진 팔목을 들어 보이며 눈을 감았다.

야로는 저녁 무렵에 왕의 침전에 들었다. 해거름에 왕은 잠깐씩 총기를 회복하곤 했다. 왕은 아라의 가슴에 상반신을 기대고 비스듬히 앉았다. 왕의 마른 입속에서 악취가 풍겼다. 아라는 고개를 돌리고 조금씩 숨을 쉬었다. 대장장이 야로는 문신의 의관으로 성장하고 있었다.

— 변방의 일로 늦었습니다.

— 그러려니 했다. 고을들은 어찌 되어가느냐?

— 하구 쪽 다섯 고을이 신라의 기습으로 무너졌으나 내륙은 온전하옵니다. 적이 아직 미치지 못한 여러 고을에 병장기를 보냈습니다.

— 농장기를 쓰던 백성들이 싸울 수가 있겠느냐?

— 농장기와 병장기는 본래 같은 쇠붙이이옵고, 싸움은 백성들을 몰아서 장수가 하는 것이옵니다.

— 너의 말이 아름답다. 남은 고을들은 갖추어졌느냐?

야로는 여러 내륙 고을에 병장기를 내려보낸 일이며 백성과 가축과 농사의 일들을 소상히 고했다. 야로가 고하는 동안 왕은 가래 끓는 소리를 가르릉거리며 장지문 밖으로 무덤의 능선을 바라보고 있었다. 야로는 왕에게 가지극을 설명했다.

— 신이 싸움의 모습을 깊이 살펴 새로 고안한 병장기옵니다. 긴 박달나무 장대 끝에 갈쿠리와 미늘을 달았습니다. 적의 기병

들은 쇳조각을 이어붙인 갑옷을 입고 있습니다. 이 가지극을 적기병의 갑옷 이음새에 걸어서 당기면 적은 말에서 떨어집니다. 땅에 떨어져 허둥대는 적은 쉽게 베일 수 있습니다. 극에는 미늘이 돋쳐 있어 한번 물리면 빠지지 않습니다. 신의 병졸들을 모아서 수없이 조련해보았습니다. 하오니, 가지극을 쓰는 자들을 보병의 선봉으로 삼아 적의 기병 앞으로 내보내면, 보졸들로 기병을 능히 물리칠 수 있을 것입니다.

　―너의 말이 좋구나. 쇠붙이가 아니면 어찌 고을들이 온전할 수 있겠느냐.

　―가지극을 쓰는 자들을 선봉으로 삼아 군사를 재편하는 일이 시급한 줄로 아옵니다.

　―군장郡長들과 논의해서 시행하라.

　가지극은 이미 가야 고을의 보병 부대에 보급되어 조련이 진행중이었고, 전투 서열을 재편성하는 일이 남아 있었다. 대궐로 향하기 전, 새벽에 야로는 갓 구워낸 가지극 만여 개를 군선 세 척에 실어 하류로 내려보냈다. 군선은 개포나루에서 떠났다. 강물이 부풀어 흐름이 빨랐고, 보름사리의 큰 썰물이 하구에서 강물을 당기고 있었다. 배는 빠르게 흘러내려가서, 야로가 왕을 대면하는 저녁 무렵에는 하구에 닿았을 것이고, 거기에서 가지극 만여 개는 이미 신라 군대에게 넘겨졌을 것이었다. 다시 싸움이 벌어질 때, 양쪽의 가지극 부대들이 양쪽의 기병 부대 앞으로 들이닥치고 양쪽 기병들이 모두 무너진 뒤 양쪽의 극과 극이 땅 위에 남아 서로 찍고 찍히는 모습이 야로의 마음속에 선명히 펼쳐졌다. ……임금아, 늙고 어린 임금아, 쇠붙이는 강물처럼 제 길을 스스로 흘러가는구나…… 그 흐름에 씻기우면서 고을들이 일어서고 흩어지는구나…… 왕의 발치에 머리를 조아리면서 야로는 속으로 그렇게 중얼거렸다. 왕이 천장을 쳐다보며 신음처럼 읊조렸다.

―남은 날들이 너무 길구나.

―신들의 복이옵니다. 별에 가 계셔도 또한 신들의 복일 것입니다.

―이제 몸이 급하다.

―집사장한테서 산역의 일을 들었습니다. 선제先制에 따라, 유택 바다에 쇠를 묻으려 합니다. 성상께서 쇠를 깔고 누우시면 고을들도 그처럼 강고할 것입니다.

―쇠는 고을에서 더 요긴할 것이니…… 무리하지 마라.

야로가 남원에서 몰아온 쇠붙이는 삼만 근이 넘었다. 야로는 쇠붙이를 세 무더기로 나누었다. 가장 야무진 쇠는 두들기면 투명한 소리가 났다. 맑은 쇠였다. 야로는 맑은 쇠를 녹여 도끼를 만들었다. 도끼날을 넓게 눌러서 반달형으로 펼쳤다. 기병의 무기를 창에서 도끼로 바꿀 작정이었다. 창은 한 점을 겨누지만, 도끼는 하나의 면을 찍는다. 말 위에서 보병의 투구를 내리찍을 때는 창보다도 도끼가 더 요긴할 것이었다. 덜 맑은 쇠를 따로 녹여서 가지극을 만들었다. 극은 재료가 많이 들지 않아서 쇠한 근으로 세 개를 만들 수 있었다. 야로는 강도가 낮은 쇠붙이 일만 근을 따로 녹여 덩이쇠를 만들었다. 백제의 쇠와 가야의 쇠가 한데 녹아서 도끼와 가지극으로 바뀌었고, 그 병장기들은 물길을 따라서 다시 가야와 신라에 고루 보내졌다. 잡쇠 만 근을 녹여 스무 근짜리 덩이쇠 오백여 개를 뽑아냈다. 개포나루 대장간은 몇 달째 연기가 자욱했고, 풍구를 돌리는 소들이 더위를 먹고 쓰러졌다. 덩이쇠는 산역이 벌어진 능선 밑에 쌓여 있었다. 백성들을 부려서 그 덩이쇠 오백 개를 왕의 무덤 속까지 운반해야 하는 일이 남아 있었다. 백제의 쇳물과 가야의 쇳물이 뒤섞인 잡쇠 무더기 위에서 왕의 시즙屍汁은 쇠의 녹물과 뒤섞여 캄캄한 땅속을 적실 것이었다. 녹물과 시즙이 뒤섞이면 무슨 냄새가 날 것인지를 야로는 생각했다. 생각이 되어지지 않았다.

─달이 뜨는구나. 그만 물러가라.

야로는 왕의 침전을 나오면서 장지문 앞에 쪼그리고 앉아 고개를 숙인 아라를 힐끗 바라보았다. 흰 목 위로 긴 머리카락이 흩어져 있었다.

달이 무덤의 능선 위에 비스듬히 걸렸을 때, 우륵은 왕의 침전에 들었다. 아라가 우륵의 입시入侍를 고했다. 여러 번 고한

후에야 왕은 누운 채 고개를 돌렸다. 아무 곳도 쳐다보지 않는 시선으로, 왕의 눈은 비어 있었다. 저승에서 이승으로 건너오는 눈빛이었다. 왕과 시선이 마주쳤을 때, 강의 하구에서 신라 군대에게 넘겨지던 야로의 병장기들이 우륵의 마음에 떠올랐다. 왕의 날들은 이미 캄캄하게 저물고 있었다.

—악사 우륵이옵니다. 출행중에 부르심을 받았습니다.

—너의 금琴은 어찌 되어가느냐?

—민촌에서 쓰던 옛 금을 몇 개 얻어서 뜯어보았습니다. 소리가 조악하고 짜임이 없었습니다. 목재가 마르면 열두 줄짜리 새 금을 만들어볼까 합니다. 나무가 저절로 마를 날을 기다리고 있습니다.

—내, 살아서 들을 수 있겠느냐?

—비와 바람이 하는 일이오니, 오래 기다려주소서.

—이제 몸이 급하다. 별에 가서라도 듣고 싶구나.

……소리는 살아 있는 동안의 일이옵니다. 쇠 또한 그러할 것입니다……

우륵은 그 말을 몸속으로 밀어넣었다. 침을 삼키고 나서, 우륵은 말했다.

—별의 적막이 금의 소리보다 아름다울 것이옵니다.

—너의 말이 힘들다.

—황공하옵니다.

—들어라. 금이 갖추어지면, 여러 고을의 소리를 따로따로 만들어라. 고을마다 말이 다르고 산천과 비바람이 다르다고 들었다. 그러니 어찌 세상의 소리를 하나로 가지런히 할 수 있겠느냐. 고을마다 고을의 소리로 살아가게 하여라.

……고을은 이미 무너졌고, 쇠붙이가 무너진 고을들을 가지런히 하고 있사옵니다……

다시, 우륵은 말을 몸속으로 밀어넣었다.

—소리는 본래 고을마다 제가끔인 것이어서, 그것이 여러 고을의 복일 것입니다.

—그러할 것이다. 오래 말하여 피곤하다. 이제 물러가라.

우륵은 물가로 말을 달려 집으로 돌아갔다. 나무들이 밤의 향기를 토해냈다. 박차를 지르지 않아도 말은 제 신명으로 콧바람을 쏘아대며 달렸다. 물속의 달이 말을 따라왔다.

아라는 침전 뒷숲으로 들어갔다. 달이 중천으로 올랐다. 달빛이 깊어서 숲은 안쪽까지 들여다보였다. 뱀이 풀섶을 스치며 달아났고 벌레들이 인기척에 울음을 그쳤다. 벌레 울음이 그치자 달빛은 더 밝아 보였다. 바람에 흔들리는 나무 위에서 달빛이 일렁였다. 아라는 속곳을 내리고 바위 밑에 쪼그려앉았다. 흰 엉덩이에 달빛이 비치었다. 아라는 가랑이를 벌렸다. 오줌줄기가 가랑이 사이에서 터져나올 때 아라는 으스스 몸을 떨었다.

맑은 오줌줄기에 달빛이 스몄다. 아라는 아랫배에 힘을 주었다. 한 가닥으로 모아지는 오줌줄기가 떡갈나무 마른 잎에 부딪혀 서걱거렸다. 잎이 뒤집히고 물방울이 튀었다. 몸속 깊은 곳이 떨렸다. 살의 떨림이 오줌줄기를 타고 몸 밖으로 뻗쳤다. 오줌 줄기는 몸 밖으로 쏟아져나오면서 잦아졌다. 아라는 앉은 채 발을 굴러 가랑이 사이의 오줌방울을 털어냈다.

속곳을 올리면서, 아라는 고개를 들었다. 능선 위로, 왕들의 무덤이 어둠 속에서 뚜렷했다. 봉분들의 둥근 윤곽이 끝없이 출렁거리며 밤하늘을 가로질렀다. 무덤들은 하늘에 가득 찼고, 그 위로 별들이 빛났다. 뱀들이 풀 속에서 버스럭거렸고, 벌레들이 일제히 울어댔다. 무덤과 별 사이에는 달빛과 벌레 소리뿐이었다. 죽은 왕을 따라서 들어가는 구덩이 속 세상이 이러할 것인가…… 아라는 몸을 떨었다. 오줌 몇 방울이 속곳에 흘렀다. 아라는 일어서서 치마끈을 묶었다. 어둠 속에서 아라는 시선에 힘을 모았다. 사슴우리 옆쪽으로 대궐 담은 높았다. 담 밑으로, 사람의 앉은키만한 배수구가 뚫려 있었다. 물은 말랐고, 배수구 바닥 판석 위에 달빛이 뽀얗게 내려앉아 있었다. 배수구 너머로 잠들지 않은 백성들의 불빛이 보였다. 불빛은 민촌에서 능선 쪽으로 이동했다. 능선 위로 석재와 쇠붙이를 나르는 노역이 밤을 새우고 있었다.

아라는 배수구 쪽으로 다가갔다. 여장女墻에는 번을 서는 군사가 없었다. 담장을 따라 순라를 도는 초병들이 정문 쪽으로 사라졌다. 아라는 배수구 바닥을 기어서 대궐 담 밖으로 나왔다. 온 들에 달빛이 가득했다.

쥐

비화의 날숨에서는 자두 냄새가 났다. 잠에서 깨어나는 아침에, 비화의 입속에서는 단감 냄새가 났고, 잠을 맞는 저녁에는 오이 냄새가 났다. 귀 밑 목덜미에서는 잎파랑이 냄새가 났고 도톰한 살로 접히는 겨드랑이에서는 삭은 젖냄새가 났다. 바람이 맑은 가을날, 들에서 돌아온 비화의 머리카락에서는 햇볕 냄새가 났고 비 오는 날에는 젖은 풀 냄새가 났다. 비화의 가랑이 사이에서는 비린내가 났는데, 그 냄새는 초승에는 멀어서 희미했고 상현에는 가까워지면서 맑았고 보름에는 뚜렷하게 진했고 그믐이 가까우면 다시 맑고 멀어졌다.

비화의 고향은 낙동강 하구 쪽 물혜勿慧마을로, 가야의 남쪽 변방이었다. 바다에 가까워질수록, 산들은 낮아지면서 멀어졌고, 넓어지는 물이 그 산 사이를 굽이쳐 흘렀다. 하구가 가까워서 밀물이면 강은 가득히 부풀어 산들이 숨차했고 썰물이면 낮게 내려앉은 강물은 빠르게 흘러서 바다와 합쳐졌다. 밀물 때마다 소금기를 따라 강을 거슬러올라오는 바다의 새들이 갈대숲에 내려앉았고 썰물이면 상류에서 내려온 내륙의 배들이 나루에 닿았다. 물혜마을에서는 산과 물, 바다와 내륙이 얼크러지면서 들고 났는데, 처녀 시절 비화는 그 산하에서 사람의 귀에는 들리지 않는, 크고 깊은 소리가 울려퍼지는 듯싶었다.

물가에 잇닿은 땅은 넓고 기름졌으나, 여름마다 강물이 넘쳐들어 소출은 없었다. 농경지는 여름 물이 닿지 못하는 산비탈 쪽으로 펼쳐졌다. 봄에 사람들은 물가 쪽으로 나아가 밭을 일구고 씨를 뿌렸으나 여름 물이 휩쓸고 나면 밭은 갈대숲으로 변했다. 장마가 끝나면 사람들은 다시 물가로 나아가 밭을 일구었지만, 강은 가을에도 서너 차례씩 큰물로 넘쳤다. 수백 년 동안, 사람들은 봄마다 물가의 땅에 씨를 뿌렸고 여름에 물러섰다.

물혜고을 사람들은 가야의 여러 고을들 중에서 처음으로 소에 쟁기를 묶어서 땅을 갈았다. 강 건너 신라의 물가 마을로 쳐들어갔던 가야의 군사들이 신라 농부들의 밭일을 보고 배워온 기술이었다. 매를 맞아가며 일을 배운 이 년생 암소가 처음으로 쟁기를 끌며 밭을 갈 때, 사람들은 박수를 치며 노래를 불렀다. 왕이 군신들과 지방 수령들을 거느리고 밭에 나와 백성들에게 술을 내렸고, 우륵이 소리를 베풀었다. 쉽고도 힘센 것들이 그

토록 가까이 있었다는 사실에 사람들은 놀랐고, 늘 드러나 있는 세계의 비의秘意를 즐거워했다. 왕은 소를 잘 다루는 농부들을 뽑아서 여러 고을로 보냈고, 소를 부려먹는 기술은 두어 해 만에 가야의 모든 고을에 퍼졌다. 소가 끄는 쟁기는 깊고 빠르게 고랑을 파나갔고 돌뿌리나 나무 그루터기를 거침없이 걷어냈다. 소가 밭일을 맡자 쟁기는 나무에서 쇠로 바뀌었다. 병장기를 만드는 일이 뜸했던 시절에 야로는 가야산 쇳터에서 쉴새없이 쇠쟁기를 만들어서 여러 고을에 배편으로 내려보냈다. 소가 끄는 쇠쟁기들이 비탈과 돌밭을 열어서, 농경지는 넓어졌고 소출은 두 배로 늘어났다. 여자들은 쉽게 잉태하였고 쟁기 끄는 일에서 풀려난 사내들은 병장기를 쥔 군사가 되었다. 농장기가 쇠로 바뀌자 고을들은 더 많은 병장기가 필요했는데 쇠가 쇠를 부르고 키우면서 대장간은 번창했고, 야로는 쇠의 깊고도 오묘한 흐름에 몸을 떨었다. 소가 풍구를 돌리자, 힘세고 균일한 바람을 맞아 숯은 희고 푸르게 타올랐고, 쇠는 더욱 단단해져갔다.

물혜는 강 건너 신라 군대의 기습으로 무너졌다. 가야의 변방 부대가 신라의 어촌을 불 지르고 가축과 젊은 부녀자 서너 명을 몰아간 약탈은 잊혀지는 듯했다. 다음해, 신라는 왔다. 신라 군대는 먼 상류 쪽으로 강을 건너서, 북쪽 내륙으로부터 물혜를 겨누었다. 신라 군대가 물혜의 관아를 불 지를 때, 가야의 주력은 물혜나루에 포진되어 있었다. 물혜나루에서는 아무 일도 없었고. 관아가 무너지자 나루터의 가야 군사들은 병장기를 버리고 흩어졌다. 신라 군대는 붙잡힌 가야의 관원과 근위 부대 백여 명을 묶어서 들판 한 곳에 꿇어앉혀놓았다. 십열종대를 이룬 신라 기병들이 멀리서 사나운 기세로 말을 달려왔다. 추수가 끝난 겨울 들판에 길게 먼지가 일었다. 신라 기병들은 말발굽으로 포로들을 밟고 달려갔다. 들판 저쪽으로 몰려간 신라 기병들은 다시 방향을 돌려서 다가왔다. 말들이 진땀을 흘렸다. 신라 기병들은 한나절 동안 열 번을 오가며 포로들을 밟았다. 포로들은 모두 두개골이 으깨지고 창자가 터져서 죽었다. 겨울 들판에 김이 올랐다. 살점과 골편 들이 튀어올라 기병들의 갑옷에 엉겨붙었고 말 정강이가 피에 젖었다.

비화의 아버지는 물혜의 군장이었는데, 그날 신라 기병들의 말발굽에 밟혀 죽었다. 고을이 무너지던 날 우륵은 비화를 데리고 물혜를 떠났다. 노새 한 마리에 짐을 실었다. 우륵은 가야의 여러 고을들을 옮겨다니며 살았다. 우륵은 춘하추동으로 관아에 음악을 베풀었고 왕이나 부족장들의 장례와 제사를 수발들며 곡식을 얻었다. 불려간 고을에서 눌러산 적도 있었다. 비화는 고향의 일들을 입에 담지 않았다. 비화의 아버지, 그 늙은 군장의 시체는 아무도 거두지 않아서, 학살당한 자리에서 먼지로 풍화했다. 비화는 아버지의 죽음과 전쟁을 입에 담지 않았다. 비화는 옮겨사는 모든 고을의 비바람과 더불어 아늑하였고, 계절마다 몸냄새가 바뀌었다.

우륵은 자리를 가리지 않고 비화와 몸을 섞었다. 비화는 바람 부는 자리를 좋아했다. 바람 속에서 아래를 벗을 때, 바람에 스치는 허벅지 안쪽 살은 바람에 실려 세상 속으로 흩어지는 듯싶었다. 비화는 혈관 속을 불어가는 바람을 느꼈다.

─아아아……

바람 속에서 속곳을 벗을 때, 비화는 소리를 삼켰다. 한여름의 수수밭은 먼바다의 물결 소리를 내며 바람에 쓸렸다. 바람 부는 수수밭 둔덕이나 대숲의 달빛 속에서 비화는 거침없이 아래를 열었다. 몸속 깊은 곳에서 기쁨의 등불이 켜질 때 비화는,

─아, 거기…… 거기.

라고 속삭였다. 애절하고도 절박한 소리였다. 비화의 몸냄새는 차고 또 기우는 달을 따라서 멀어지고 또 가까워졌다. 비화의 몸속은 깊었다. 얼마나 더 다가가야 가까워지는 것인지 우륵은 조바심쳤는데, 멀리서 조바심칠 때 비화의 몸은 이미 가까이 다가와서 넘쳐나고 있었다. 비화의 몸냄새에 휩싸여, 우륵은 흐르는 시간과 더불어 평안하였다. 시간은 가볍고 부드러웠으며, 깊고도 순했다. 그리고 그 시간 속에서, 근원을 알 수 없는 기쁨의 불빛들이 스스로 태어나고 죽으면서 명멸했다. 우륵은, 아아아 소리쳤다. 비화의 몸냄새를 실어가는 바람이 무성한 수숫잎을 흔들며 서걱거렸다.

니문은 마루에 앉아서 마당에서 노는 쥐와 나뭇가지에서 짖는 까치를 오랫동안 들여다보곤 했다. 쥐는 우물가에 나와서 앞발을 비볐다. 쥐는 이쪽을 바라보다가 문득 저쪽을 바라보았는데 그 두 동작 사이에는 이음이 없었고 끊김도 없었다. 쥐는 온몸으로 집중하였고, 민첩하게 집중을 해체하였다. 쥐는 모든 공간을 살피면서 멈춤이 없었다. 앞발로 목덜미를 긁다가 돌연 방향을 바꾸어 앉았다. 쥐는 먼 곳과 가까운 곳을 동시에 살폈다. 움직일 때마다, 잔등이에서 햇빛이 튕겼다. 한 마리가 구멍 속으로 들어가면 또 한 마리가 우물가로 나왔다. 쥐의 모든 동작들은 처음으로 이 세상에 태어나는 동작들이었다. 그리고 그 동작들은 그다음 동작 속으로 사라지면서 끊어지지 않았다. 쥐가 움직일 때 니문은 자신의 몸이 쥐의 몸으로 건너가는 것을 느꼈고, 니문의 어깨는 쥐의 동작과 함께 흔들렸다.

까치는 늙은 소나무 가지를 옮겨앉으며 짖었다. 까치는 이쪽으로 짖다가 저쪽으로 짖었다. 이쪽과 저쪽 사이에서 까치의 동작은 빈틈이 없었다. 이쪽을 바라볼 때, 까치 목덜미는 검은색이었고 저쪽을 바라볼 때는 군청색으로 변했다. 검은색과 군청색 사이에서 무지개가 일었다. 무지개는 까치가 목을 흔들 때마다 태어나고 죽었다. 니문은 숨을 죽이고 까치 목덜미를 바라보았다. 니문의 입이 벌어지고 눈이 빛났다. 니문의 시선은 까치의 동작에 따라 흔들렸다.

까치는 아래쪽을 내려다보며 쥐를 향해 짖었다. 쥐들이 구멍으로 들어가고 까치가 날아갔다. 까치가 떠난 가지가 흔들렸고, 쥐구멍 속이 고요했다.

니문은 시렁에서 금을 내렸다. 울림통이 없는, 네 줄짜리 금이었다. 니문은 금을 무릎에 안고 켜기 시작했다. 니문은 쥐가 사라진 구멍과 까치가 떠나간 가지를 바라보며 줄을 뜯었다. 손가락이 줄을 튕길 때, 소리는 태어났다. 태어나서 흔들렸고 흔들리다가 사라졌다. 손가락이 줄을 버릴 때, 줄은 떨렸고 소리는 일어섰다. 떨리던 줄이 고요를 되찾은 후에도 소리는 허공에서 흔들리다가 잦아들었다. 소리가 태어나는 자리와 흔들리는 자리와 사라지는 자리가 어디인지, 니문은 알지 못했다. 알지 못했으나, 소리가 흔들릴 때 그 흔들리는 동안만큼의 시간이 니문의 몸속으로 흘러들었다. 니문의 손가락은 줄에서 줄로 건너뛰며 소리를 뜯어냈다. 먼저 태어난 소리와 나중에 태어난 소리가 허공에서 합쳐지고 비껴갔다. 소리가 비끼는 사이사이에서 새로운 소리가 흔들렸다. 니문의 몸속에서 시간이 바스러졌다가 다시 살아나 한 줄로 이어지면서 출렁거렸다. 니문은 더욱 빠르게 줄을 뜯어나갔다. 태어나는 소리와 흔들리는 소리와 사라지는 소리 들이 함께 흔들렸다. 니문의 마음속에, 쥐와 까치가 돌아왔다. 돌아온 쥐가 줄을 따라 달리며 이리저리 기웃거렸고 까치가 금에 내려앉아 부리로 줄을 쪼았다. 니문의 어깨가 흔들렸다.

니문은 쥐나 새처럼 근본이 없었다. 알터 마을 개울가에 버려진 핏덩이를 자식 없는 농부가 주워다 길렀다. 개포나루 창기의 몸에 붙은 대장장이의 씨라고도 했고, 암말과 수꿩이 흘레붙는 마을의 병풍 속 그림에서 나온 아이라고도 했다. 핏덩이를 주워 간 농부는 선왕의 장례 때 순장되었다. 다섯 살 때, 니문은 그 농부와 함께 구덩이에 묻히게 되어 있었으나 그 근본을 더럽게 여긴 집사장이 순장에서 제외시켰다.

저녁 강물 위로 뛰어오르는 물고기나 논밭에 내려앉는 흰 왜가리의 날갯짓을 들여다볼 때, 니문의 눈빛은 빛났고 어깨가 흔들렸다. 빌어먹거나 잡아먹는 그 아이는 늘 강가나 밭두렁에 앉아 있었다. 왜가리 날갯짓에 따라 흔들리는 어린아이의 어깨를 바라보며, 우륵은 속으로 웃었다. 우륵의 웃음은 깊고도 조용했다. 우륵이 니문을 거두어 대문 옆 헛간에 거처를 마련해주었을 때, 니문은 열다섯 살이었다. 그 열다섯 해를 어떻게 살아온 것인지 니문은 알지 못했다. 우륵은 묻지 않았고 비화도 묻지 않았다.

나라

　왕은 새벽에 죽었다. 아라가 달아나던 밤이었다. 왕의 죽음은 고요해서 기척이 없었다. 마지막 숨을 바람에 포개듯이 왕은 죽었다. 삶과 죽음 사이에 문지방이 없었다. 왕의 죽음은 조일 힘을 잃은 항문에서 새어나온 분비물과 같았다. 왕은 저편으로 돌아누워 있었다. 윗목에서 졸던 늙은 시녀는 왕의 죽음을 알지 못했다. 시녀가 물수건을 받쳐들고 다가갔을 때, 왕은 초저녁에 넘긴 재첩국물을 토해놓고 죽어 있었다. 토해낸 재첩국물에서 먼 창자 끝 쪽의 똥내가 풍겼다. 동자가 풀어져서 아무 곳도 보지 않는 눈이 열려 있었다. 벌려진 입속은 이미 썩기 시작했는지, 아랫입술 안쪽이 검게 변했고 그보다 더 깊은 목구멍 쪽은 캄캄했다. 늙은 시녀가 왕을 바르게 눕히고 눈을 쓸어 감겼다. 왕의 몸은 가랑잎처럼 가벼웠고 메말랐다. 숨이 끊어지자 왕의 발목은 죽은 닭다리처럼 꺾여서 늘어졌다. 시녀가 왕의 몸을 추스를 때, 늘어진 발목이 건들거렸다.

늙은 시녀는 뒷걸음질로 침전을 나왔다. 시녀는 집사장에게 왕의 죽음을 고했다. 집사장은 지관地官에게 고했고, 지관이 산역을 맡은 군장에게 고했고 군장이 일관에게 고했다.

일관은 산역이 벌어지고 있는 능선 위로 올라갔다. 일관은 무덤자리 앞에 무릎을 꿇고 밤하늘을 우러렀다. 보름달이 창백했고 별들은 들떠 있었다. 차고 푸른 별들이 능선 쪽으로 다가와 떨어질 듯 위태로웠고, 먼 별들은 더욱 아득히 어둠 속으로 물러나 있었다. 일관의 시선은 먼 별에 닿지 못했다.

─아하, 저 별들을 어찌하랴.

일관은 깊은 숨을 토했다. 자미성은 남쪽으로 깊이 기울었고 주변의 어둠은 흔들리는 기색이 없이 고요했으나 그 적막은 차갑게 굳어 있었다. 금성이 뿌연 한기寒氣를 내뿜어 은하수를 침범했다. 목성은 차갑게 식었고 토성에 허열虛熱이 끼었다. 목성이 흘러서 토성의 권역을 침범했다. 화성의 빛이 금성을 눌렀고, 금성은 빛을 거두어 달아나는 형국이었다. 토성의 동남쪽으로 유성 하나가 흘러내렸다. 유성의 꼬리가 흔들리면서 질퍽한 음기를 밤하늘에 지렸다.

일관의 눈꼬리가 떨렸다.

─요망한 별이로구나.

수풀 속에서 풀벌레들이 갈리듯이 울어댔고, 침전 뒤로 무덤의 능선은 어둠 속에서 푸른 윤곽을 드러냈다. 풀벌레 소리는 별들이 와글거리는 소리처럼 들렸다. 달무리가 크게 번지면서 목성을 삼켰다. 일관은 신음했다.

—아하, 태적太寂이 소란하고 금성이 혼미하구나. 궁창穹蒼에 허열이 번져 별들이 서로 윽박지르는구나. 땅은 오래오래 가지런하지 못할 것이다. 장례가 길어져서는 안 된다.

집사장은 시녀를 보내 비빈들을 깨웠다. 상복으로 갈아입은 비빈들은 침전으로 들어갔다. 침전에서 곡소리가 터져나왔다. 울음의 소리가 겹쳐지면서 흔들렸고, 그 소리의 끝에서 또다른 울음이 솟아올랐다.

동틀 무렵에, 집사장은 침전 시녀 여섯 명을 사슴우리 앞으로 불러모았다. 집사장의 눈에서 불이 일었다. 집사장은 늙은 시녀에게 물었다.

—아라는 어디에 있느냐?

—새벽에 저와 둘이서 옥체를 모시던 중 오줌이 마렵다 하여 허락하였더니 돌아오지 않았습니다.

—오줌을……? 너희들 오줌 누는 자리를 대라.

집사장은 늙은 시녀를 앞세우고 침전 뒷숲으로 들어갔다. 늙은 시녀가 바위 밑의 돌 틈을 가리켰다. 오줌 눈 자리에 가랑잎이 젖어 있었고, 오줌자리에 벌레가 끓었다. 집사장은 오줌자리를 오랫동안 내려다보았다. 젊은 여자의 몸의 온기와 냄새가 땅바닥에 서린 듯했다. 가랑잎 위에, 덜 마른 오줌방울 몇 개가 맺혀 있었다. 집사장이 고개를 들었다. 사슴우리 옆쪽, 높은 담장 밑으로 휑하게 뚫린 배수구가 보였다. 배수구 구멍 밖으로, 멀리 민촌의 안개는 낮았고 집집마다 아침 연기가 오르고 있었다.

　—이년이……

집사장은 군사를 풀었다. 군사들은 대궐 안 모든 누각의 마루 밑과 곳간을 뒤졌고, 우물과 연못 바닥을 갈쿠리로 훑었다. 군사들은 아라를 찾지 못했다. 집사장은 아라가 도망친 일을 발설치 못하도록 군사들의 입을 막았다. 군사들은 조용히 궐내를 뒤졌다. 집사장은 늙은 시녀를 형틀에 묶고 아라의 행선지를 다그쳤다. 매가 멈출 때마다 늙은 시녀는 대답했다.

　—오줌을 누러 갔소. …… 오줌을…… 오줌 눈 자리가 저기 있지 않소.

그 대답을 거듭하다가 늙은 시녀는 장살杖殺되었다. 남원 쪽에서 흘러들어온 유민의 딸이었다. 스물에 대궐에 들어와 선왕 삼대의 침전 수발을 들어왔다. 나이가 많고 용모가 추레해서 왕들이 죽을 때마다 순장에서 제외되었다. 군사들은 늙은 시녀의 사체를 거적에 말아서 들에 내다버렸다.

　—낭패로구나, 지밀을 모셔야 할 년이 달아났으니 어찌 후환

이 없으리.

집사장은 군사를 풀어 민촌을 뒤졌다. 아라의 고향 마을에도 군사를 보냈다. 아라는 가야산 남쪽 산간 마을 젊은 군장의 딸이었다. 아라의 아비는 오래전의 싸움터에서 돌아오지 않았다. 싸움이 잦아서 사람들은 그의 마지막이 어떤 싸움터였는지를 기억하지 못했다. 남편이 돌아오지 않자 아라의 생모는 달아났다. 아라는 마을을 떠돌며 얻어먹었는데, 미색을 눈여겨본 촌장이 대궐로 들여보냈다. 아라는 열 살 때 대궐에 들어와 한 번도 궐 밖으로 나가보지 못했다.

아라의 고향집은 잡초 속에서 무너져 있었고, 마을에 인기척이 없었다. 말 탄 군사들이 빈집마다 불을 지르고 우물을 메우고 묵은밭을 파헤치고 마을 앞을 흐르는 개울 물줄기를 멀리 돌려놓았으나 아라를 잡지는 못했다.

—무어라!

수문장의 보고를 받은 내위장內衛將의 수염이 떨렸다. 내위장은 간밤에 외곽 순찰을 맡았던 군사 열 명을 묶어서 가두었다. 내위장은 민촌으로 급히 군사를 보냈다. 순장자는 모두 마흔두 명이었다. 달아난 아라의 구덩이에는 집사장이 다른 시녀 한 명을 밀어넣은 것이었지만 아라가 달아났다는 소문이 퍼지면 다른 순장자들이 또 달아날 수도 있었다. 순장자는 민촌에서 서른 명, 궐내에서 열두 명이 정해져 있었다. 민촌의 서른 명은 농부 다섯 명, 어부 네 명, 대장장이 네 명, 목수 네 명, 옹기장이 네 명, 늙은 부부 한 쌍, 아이가 둘 딸린 젊은 부부 한 쌍과 처녀들이 었다. 새벽에 민촌으로 나갔던 군사들은 동틀 무렵에 돌아왔다. 군사들은 민촌을 뒤져서 순장자들을 끌어왔다. 묶여서 끌려온 자들도 있었고, 두 손을 합장하고 제 발로 걸어온 자들도 있었다.

일관은 장례 일정을 십이일장으로 정했다. 천문이 흉흉하므로 열두 간지가 바뀌기 전에 장례를 끝내고 서둘러 후사를 세워야 한다는 것이 일관의 판단이었다. 중신들은 일관의 판단에 침묵으로 따랐다. 순장자들은 출상 하루 전날 집사장의 인솔로 능선 위에 모여 밤을 새운 뒤 밝는 날 왕의 상여를 맞아 세 번 절하고, 왕보다 먼저 각자의 구덩이 속으로 들어가 누워서 왕의 하관을 맞게 되어 있었다. 아라가 달아나자 장례 절차는 뒤틀렸다. 내위장은 순장자들을 미리 잡아들여 장례 절차가 계속되는 열이틀 동안 궐내에 가두어놓을 작정이었다.

해가 뜨고 민촌의 안개가 걷혔다. 능선 위로 왕들의 무덤이 아침 이슬로 빛났다. 아침 햇살 속에서 무덤들은 찬란했고 영롱했다. 수백 년 전에 죽은 시조왕의 무덤도 능선 꼭대기에서 푸르게 빛났다. 무덤의 능선에서는 닥쳐올 시간이 정지되고 지나간 시간은 봉분 속에서 다시 살아나 왕들은 죽어서도 이승을 떠나지 않는 것처럼 보였다. 세상의 시간과는 상종하지 않는 또다른 시간이 봉분 속을 흐르는지, 무덤들은 철마다 새로운 빛으로 윤기가 흘렀다. 별자리가 들뜨고 어수선해도 죽음은 불멸했고, 푸르게 빛나는 봉분들은 능선 위에서 세상을 내려다보면서 우뚝했다.

날이 밝자, 순장자들은 별전으로 끌려왔다. 왕의 좌우에 묻힐 문무 신하 각 두 명, 동서남북의 호위 무사 네 명, 동서남북 사이사이의 시녀 네 명, 그리고 민촌의 백성들이 모두 구실에 따른 복식을 갖추었다. 별전은 방이 여럿이었다. 순장자들은 신분과 지위에 따라 각 방에 갇히었다. 아이와 함께 묻힐 아낙네가 아이에게 젖을 물렸고 그 아비는 또다른 아이를 재웠다. 방마다 어른 키만한 토기 향로가 들어섰다. 향로마다 향불이 타올라 별전은 연기에 덮였다. 향로의 굽달이에 세모꼴의 구멍들이 뚫려 있었다. 연기는 구멍 속으로 흘러다녔다. 그 구멍은 이승과 저승을 오가는 통로처럼 보였다. 연기에 파묻힌 순장자들은 말없이 그 구멍을 바라보았다. 향이 타오르는 연기 속에서, 무덤 속과 무덤 밖은 이미 구분되지 않았다. 내위장의 군사들이 창검을 치켜들고 별전을 에워쌌다.

일관은 집사장을 대전 뒤뜰로 불러냈다. 흉흉한 하늘이 일관을 신명나게 하는 듯했다. 일관은 낮은 소리로 말했다.

─한 년이 달아났으니 어찌 산역이 편안하기를 바라겠소이

까. 지금 은하도 뒤숭숭한 판이오. 민망해서 하늘을 들여다볼 수가 없소이다.

집사장이 실눈을 떴다.

—천문이 그리도 흉하더냐?

—토성이 허열에 들떴고 자미원에 한기가 서렸소.

—어찌하면 좋겠느냐?

집사장이 별전 쪽을 손가락으로 가리켰다.

—저것들을 내일중에 묻어야 할 것이오. 북두의 별자리 모양으로 땅에 묻어 자미원의 한기를 달래야 하오.

—출상 날 하관 직전에 순장자들을 묻는 것이 선왕의 법도가 아니더냐?

—하오나, 먼저 천문을 가지런히 한 연후에 모시는 것이 더욱 지엄한 법도일 것이오.

—내일 묻으면 곧 썩을 터인데, 썩은 육신으로 어찌 하관을 맞겠느냐?

—이미 한 년이 달아났소이다. 저것들의 심중에 역심이 번지기 전에 서두르심이 옳을 것이오. 산 몸의 역심보다는 썩은 몸이 오히려 하관을 맞기에 합당할 것이오.

—죽여서 묻자는 것이냐?

—죽일 때 소리가 나면 천문이 흔들릴 것이오. 아직은 역심이 들지 않았을 터이니 생장生葬이 아름다울 것이오.

84

―그리하면 천지간이 가지런해지겠느냐?

―미흡할 것이나 우선 급한 일이오.

―알았다. 내 그리하마.

집사장은 별전으로 시종을 보내 내위장을 불렀다. 내위장은 말을 타고 달려왔다. 집사장이 내위장에게 일렀다.

―지금 천지간이 막혀 있다. 저것들을 오늘밤에 모두 능선 위로 끌고 가서 내일 새벽 금성이 기울기 전에 묻으라. 구덩이가 준비되어 있을 터이니, 지관의 지시를 받아 다들 제자리에 묻으라. 새벽에 지관이 하늘에 고할 것이다. 울음이 북두를 놀라게 해서는 안 된다. 아이와 부녀는 재갈을 물리고 울먹거리는 자들은 뒤에서 베어라. 벨 때 칼 지나간 자리가 씹혀서는 안 된다. 모든 절차가 가지런해야 하고 소리가 나서는 안 된다. 발소리나 병장기 끌리는 소리도 허락하지 않는다.

내위장은 읍하고 물러났다.

야로는 능선 위에서 백성들에게 새벽 참을 먹였다. 산 아래서부터 덩이쇠를 지고 온 백성들이었다. 왕이 누울 주 석실 바닥에 쇠를 까는 작업은 끝나가고 있었다. 야로는 대궐 쪽을 내려다보았다. 처마가 치켜올려진 침전 지붕이 달빛 속에서 뽀얗게 부풀어 보였다. 침전과 별전 뜰에서 횃불이 올랐다. 횃불은 대궐 담장을 따라 초소로 옮겨붙고 있었다.

─죽었구나.

야로는 왕의 죽음을 직감했다. 야로는 봉분 뒤로 돌아갔다. 석곽 속에 환도環刀 두 자루가 담겨 있었다. 야로는 칼집에서 칼을 뺐다. 달빛이 숫돌 무늬 속으로 스몄다. 칼은 푸르고 창백했다. 손잡이에는 금으로 용龍과 봉鳳의 무늬가 새겨져 있었다. 손잡이 끝에서 세 발 달린 까마귀가 고개를 치켜들고 있었다. 야로는 칼을 일자로 눈앞에 세웠다. 야로는 한쪽 눈을 감고 칼날을 들여다보았다. 날이 끝나는 저쪽에서 한 개의 소실점消失点이 보였다. 바르고 시린 칼이었다. 야로는 칼집에 다시 칼을 넣었다. 무덤으로 들어가는 왕의 허리에 달아줄 칼이었다. 남원에서 몰아온 백제의 쇠붙이 중에서 가장 단단한 쇠를 녹여 만든 칼이었다. 쇠가 좋아서 날은 말끔하게 뽑혔으나 손잡이에 무늬를 새기는 데 두 달이 걸렸다. 백제에서 끌어온 늙은 장인의 솜씨였다. 손잡이에서 금의 숨결은 바람이거나 물인 것처럼 흐르면서 용과 봉의 형상을 그리고 있었다.

야로는 환도 두 자루를 들고 능선을 내려왔다. 야로는 문신의 상복으로 갈아입고 대궐로 향했다. 날이 밝아오고 있었다. 야로는 침전 뜰에 엎드려 오랫동안 곡했다. 중신들이 서열의 앞자리를 비켜주었다. 곡을 마치고 야로는 침전으로 들어갔다. 왕의 시신은 평상 위로 옮겨져 있었다. 야로는 멈칫 놀라면서 꿇어앉았다. 왕의 시신은 먼 길을 가는 군왕의 정장을 갖추고 있었다.

가랑잎 같은 육신 위에서 붉은 비단옷이 헐겁게 늘어졌는데, 옥구슬을 늘어뜨린 날 출旒자 왕관과 허리띠에서 금빛이 뿜어져 나왔다. 죽은 닭다리처럼 늘어진 발목에 가죽버선이 신겨졌고 버선 위로 청동신발이 걸려 있었다. 쉰 살이 넘은 태자가 돌처럼 조용히 머리맡에 앉아 있었고, 고개 숙인 비빈들의 머리타래가 방바닥에 닿았다.

야로는 무릎걸음으로 왕에게 다가갔다. 야로는 왕의 허리띠 고리에 환도 두 자루를 걸었다. 왕은 키가 작았다. 칼은 왕의 키에 꽉 찼다. 죽은 왕은 입을 벌리고 있었다. 캄캄한 입속에서 물기 없는 혀가 안쪽으로 말렸다. 비단옷이 시즙에 젖었고 악취가 풍겼다. 시녀가 미닫이 창문을 열었다. 바람이 불어와 죽은 왕의 넓은 옷소매가 펄럭였다. 야로는 두 번 절하고 침전을 나왔다.

야로는 다시 능선 위로 올라갔다. 왕의 석실 안에 마구馬具와 쇠도끼, 창검과 갑옷을 쟁여넣는 일이 남아 있었다.

야로가 능선에 도착했을 때, 개포나루에서는 야로의 밀사 두 명이 하류로 떠났다. 밀사들은 빠른 군선으로 물을 따라 내려갔다. 군선에는 신라로 가는 가지극 천 개가 실려 있었다. 저녁 무렵에 밀사들은 강어귀에 당도했다. 나루터에서 밀사들은 가지극을 신라군에 넘겼고, 가야 왕의 죽음을 신라군에 알렸다. 신라 군관이 말을 몰아 서라벌로 달려갔다.

아라는 뒤돌아보지 않았다. 달이 능선 아래로 내려앉았다. 아침 안개를 걷어가며 민촌에 햇살이 퍼졌다. 마을은 물감이 배어나듯 안개 속에서 드러났다. 아라는 강가의 오리나무숲을 따라 걸어갔다. 강물이 갈대숲을 적시며 철썩거렸다. 비스듬한 해가 강물에 비쳤다. 강물의 먼 쪽이 붉게 깨어났다. 붉은 강은 푸르게 바뀌면서 다가왔다. 바람결에 물비린내가 퍼졌다. 나뭇가지에서 새들이 짖어대며 푸드덕거렸다. 나뭇잎에서 물방울이 떨어졌다. 아라는 자주 오줌이 마려웠다. 강물을 향해 가랑이를 벌리고 아라는 오줌을 누었다. 강물의 굽이마다 아라는 주저앉아서 오줌을 누었다. 엉덩이에 소름이 돋았고, 오줌 구멍이 서늘했다. 아라는 두 팔로 제 가슴을 감쌌다. 팔 안에 가슴은 가득 찼다. 아침 햇살이 비치는, 멀고 붉은 강 쪽을 향해 아라는 걸어 갔다.

몸

우륵은 새벽에 잠에서 깨어났다. 왕이 죽던 날이었다. 눈을 뜨면서 우륵은 헉, 숨을 멈추었다. 열려진 장지문으로 달과 별이 쏟아져들어왔다. 보름달이 은하수 북쪽으로 달무리를 뿜어냈고 달무리 너머까지 별들은 가득 찼다. 별들은 들리지 않는 소리로 와글거렸다. 바람이 불어 공기가 흔들릴 때마다 별들은 바람 부는 쪽으로 쏠리면서 깜박거렸다. 멀리서 가물거리는 별들은 바람에 불려가듯이 사라졌다가 바람이 잠들면 어둠 속에서 돋아났다. 별들은 갓 태어난 시간의 빛으로 싱싱했는데, 별들이 박힌 어둠은 부드러웠다. 별들에는 지나간 시간이나 닥쳐올 시간의 그림자가 없었지만 별들은 그 그림자 없는 시간들을 모두 거느리면서 찰나의 반짝임으로 명멸했다. 우륵은 자리에 누운 채 새벽 하늘을 우러렀다.

—이 어인 일인가. 대체 이 무슨 빛이며 소리인가.

　우륵은 숨을 죽이고 밤하늘을 향해 귀를 기울였다. 우륵의 귀
는 어둠 속에서 들락거리는 먼 별에까지 닿았다. 어둠은 빨려드
는 귀를 빨아들여, 아무 소리도 들리지 않았다. 빛은 멀고도 선
명했고 어둠은 가깝고 깊었다. 그 빛과 어둠 속에는 애초부터
아무런 소리도 없는 것인지, 아니면 들리지 않는 소리가 죽고
또 나면서 어둠의 저편을 흐르고 있는 것인지, 우륵은 종잡을
수 없었다. 들리지 않는 먼 별들의 소리가 우륵의 귀에 들리는
듯했으나, 그 소리는 맹렬한 적막이었다. 우륵은 등판으로 식은
땀을 흘렸다. 우륵은 눈을 감았다. 눈동자 속으로 어둠이 펼쳐
지고, 별들이 그 어둠 속에서 돋아났다.

　—여기가 어디인가. 내가 죽었나.

　우륵은 적막의 끝 쪽을 향해 더욱 귀를 기울였다. 시간이 몸
속으로 흘러들어올 때 무슨 소리가 나는지 들리지 않았다. 들리
지 않았지만, 새벽 한기에 으스스 치면서 우륵은 시간과 합쳐지
는 몸을 느꼈다.

　—몸속의 소리가 이리도 아득하니…… 멀어서 들리지 않는
소리가 몸속을 흘러가는구나. 아, 나는 살아 있구나.

　일찍 깬 새들이 잠들어 있는 새들을 불러 깨웠다. 두어 마리
가 부스럭거리면서 울어대자, 숲속의 새들이 모두 깨어나서 지
저귀었다. 아침 햇살에 어둠이 바래고, 흐려진 별들이 스러졌

다. 별들이 와글거리던 자리에 새 소리가 가득 찼다.

비화는 낮은 숨결로 잠들어 있었다. 비화의 잠은 파도와 같았다. 자리에 눕는 저녁 무렵에 잠은 찰랑거리는 밀물로 다가와 몸의 가장자리를 적셨고, 숨결은 그 밀물 위에 실려서 들고 났다. 별들이 가득 차는 새벽에 잠의 밀물은 비화의 몸속에서 만조를 이루었다. 그때, 비화의 숨결은 깊고 길어서, 들숨은 몸의 먼 구석까지 스몄고, 날숨은 보름밤의 짙은 몸냄새를 실어냈다. 새벽의 꿈속에서 비화는 늘, 두 줄기 큰 강물이 합쳐져서 바다로 나가는 어귀의 강 언덕에 앉아 있었다. 꿈속의 강은 저녁 무렵이었는지, 빛이 부서지는 강물의 먼 쪽은 어두워오는 바다에 닿아 있었다. 하구에 이르러 유역은 넓어지고 산봉우리들은 멀어졌는데, 그 언저리에는 마을도 고깃배도 보이지 않아서 그 강은 어느 나라의 강도 아닌 듯싶었다. 강은 다만 저녁의 강이었고 노을의 강이었다. 물을 건너오는 바람이 어족들의 비린내를 실어왔다. 비화의 머리카락이 흩날렸다. 머리카락은 바람에 포개지면서, 바람 속으로 쑥쑥 자라났다. 머리카락은 바람결을 따라 흐르는 연기처럼 길게 늘어져 너울거리면서 먼 하구의 물 위에까지 닿아 출렁거렸다. 강물을 당기는 바다의 힘이 머리카락을 따라 비화의 몸에 전해졌다. 비화는 팔을 들어서, 바다의 힘이 밀리고 썰리는 제 머리카락을 쓰다듬었다. 잠이 깊을수록 꿈은 선명하였고, 잠과 꿈이 숨결에 실려 가슴에서 오르내렸다.

아침마다 잠은 잔물결로 물러갔고 잠의 끝자락에서 벗어나는 비화의 숨결은 낮아졌다. 그때, 비화의 팔다리에는 새롭고 유순한 힘이 가득 차올랐다. 잠이 깨는 아침에 비화는 몸에 가득 찬 새 힘에 놀라며 엎드려 베개를 끌어안았다. 아침에 비화의 입에서는 단감 냄새가 났고 머리카락에서는 해초 냄새가 났다.

잠 깨는 비화가 기지개를 켤 때, 우륵은 비화를 뒤에서 안았다. 비화는 엎드려서 우륵의 몸을 받았다. 비화의 체액은 안쪽에 고여 있었다. 체액은 뜨거웠다. 우륵은 몸속으로 스미는 비화의 체액을 느꼈다. 비화는 아아아, 소리쳤다. 아득하고도 다급한 소리였다. 아아아, 소리는 터져나오는 순간만의 소리였고, 비화의 몸에는 아무런 흔적도 남지 않았다. 우륵은 오랫동안 비화의 머리카락 속에 코를 박고 있었다.

우륵은 대숲으로 들어섰다. 바람이 잠들어 숲은 고요했다. 새들이 가지를 떠날 때 빛은 흔들렸고, 새들이 가지에 머물 때 빛은 깊고 편안했다. 우륵은 숲의 안쪽으로 걸어갔다. 오동나무 널판에서 이슬이 스러지고 있었다. 널판은 비와 이슬을 모두 빨아들이면서 말라갔다. 이슬은 널판을 미끄러져내리다가 나뭇결을 따라 맺혀 있었다. 우륵은 망치로 널판을 두들겼다. 가장자리로부터 가운데 쪽으로 두들겼고, 나뭇결을 따라서 두들겼다. 나무의 안쪽에서 소리는 젖어 있었다. 소리는 재료에 들러붙어서, 재료를 뚫고 나오지 못했다. 소리는 재료의 안쪽으로 끌려들어갔다.

　─아직도 아니로구나. 널판이 제 몸의 소리에 잠겨 있으니, 남의 소리를 울려내지 못하겠구나. 겨우내 얼고 또 녹아야 하겠구나.

　우륵은 오랫동안 널판 위를 흘러가는 나뭇결을 들여다보았다. 우륵의 시선은 나무의 안쪽에 닿지 못했다. 보이지 않는 안쪽에서 소리의 환청이 들리는 듯싶었다. 아직 태어나지 않은 시간이 그 환청 속에 잠겨서 들끓고 있었다. 그리고 그 환청 속에서, 무너져가는 하구 쪽의 고을들이 어른거렸다. 야로의 쇠붙이들이 사람들의 땅 밑을 깊이 파서 고을들을 차례로 갈아엎는 환영을 우륵은 널판의 안쪽에서 보았다.

　─소리가 저 무너지는 고을들을 어찌할 수 있으랴.

　우륵은 대숲 바닥에 주저앉았다. 빛이 흔들리면서 널판 위의 나뭇결이 너울거렸다. 널판에 육기肉氣가 빠져 재료의 뼈대만으로 마르는 날, 널판에 울림통을 파고 그 위에 열두 줄을 매어서 튕기면 마른 널판이 줄의 떨림을 울려주고 또 재워주며, 소리와 소리 사이를 이어줄 것이었다. 새 시간이 그 열두 줄 위에 내려앉고, 그 줄이 울릴 때 시간의 빛들은 끝없이 태어나서 이어지고 또 흩어질 것이며 소리는 그 시간 위에 실려서 솟고 또 잦으면서 흘러갈 것이었다.

새들이 가지를 흔들어 대숲의 빛은 부서졌다. 부서지는 빛들이 널판 위를 쳤다. 우륵은 널판의 안쪽에서 죽어가는 왕의 환영을 보았다. 며칠 전에 침전에 불려갔을 때, 끓는 가래 사이로 새어나오던 왕의 마른 목소리도 들리는 듯했다.

……들어라. 금이 갖추어지면 여러 고을의 소리를 따로따로 갖추어라. 고을마다 말이 다르고 산천과 비바람이 다르다고 들었다. 그러니 어찌 세상의 소리를 하나로 가지런히 할 수 있겠느냐. 고을마다 고을의 소리로 살아가게 하여라.

그때, 왕의 목소리는 억새밭을 스치는 바람 소리와 같았다. 우륵은 다시 망치를 들어 널판을 두드렸다. 널판이 튕기는 소리는 여전히, 뱃속 태아의 울음처럼 젖어서 엉켜 있었다. 고을들의 소리는 악사가 만드는 것이 아니라, 금의 열두 줄 위에 스스로 들어앉는 것일 터이었다. 그러나 금이 갖추어지고 고을들의 소리가 갖추어진 후에도 땅 위에 고을들이 남아 있을는지, 우륵은 두드리기를 멈추고 널판의 안쪽을 들여다보았다. 널판이 우륵의 시선을 튕겨냈다. 새들이 숲으로 돌아와 빛들은 출렁거리며 부딪혔다. 우륵은 대숲에서 나왔다.

─전령이오. 집사장께서 급히 대궐로 들랍시오.

말에서 내린 군졸이 우륵의 사립문 앞에서 집 안쪽을 향해 소리쳤다. 땀에 젖은 말은 가쁜 숨을 몰아쉬었다. 우륵은 대숲에서 막 돌아온 참이었다. 집사장이 악사를 부른 적은 없었다. 우륵은 왕의 죽음을 직감했다. 군졸은 사립문 안으로 들어섰다. 닭들이 흩어졌다.

─채비를 서두르시오. 오늘 해안에 모시고 오라는 군령이오.

─무슨 일이냐?

─모르오. 다만 전할 뿐이오.

─대궐은 평안하더냐?

─새벽에 성상께서 승하하시었소.

수탉이 목을 빼서 갈기를 흔들며 울었다. 가파른 소리가 꺾여졌다. 소리가 소리를 무너뜨리며 치솟았다. 닭 울음소리는 마을을 흔들고 무덤의 능선 쪽으로 울려나갔다. 수탉이 울음을 멈추자 마을은 적막 속으로 내려앉았다. 툇마루에 걸터앉은 우륵은 군졸을 향해 중얼거렸다.

─그리되었구나. 새벽에, 별들이 맑았다.

─서두르시오. 갈 길에 날이 저물겠소.

대궐까지는 말을 달려 반나절이었다. 비 온 지가 오래되어 땅은 말라 있었다.

─너를 따라가야 하느냐?

─그러하오. 그리 들었소.

─알았다. 기다려라.

우륵은 방 안으로 들어갔다. 비화가 행장을 챙겼다. 우륵은 버선을 갈아신었다.

　─왕이 죽었다는구려.

　─그리되었군요.

　─그리될 것 아니었겠소.

　─물 아래쪽 고을 몇 개가 또 무너지겠군요.

비화가 떠난 지 오랜 고향을 생각하는 것 같지는 않았다. 비화의 목소리는 바람이 부는군요, 날이 저무는군요, 처럼 낮고 평온했다.

　─아마도 그리될 것이오.

　─가시면, 오래 걸리시나요?

　─장례가 끝날 때까지는 대궐에 머물러야 할 것이오.

우륵은 악사의 의관을 갖추었다. 허리에 붉은 띠를 두르고, 꿩 깃이 꽂힌 고깔을 썼다. 행장을 갖춘 주인의 모습에 말은 콧바람을 불면서 앞다리를 치켜들었다. 우륵은 말에 올랐다. 우륵이 앞서고 니문이 뒤따랐다. 말은 기다렸다는 듯이 박차를 받았다. 마른땅을 차는 말발굽 소리가 튀었다. 강 길을 따라 말 먼지가 흘러갔다. 마을은 다시 고요했다.

비화는 마당 위 짚자리에 앉아서 생선을 다듬었다. 강가에 나가 닭 한 마리와 바꿔온 민물고기 몇 마리였다. 비늘에서 무지개가 어른거렸고, 선홍색 아가미 빗살 속에 햇빛이 오글거렸다. 비화는 칼로 생선 배를 가르고 내장을 끌어냈다. 한 뼘의 등뼈가 드러났고 잔가시들이 딸려나왔다. 살의 무늬는 경련을 일으킬 듯 선명했다. 생선의 뱃속은 고요했다. 비화는 칼질을 멈추고 귀를 기울였다. 아무 소리도 들리지 않았다. 닭들이 버린 내장을 물고 달아나며 뒤엉켰다. 비화는 생선에 소금을 뿌리고 소쿠리에 담아 그늘진 나뭇가지에 걸었다.

비화가 소쿠리를 들고 일어섰을 때 울타리 너머로, 멀리 강길을 따라 들을 빠져나가는 우륵의 말 먼지가 보였다. 먼지의 선두는 맹렬했다. 말 먼지가 강굽이를 돌아나갔다. 바람이 불어서 비화의 머리카락이 날렸다. 비화는 날리는 머리카락을 쓸어모아 틀어올렸다. 비화는 드러난 제 목을 손으로 쓰다듬었다. 손에 닿는 목은 따스했고, 목에 닿는 손은 서늘했다. 비화는 고개를 돌려서 하구 쪽을 바라보았다. 하구는 멀어서 보이지 않았다. 말발굽에 밟혀서, 말 먼지 속으로 불려가는 고을들의 비명이 들리는 듯했다.

비화는 다시 짚자리에 주저앉았다. 강을 건너오는 바람이 비화의 치마 속으로 스몄다. 바람이 와 닿는 허벅지에 경련이 일었다. 우륵이 돌아올 때까지 바람이 불어주기를 비화는 바랐다. 떠난 지 오랜 고향과 옮겨살던 여러 고을의 물고기들이 비화의 기억 속을 헤엄쳐 다녔다. 바다가 가까운 하구 쪽의 물고기들은 씨알이 굵고 비린내가 심했다. 산란기에 강을 거슬러올라오는 바다의 생선들은 등이 푸르고 힘이 좋았다. 눈이 녹아 강물이 부푸는 봄날 저녁에, 생선들은 우글거리며 마을 앞 강으로 올라왔다. 배를 가르면, 목까지 알이 차 있었다.

혼자 지키는 마당에서 바람을 맞으며, 비화는 대궐이 가까운 이 산골 마을을 또 떠나야 할 때가 가까워지고 있음을 알았다.

구덩이

　우륵은 저물녘에 대궐에 당도했다. 대전 지붕 위로 검은 깃발이 펄럭였다. 그 너머 무덤의 능선은 노을을 치받으며 우뚝했고, 하늘을 달리는 산맥처럼 선명했다. 남쪽 사면에 새로 파놓은 구덩이가 드러났다. 산역에 동원된 백성과 마소 들이 대궐 서쪽 망루 앞 개울가에서 저녁을 먹고 있었다. 망루마다 횃불이 타올랐고, 교대하는 위병들이 대전 쪽을 향해 고함을 질렀다. 궐문 앞에서 우륵은 말을 묶었다. 수문장이 우륵을 알아보았다.

　—악사 어른, 늦으셨구려. 침전으로 들라시오.

　침전 마당에서 여러 고을의 수장들은 이마로 땅바닥을 찧으며 울었다.

　니문은 마당에 머물렀다. 우륵은 침전 안으로 들어갔다.

　금관을 쓰고, 금칼을 찬 왕의 시신이 침전 가운데 모셔져 있었다. 태자가 머리맡을 지켰고 그 뒤로 트레머리를 풀어헤친 비빈과 문무 군신들이 꿇어앉아 있었다. 방 안의 울음소리는 가팔랐고 마당의 울음소리는 느렸다. 방 안의 울음이 잦아들면 마당의 울음이 일어섰다.

윗목에 앉아 있던 집사장이 우륵의 팔목을 잡아끌어 옆방으로 데려갔다. 집사장의 눈이 가늘어지고 수염이 떨렸다.

―지금, 천문이 비색하다. 내일 새벽에 순장자들을 묻으려 하니, 뚜껑이 덮이고 묻기가 끝나면 악사는 산에서 소리를 베풀어 북두에 고하라.

―하관 때 묻는 것이 법도라 알고 있소만……

―한 년이 달아났다. 별자리가 들떠 있어 역심이 번질까 저어한다. 변방 또한 위태로워 나라의 근심이 크다. 우선 저것들을 서둘러 묻어서 천문을 달래야 한다. 법도가 방편을 따라야 할 때다.

차고 푸른 별들이 쏟아질 듯 와글거리던 새벽의 밤하늘이 우륵의 눈앞에 떠올랐다. 잡힐 듯 가까운 별들이었다. 순장 시녀 한 명이 달아나려고 별들은 그리도 영롱했던 것인가. 들리지 않고 보이지 않는, 흉흉한 별들의 나라가 따로 있는 것인가. 우륵의 입에서 말이 새어나왔다.

―간밤에 별들이 맑았소.

집사장이 우륵을 노려보았다. 마당 쪽에서 길고 질긴 울음이 이어지고 있었다. 집사장은 천천히 입을 열었다.

—지금 국상중이다. 너의 말이 요망하구나. 악사가 어찌 천문을 입에 담느냐!

우륵은 고개를 떨구었다.

—송구하오이다. 새벽에 잠이 덜 깨 헛것을 본 모양이오.

집사장은 노기 띤 목소리로 다그쳤다.

—성상께서 유명으로 이르시기를, 여러 고을의 소리를 따로따로 갖추라 하시었다. 네가 이번 산역에서 그 고을들의 소리를 베풀어 능침을 평안케 할 수 있겠느냐?

—불가한 일이오. 고을들의 소리가 본래 제가끔이나 사람마다의 소리도 제가끔이고 금수나 풍우의 소리 또한 마찬가지요. 그 소리를 고르고 추려서 금으로 베풀기는 쉽지 않소. 그만한 틀이 아직은 마련되지 않았소.

집사장은 숨을 길게 내쉬고 수염을 쓰다듬었다.

—여러 고을의 백성들을 고루 물을 것이니, 그 고을들의 소리가 울려퍼져야 능침이 평안하고 성운星運이 순조로울 것 아니냐. 악사가 소리만 알았지 천지간을 헤아리지 못하는구나.

…… 소리는 본래 살아 있는 동안만의 소리이고, 들리는 동안만의 소리인 것이오. …… 집사장께서 이승과 저승의 사이를 헤아리지 못하시는구려. …… 살아 있는 동안의 이 덧없는 떨림이 어찌 능침을 평안케 하고 북두를 진정시킬 수가 있겠소. 소리가

고을마다 다르다 해도 쇠붙이가 고을들을 부수고 녹여서 가지
런히 다듬어내는 세상에서 고을이 무너진 연후에 소리가 홀로
살아남아 세상의 허공을 울릴 수가 있을 것이겠소? 모를 일이
오. 모를 일이로되, 소리는 본래 소리마다 제가끔의 울림일 뿐
이고 또 태어나는 순간 스스로 죽어 없어지는 것이어서, 쇠붙이
가 소리를 죽일 수는 없을 것 아니겠소? 죽일 도리가 없을 것이
고, 죽여질 리가 없지 않겠소? 그 또한 모를 일이로되, 아마도
그러하지 않겠소······

　우륵은 말이 되어지지 않는 말들을 몸속으로 밀어넣었다. 침
전 큰방에서 태자가 죽은 왕의 입을 벌리고 쌀을 물렸다. 여러
고을들의 낟알이 섞여 있었다. 물릴 때, 죽은 왕의 입이 굳어서
쌀알이 흩어졌다. 태자가 손가락으로 낟알을 주워서 왕의 입에
넣고 입술을 오므렸다. 메마른 입술이 늘어져 흰쌀알이 내비쳤
다. 마당의 울음이 사그라지고 방 안의 울음이 일어섰다. 집사
장이 타구를 당겨 가래를 뱉었다.

　—일출 전에 묻어야 하는데, 고을의 소리를 갖추지 못했으니
두렵지 않느냐!

　—소리가 고을마다 다르기는 하되, 고을들이 따로따로 흩어
져 느슨하니 적들이 우리를 넘보는 것 아니겠소.

　—그것이 지금 악사의 대답이냐!

　—대답은 못 되오만······

―옥체를 덩이쇠 위에 모시고 또 여러 고을의 순장자를 바치는 것이 다 경토境土를 지키고자 함이다. 악사가 염려할 일이 따로 있다. 새벽에, 소리를 어찌할 것이냐?

　―아직은 고제古制를 따를 뿐이오.

　집사장이 목소리를 내리깔았다.

　―도리 없으니, 우선 너에게 맡긴다. 허나, 너의 불충은 크다.

　……소리가 어찌 충忠을 감당할 수 있겠소……

　우륵은 말을 밀어넣었다. 망루로 나가는 내위병들의 횃불이 장지문에 비치었다. 우륵과 집사장의 그림자 두 개가 길게 벽 위에 늘어졌다. 횃불에 그림자가 흔들렸다. 그림자 속에서, 집사장의 수염은 방바닥에까지 닿았다. 내위병들은 발소리도 내지 않고 빠르게 걸어갔다. 말들도 울지 않았다. 횃불이 지나가자 그림자는 사라졌다. 왕이 죽자 침전 구들에는 불을 때지 않았다. 저녁 한기가 서늘했다. 한참 후에 집사장이 말했다.

　―알았다. 나가보아라.

　새벽에 우륵은 능선 위로 올라갔다. 니문과 악공 다섯 명이 뒤를 따랐다. 악공은 대궐 내위군에 딸린 자들이었다. 능선까지는 가파른 달구지 길이 닦여져 있었다. 달은 비스듬했으나 빛이 깊이 스며서 숲의 안쪽까지 들여다보였다. 이슬이 흠뻑 내려 풀벌레들은 고요했다. 맹렬한 적막 속에서 별들이 와글거렸다. 우륵이 앞서고, 악공들은 말없이 걸었다. 산 중턱에서부터 무덤의 능선은 시작되었다. 사백 년 역대 왕들의 무덤이었다. 올려다보이는 무덤들은 윤곽이 겹쳐지면서 산마루턱까지 이어졌다. 뽀얀 달빛이 어둠에 풀려 먼 무덤이 가까워 보였고 가까운 무덤이 멀어 보였다. 길은 무덤들 사이로 파고들지 못하고 무덤의 아래쪽 외곽으로 뻗어나갔다. 칠부 능선 남쪽 사면을 헐어낸 자리에 넓은 개활지가 드러났고, 거기에 구덩이들이 파여져 있었다. 왕의 석실을 중심으로 크고 작은 구덩이 스무 개가 북두의 별자리 모양으로 자리잡았다. 구덩이마다 돌뚜껑이 하나씩 놓여 있었다. 들뜬 흙이 정리되었고, 비질 자국이 선명했다. 구름이 달을 가리자 구덩이 속은 깊어 보였다.

지관은 우륵보다 먼저 능선 위에 올라와 있었다. 지관은 군졸 셋을 인솔했다. 지관의 군졸들은 가마솥에 불을 때고 있었다. 장작불이 사위었고, 밥 익는 향기가 퍼졌다. 어둠 속에서 지관은 그림자처럼 다가왔다. 가죽신에 감발을 쳐서 발소리가 나지 않았다. 검댕칠을 한 지관의 얼굴은 어둠에 가려 보이지 않았다. 지관은 소리를 죽여서 말했다.

—이슬이 맑소.

우륵은 대답하지 않았다.

—이슬이 넉넉하니 순한 밤이오.

가까운 숲에서 밤 부엉이가 울었다. 북두가 서쪽으로 기울었다. 지관은 또 말했다.

—서둘러 묻으라는 분부가 있었소. 뚜껑이 덮인 후에 소리를
베풀어야 할 것이니…… 저쪽에 가 계시오.

지관은 개활지 가장자리의 초막을 가리켰다. 지붕만 있고 담
벽이 없는 초막이었다. 우륵은 초막 안으로 들어갔다. 니문과
악공들이 따라 들어왔다.

왕의 석실 밑바닥에서 사람의 그림자가 어른거렸다. 그림자
는 사다리를 타고 땅 위로 올라와 초막 쪽으로 다가왔다. 야로
였다. 야로는 석실 바닥에 깔린 덩이쇠의 이음새를 점검하고 있
었다. 쇠망치를 든 대장장이 네댓 명이 야로의 뒤를 따랐다. 야
로가 초막 안으로 들어섰다. 쇠를 녹이는 화덕 불길에 누렇게
그을린 눈동자 속에서 야로의 눈빛은 어둠을 쩔렀다. 야로가 말
을 걸어왔다.

—야심토록 수고가 많소.

강이 끝나는 하구의 나루터에서 신라 군선에게 병장기를 넘
기던 야로의 모습이 떠올랐다. 야로는 또 말했다.

—악사 어른, 국장에 천문이 들떠 있으니 걱정이오. 소리로
천지간을 뚫어야 하니 악사의 소임이 크구려.

달이 구름을 벗어났다. 석실 밑바닥에 깔린 덩이쇠 위에 이슬
이 내렸고 쇠의 결을 따라 달빛이 일렁였다. 우륵은 쇠에 비치
는 달 무늬를 바라보며 말했다.

―솜씨가 아름답소.

―내 솜씨라기보다, 쇠는 본래 왕의 것이오.

지관이 초막으로 다가왔다.

―지금부터 순장례가 끝날 때까지 말소리를 내지 마시오.

산 아래쪽에서 햇불의 대열이 궐문을 빠져나와 능선 쪽으로 향했다. 두 줄로 늘어선 햇불은 우마차 길을 따라 능선 위로 올라왔다. 순장자들을 호송하는 내위군의 햇불이었다. 두 줄의 햇불 사이에서, 정장을 차려입은 순장자들은 한 줄로 길게 늘어서서 산 위로 올라왔다. 햇불은 무덤을 돌아서 가까이 다가왔다. 모두들 감발을 쳐서, 다가오는 소리는 들리지 않았다. 햇불의 대열은 물 흐르듯이 다가왔다. 흔들리는 불빛에 그림자가 너울거렸고 도끼날이 번쩍거렸다. 송진이 타는 연기가 길게 흩어졌다. 햇불의 대열은 구덩이가 패어진 개활지 안으로 들어왔다. 순장자들은 꿇어앉았고, 그 둘레에 군사들이 도열했다. 지관이 나아가 두 번 절하며 대열을 맞았다. 내위장이 대열 앞으로 나와 두 번 절로 답례했다. 순장자들이 일제히 일어나서 대궐 쪽을 향해 두 번 절했다.

지관이 가마솥 쪽의 군졸들에게 손짓으로 신호를 보냈다. 군졸들이 솥뚜껑을 열고 삽으로 밥을 휘저었다. 김이 오르고 비릿한 밥냄새가 퍼졌다. 차가운 밤공기 속에서 밥냄새는 깊었다. 초막 안에서 우륵은 숨을 죽이고 바라보았다. 군졸들이 토기에 고봉밥을 담아내서 구덩이마다 한 그릇씩 가져다놓았다. 달빛이 밥 속으로 스몄다. 지관이 구덩이들을 차례로 돌며 두 번씩 절했다. 지관은 천천히 돌았다. 달이 기울고, 멀리 강 건너 동쪽 하늘에 붉은 기운이 번졌다.

어두운 산맥의 연봉은 서쪽으로 뻗어나갔다. 그 끝 쪽에서 가야산의 검은 윤곽은 멀고 완강했다. 북두는 가야산 위로 흘러와 있었다.

아득한 시절부터 여러 고을의 사람들이 말하여 옮기기를, 가야산의 산신은 여자였는데, 그 여자의 두 가랑이는 양쪽 산줄기였고 그 사이로 강이 흘렀다. 강물이 부푼 봄밤에 그 여자는 가랑이를 벌리고 천신과 교접하였다. 산이 뒤틀리고 폭우가 쏟아졌다. 골짜기가 찢겨나가고 젖은 바위들이 번개에 번쩍였다. 번갯불이 사타구니 사이로 파고들면서 여자의 몸속을 지졌다. 여자는 두 가랑이를 하늘로 치켜들고 비명을 지르다가 혼절했다. 여자가 잉태하니 아들이었다. 아이는 자라서 산을 내려왔다. 그 아이가 세상을 열고 고을들을 추슬러 왕국의 시조가 되었다. 아이가 산에서 내려올 때 인간의 이름을 정했는데, 그 이름은 쇠 김金이었다.

지관은 순장자의 대열 앞으로 돌아왔다. 지관은 돌아서서 가야산 쪽을 향해 두 번 절했다. 팔을 쳐들 때 넓은 옷소매가 바람에 날렸다. 지관은 오래 엎드려 있었다.

내위장이 순장자들의 턱을 손바닥으로 치켜들어 신원을 확인했다. 내위장의 목소리는 낮게 깔려 있었다.

　—네가 알터 농부냐? 이쪽이 너의 처자식이냐?

　—네가 바람나루 사공이냐? 너는 몇살이냐?

　—네가 구슬터 무당의 딸이냐? 경도는 멎었느냐?

　내위장은 신원 확인이 끝난 순장자들을 지관에게 넘겼다. 지관이 넘겨받은 순장자들을 각자의 구덩이 앞으로 데려갔다. 군사들이 뒤따랐다.

　무당의 딸이 흑, 하고 울음을 토해냈다. 순장자들이 서로 얼굴을 더듬으며 술렁거렸다. 뒤에서 달려든 군졸이 도끼로 무당 딸의 어깨를 내리찍었다. 순장자들은 다시 고요해졌다. 지관이 구덩이 하나를 손가락으로 가리켰다. 군사들이 달려들어 쓰러진 무당의 딸을 구덩이 안으로 밀어넣었다. 순장자들은 무릎으로 기어서 구덩이 안으로 들어가 반듯이 누웠다. 젖먹이가 딸린 농사꾼 내외는 마주 보며 모로 누웠다. 젖먹이는 그 사이에 끼어 있었다. 군사들이 구덩이 안으로 밥그릇을 던졌다. 지관이 두 손으로 커다랗게 원을 그려 신호를 보냈다. 구덩이마다 지키고 섰던 군사들이 돌뚜껑을 덮었다. 구덩이에서는 아무런 소리도 들리지 않았다. 시녀와 근위 무사 들은 왕의 석실에 가까운 구덩이로 기어들어갔다. 시녀들이 구덩이 언저리에서 멈칫거렸다. 군사들이 시녀의 등을 발길로 찼다. 돌뚜껑이 덮였다.

문무 신하 각 두 명이 내위장 앞으로 끌려왔다. 늙은 측신들이었다. 둘 다 몸매가 파리했고 수염이 길었다. 문신과 무신의 정복으로 성장을 하고 있었다. 늙은 신하 두 명은 산 채로 왕의 석실 안에 함께 묻어야 했다. 석실 뚜껑은 왕의 시신을 모신 후에 덮게 되어 있었다. 출상까지는 열흘이 남아 있었다. 내위장은 난감했다. 내위장이 지관에게 물었다.

—어찌해야 하겠느냐?

—열흘이 남았으니…… 생장生葬은 불가하오.

—흉하지 않겠느냐?

—흉해지겠지요. 허나 토막을 내지는 마시오.

—찌르라는 말이냐?

내위장이 늙은 신하들 앞으로 다가갔다.

—의관을 풀어라. 속옷까지 벗어라.

늙은 신하들은 옷을 벗고 엎드렸다. 마른 등뼈가 솟아올랐다. 지관이 두 번 절했다. 내위장이 창을 쥔 군사들에게 일렀다.

—재워라.

군사들이 엎드린 등을 창으로 찔렀다. 창은 깊숙이 박혔다. 군사들은 표적물을 발길로 차며 창을 빼냈다. 지관은 쓰러진 시체에서 피가 모두 빠져나갈 때까지 기다렸다. 군사들이 시체에 묻은 피를 물로 씻어내고 다시 옷을 입혔다. 관을 씌우고 요대를 채우고 가죽신을 신겼다. 흩어진 머리카락과 수염을 빗질로 가

다듬었다. 지관이 의관을 갖춘 시체 두 구를 석실 안으로 옮겼다. 시체는 덩이쇠 위에 반듯이 뉘어졌다. 문신이 우측, 무신이 좌측이고, 두향頭向은 문신이 정동正東이고 무신이 정서正西였다. 지관이 시체의 머리맡으로 밥 한 그릇씩을 가져다놓고 두 번 절했다. 열흘 뒤에 왕의 시신이 그 사이로 들어오면 돌뚜껑은 닫힐 것이었다. 지관이 초막으로 다가왔다.

—이제 소리를 베풀어 북두에 고하시오.

우륵은 석실 앞으로 나아갔다. 니문과 악공 다섯 명이 따라나왔다. 강 건너 쪽에서 번지는 일출의 노을이 가야산 너머까지 뻗었다. 새벽노을이 번지는 하늘에서 빛들은 어둠 속으로 녹아들면서 어둠을 걷어냈다. 하얗게 사윈 별들이 먼 곳으로 불려가고 있었다.

악공들은 석실 앞에서 일렬로 도열했다. 북, 피리, 쇠나팔 들이었다. 니문은 네 줄짜리 금을 안았다.

—서두르시오. 일출 전에 끝내야 하오.

지관이 독촉했다. 외곽 쪽 구덩이 속에서 아이 울음이 새어나왔다. 땅속에서 재갈이 풀린 모양이었다. 구덩이마다 울음소리가 번져나갔다. 돌뚜껑에 눌린 울음소리는 희미하고 아득했다. 깊은 곳에서 땅이 울리듯이 웅웅거렸다. 내위장이 지관을 불렀다.

—뚜껑 밑이 소란하니, 낭패로구나.

　—생장은 무리였소. 허나 곧 조용해질 것이니……

　웅웅 소리는 웅웅웅거리며 퍼져나갔다. 우륵은 악공들의 대열 앞으로 나왔다.

　—북이 길을 열고 피리는 따라라. 쇠나팔은 길을 멀리 뻗게 하고 금은 그 사이를 들고 나며 길을 고르게 하라.

　북이 울려 새벽 산을 흔들었다. 북소리가 산봉우리들을 멀리 밀려내, 흔들리는 봉우리가 밀려난 자리에서 남은 시간들이 곤두박질로 무너지고 새로운 시간이 돋아나는 환영이 우륵의 눈앞에 펼쳐졌다. 그 환영에, 무너져가는 하구의 고을들이 겹쳤다. 북장이는 춤을 추듯이 북틀을 돌면서 가죽을 때리고 북통을 때렸다. 돌뚜껑 아래서 웅웅웅 소리가 멎었다. 피리가 멀리 밀려난 산봉우리들을 다시 불러들였다. 봉우리들은 흔들리면서 다가왔다. 다시 불려온 봉우리들은 비에 씻긴 듯 푸르렀다. 피리 소리는 잇닿은 연봉을 따라 가야산 쪽으로 출렁거리며 나아갔다. 쇠나팔이 산과 산 사이를 찢었다. 우륵의 눈앞에서, 산들은 번개를 맞듯이 하얗게 지워졌다. 나팔 소리의 끝이 땅으로 깔리더니 하늘로 치솟았다.

　흔들리는 허공 속에서 니문은 새롭게 짜여지는 바람의 무늬를 보았다. 무늬는 하늘과 들을 가득 채우고, 물결처럼 다가왔고, 흘러갔다. 니문은 그 무늬를 향해, 무늬가 흔들리는 대로 금을 뜯었다. 네 줄짜리 금은 소리와 소리 사이에서 고랑이 팼다. 고랑을 건너뛰기 위하여 니문의 손은 빠르게 움직였다. 소리는 소리의 끝에서 태어났다. 피리가 어두운 봉우리 뒤쪽으로 흘러가고 나팔 소리의 꼬리가 하늘로 치솟았을 때, 북이 뒤로 돌아와 소리들을 밀어냈다. 소리들은 여울을 이루며 앞으로 나아갔다.

우륵은 일어섰다. 우륵은 가야산 쪽을 향해 세 걸음 나아갔다. 오른팔로 허공을 더듬어내리면서 우륵은 뒤로 돌았다. 왼팔을 추켜들면서 우륵은 다시 뒤로 돌았다. 붉은 허리띠가 너울거렸다. 몸이 소리를 끌고 나갔고, 몸이 소리에 실려서 흘렀다. 우륵은 날이 밝도록 춤추었다. 아침의 첫 햇살이 가야산에 부딪혔다. 산은 보라색으로 빛났다.

순장자들이 묻히던 밤에서 아침 사이에 하구 쪽 세 고을이 잇달아 무너졌다. 왕의 부음을 받은 수령들이 고을을 비우고 대궐로 향한 직후에, 신라 군대는 기병을 몰아 기습해왔다. 신라 군대는 강 건너에 미리 포진하고, 수령들이 떠나기를 기다렸다. 고을들은 대적하지 못했다. 싸움은 한나절 만에 끝났다. 싸움이 끝난 후에도 신라 군대는 돌아가지 않았다. 신라 군대는 가야의 관아에 주둔했고, 관아 둘레에 못을 파기 시작했다. 무너진 고을의 수령들은 국장이 끝난 뒤 고을로 돌아가지 못했다. 수령들은 대궐에 가까운 민촌을 식객으로 떠돌았다. 봉분을 쌓는 공사는 늦가을에 끝났다. 석실과 스무 개의 구덩이가 하나의 봉분 아래 묻혔다. 무덤의 능선 남쪽 사면으로 새 봉분 하나가 들어섰다. 그해 겨울에 눈이 많이 내렸다. 흰 봉분에 칼바람이 부딪혀 눈보라가 일었다. 봄에, 봉분은 파랗게 피어나서 하늘에 선명한 윤곽을 그렸다.

날

야로는 대궐을 나와서 개포나루로 향했다. 군사 열 명이 뒤를
따랐다. 야로는 문신의 복장이었는데, 허리에 검은 상장喪章을
차고 있었다. 산역을 끝내자 몸은 무거웠고 마음은 가벼웠다.
산역의 마지막 날 나루터에서 무덤의 능선까지 말을 달려온 야
로의 군장이, 하구 쪽에서 가야의 고을 몇 개가 삽시간에 무너
졌다는 소식을 전했다. 산 위에서 야로는 군장의 입을 엄히 단
속했다.

—알았다. 국상중이니, 흉한 언설을 퍼뜨리지 마라. 너는 나
루터로 돌아가라.

쇠들이 부딪쳐서 고을이 무너지고 또 정돈될 것이며, 왕의 시
신은 녹스는 덩이쇠 위에서 썩어갈 것이었다. 야로는 세상의 단
순성과 세상의 복잡성 사이에서 어지러웠고 피곤했다. 야로는

세상이 자신의 피로 속에 녹아드는 듯한 자부심을 느꼈다.

야로는 천천히 말을 몰았다. 말은 강 건너쪽 산봉우리와 구름에 한눈을 팔면서 마실 가듯 느리게 걸었다. 날이 맑고, 바람이 순했다. 말 비린내가 바람 속으로 퍼졌다.

왕이 죽고 순장자들이 묻히고 늙은 태자가 울면서 보위에 올랐지만, 일월日月은 본래 태평해서 바람 부는 들에는 숲이 서걱일 뿐 아무 일도 없었다. 야로의 말은 이따금씩 깊은숨으로 바람을 들이마셨고, 다부지게 방귀를 뀌어댔다. 방귀가 터질 때, 말 옆구리가 흔들렸다. 뒤따르는 말들은 앞선 말의 사타구니에 코를 들이대고 흥흥거렸다.

보위에 오른 태자는 국상중에 달아난 순장 시녀 한 명을 잡아들이라고 내위장을 다그치는 일로 왕업을 시작했다. 내위장이 고을 수령들을 닦달했고 수령들은 군장들을 질타했다. 하관 날까지 달아난 시녀는 잡히지 않았다. 태자는 깊이 상심했다. 태자는 조석으로 부왕의 능침을 향해 머리를 조아렸다. 능침 아래쪽으로 자작나무 이파리들이 가을빛을 튕겨내서, 숲은 발광체처럼 빛났다. 태자의 상심만 아니었다면, 가야에는 아무 일도 없는 듯싶었다. 태자의 상심 또한 별일은 아니었다. 태자는 달아난 시녀의 얼굴을 기억하지 못했다. 얼굴을 기억하는 지밀 시녀들은 모두 순장되었다. 달아난 년이 끝내 잡히지 않으면 민촌의 처녀 한 명을 붙잡아 토막을 쳐서 들이밀면 될 일이었다. 내위장은 군사들을 닦달하면서도 느긋했다. 별일은 아니었다.

　나루터가 가까워지자 말들은 익숙한 불냄새와 쇠냄새에 코를 벌름거렸다. 오랜만에 소굴로 돌아온 기쁨에, 말들은 앞다리를 들어 허공을 긁으며 치솟았다. 말들은 강가에서 물을 마셨다. 고개 숙인 말들의 눈동자에 강 건너편 산봉우리들이 비쳤다. 강은 구름 사이를 흘렀다. 강이 흘러도 물에 뜬 구름은 흐르지 않고 하늘에 뜬 구름을 마주 보고 있었다. 강가에서 야로는 오랫동안 하구 쪽을 바라보았다. 강이 산 사이로 굽이쳐 하구는 보이지 않았다. 무너진 고을들의 연기와 말 먼지도 보이지 않았다. 하구에 쇠를 부린 군선 몇 척이 물굽이를 돌아오고 있었다. 돛폭이 바람에 부풀어, 사공들은 노를 올려놓고 술을 마셨다. 상류 쪽에서 화목火木을 싣고 내려온 배들이 나루에 닿았다. 소달구지를 끄는 군사들이 고함을 지르며 통나무를 날랐다. 쇠와 불이 물을 따라 흘러다닐 뿐, 개포나루에는 아무 일도 없었다. 야로는 몸속에 절여지는 피로를 느꼈다. 피로가 스미는 몸속에서는 늘 불냄새가 났다.

　―물이 식었다.

　야로는 욕실 문 밖을 향해 고함쳤다. 무쇠가마에 몸을 담그고 야로는 한동안 잠이 들어 있었다. 마른 쑥이 더운물에 풀어지면서 향기를 토했다. 야로는 숨을 깊이 들이마셨다. 김 서린 쑥향이 뼈마디로 스몄다. 창자가 풀어지고 허파 속이 젖었다. 늙은 대장장이의 팔다리 근육은 완강한 굴곡으로 꿈틀거렸으나 사타구니의 터럭은 백발이었다. 무쇠가마 바닥이 다시 더워졌다. 야로는 물속으로 길게 다리를 뻗으며 몸을 뒤집었다. 야로는 온도의 오묘함을 생각했다. 불의 온도는 몸을 찌르고, 물의 온도는 몸에 스몄다. 장작이 타는 열기가 쇠를 녹이고 물을 덥혔다. 불이 세상을 녹이고 날을 세우고, 날을 또 무너뜨려, 불이 세상을 가지런히 하는 것인가…… 불과 물과 쇠의 틈바구니에서 야로의 피로는 깊고 황홀했다.

　—야적冶赤을 불러라.

　욕조에서 일어서면서, 야로는 다시 문 밖을 향해 고함쳤다. 야적은 야로의 큰아들이었다. 야적은 서른 살의 장년으로, 애꾸눈이었다. 야적은 소년 시절부터 불꽃 속살의 색깔과 흔들림을 깊이 들여다볼 줄 알았다. 색깔로 뜨거움의 정도를 알았고, 불꽃의 맑은 중심을 한군데로 모을 줄 알았다. 바람을 넣으면 불꽃은 맹렬히 타올랐고, 바람을 끊으면 불꽃은 고요히 집중했다. 연자방아처럼 소에 묶어서 돌리는 풍구도 야적의 솜씨였다. 야적은 풍구와 화덕 사이에 땅을 파서 옹기 토관을 묻고 바람을 끌어들였으며, 화덕 밑에 두 줄기 고랑을 파서 쇳물 속에 섞인 찌꺼기를 따로 뽑아냈다. 야적의 쇠는 맑고 단단했다. 야적은 열 살 무렵부터 대장장이 일을 배웠다. 야적의 생모는 둘째를 낳고 나서 자궁 속으로 산욕열이 번져 죽었다. 숨이 끊어지기도 전에 밑이 열리고 고름이 쏟아져나왔다. 야적의 처도 아이를 낳다가 죽었다. 초산이었는데, 태아가 거꾸로 나오면서 발을 먼저 내밀었다. 작은 다리 하나가 밖으로 삐져나온 채 사흘이 지났다. 산모는 사타구니 사이에 아이 다리 하나를 내민 채 핏덩어리를 쏟아내다가 죽었다. 죽음은 널려 있어서 사내들은 울지 않았다. 야로는 홀아비로 늙었고, 야적도 홀아비로 나이를 먹어갔다. 야적은 화덕의 불꽃을 들여다보면서 자랐다. 불꽃의 흰 중심을 골똘히 들여다보다가 숯에 섞인 잡석이 튀어들어와 왼쪽 눈에 박혔다. 왼쪽 눈이 멀자 성한 오른쪽 눈은 동자가 활짝 열리고 두 배로 빛났다. 야적은 대장장이, 불장이, 목도꾼, 허드레 꾼 백여 명을 부리며 가야산 중턱 쇠터의 일을 맡고 있었다. 야로는 나루터 군사 육십 명을 쇠터에 상주시켰다. 쇠터에서는 철 광석을 녹여 덩이쇠를 만들어냈다. 덩이쇠들은 다시 개포나루 대장간으로 옮겨져서 병장기로 바뀌었다. 야로가 산역으로 나루를 비운 동안 야적이 나루터로 내려와 대장간 일을 관장하고 있었다.

  야적은 아버지의 숙사로 들어섰다. 군사 두 명이 지게에 쇠붙이를 가득 지고 야적의 뒤를 따랐다. 야로의 숙사는 나루터의 남쪽 언덕 위였다. 멀리 상류 쪽 강이 마당처럼 환히 내려다보였고 나루와 대장간들의 움직임이 한눈에 잡혔다. 야적의 군사들은 숙사 마당에 짐을 부렸다.

　—부르셨습니까?

　댓돌 앞에서 야적은 아버지를 불렀다. 젖은 머리를 수건으로 닦으며 야로는 마당으로 내려섰다. 오랜만에 보는 아들은 마른 몸매에서 매캐한 불냄새를 풍겼고 외짝 눈빛에 날이 서 있었다. 아들의 눈빛과 마주치는 순간, 야로는 사내들끼리 살아온, 뜨겁고 먼지 이는 세월이 허전했다.

　—목이 마르구나. 산역도 끝났으니……

　—주막에 더덕술이 익었다 하옵니다.

　야로는 마당에 부려진 쇠붙이 쪽으로 다가갔다.

　—이것이 물 아래쪽 물건이냐?

　—쇠가 무르기는 하나 모양은 못 보던 것입니다. 사흘 전에 배편으로 올라왔습니다.

　쇠붙이는 신라 군대의 투구였다. 싸움이 끝난 들에 흩어져 있던 죽은 자들의 투구를 하구 쪽으로 내려갔던 야로의 군사들이 모아왔다. 찌그러진 투구의 안쪽에 피딱지와 머리카락이 말라붙어 있었다. 야로는 투구를 집어들어 살폈다. 야로의 눈은 먼 싸움터를 들여다보는 듯 가늘고 고요했다.

　찌꺼기가 남아 있는 잡쇠였다. 쇠는 무르고 푸석거려 보였다. 두들기니 탁한 소리가 났다. 깨어진 단면에 기포가 남아 있었다. 앞에서 날아오는 화살을 감당할 만했으나 뒤에서 달려드는 도끼를 당할 수는 없을 듯싶었다. 군선 편에 내려보내준 덩이쇠를 녹여서 만든 물건이 분명했다. 신라의 쇠로 만든 투구들도 몇 개 있었다. 신라의 쇠는 소리는 맑았으나 역시 기포는 거칠었다.

얼개는 조악해 보였다. 투구 전체를 하나의 주형鑄型으로 구워낸 것이 아니라 두 쪽을 마주 대고 쇠줄로 얽었다. 정수리에서 뒷목 쪽으로 이음새가 나 있었다. 이음새는 약해 보였으나, 이마에 사슴뿔 무늬를 새겨 수컷의 위엄을 갖추었고 양쪽으로는 목과 어깨까지 덮이는 가리개를 철편으로 엮어서 달아놓았다. 신라 투구의 얼개는 싸움의 모든 동작을 깊이 들여다보는 야장의 솜씨였다. 그 야장은 대장간과 싸움터를 연결시킬 줄 아는 자였다. 그러나 쇠의 재질이 미치지 못했고 이음새는 헐겁고 조잡했다. 엉성한 물건을 대량으로 만들어낸 모양이었다. 투구는 조준점을 잃은 유시流矢나 격살 각도가 어긋난 창질을 견딜 만해 보였다. 그러나 말 위에 올라탄 기병이 이 투구를 쓴 보병을 잡으려면 투구 정수리의 이음새로 창을 찔러넣는 수밖에 없었다. 움직이는 말 위에서 한 점의 창끝을 겨누어 움직이는 보병의 정수리를 찍는 일은 어려워 보였다. 이음새를 찌르고 들어간 창을 다시 뽑아내는 일도 쉽지 않아 보였다. 투구를 쓰고 가지극을 쥔 보병들이 달려든다면 창을 든 기병은 죽거나 말을 돌려 달아나야 할 것이었다. 목덜미가 가지극에 물린 상태에서 말을 돌리면 기병은 말의 힘에 의해 땅바닥으로 굴러떨어질 것이었다. 야로는 다시 눈을 들어 먼 하구 쪽을 오랫동안 바라보았다. 새들이 숲으로 돌아가고 있었다.

　—이 투구를 쓴 자들이 누구냐?

　—신라 보졸들이라 하더이다.

　야로는 아들 쪽으로 시선을 돌렸다.

　—보졸이…… 보졸들이 죄다 이 투구를 썼다 하더냐?

　—그리 들었습니다.

　아하, 보졸들이라니, 보졸들의 머리통마다 철제 투구를 씌우다니, 신라의 쇠가 커져 있구나…… 쇠의 세상이 기우뚱해져 있구나……

　야로의 입술이 굳게 물렸다. 야적은 아비의 표정의 안쪽을 읽지 못했다.

　흩어진 고을의 계집들이 몰려들어 개포나루 색주가는 향기롭고 화사했다. 계집들은 이동하는 새떼들과 흡사했다. 하구의 계집들은 물을 거슬러올라와서 저녁 무렵에 당도하는 배에서 내렸다. 멀리서, 계집들은 뱃전에 내려앉은 까마귀떼처럼 보였다. 행색은 남루했고 몸에서는 악취가 풍겼다. 야로는 색주가의 규율을 엄히 단속했다. 미색이 처지거나 범절을 익히지 못한 것들을 골라내서 상류 쪽 나루터나 가야산 쇠터 아래 주막으로 보냈다. 가까이 둘 수 없는 것들은 따로 가두어놓고 통나무나 쇠붙이 나르는 일에 부렸는데, 거의가 짐에 깔려 죽거나 다쳤다. 군장의 주막과 군졸의 주막을 따로 정해서 술자리와 계집이 뒤섞이는 일이 없었다. 더러운 계집들은 오래지 않아 뽀얗게 살색이 피어났다. 계집들은 하구 쪽에서 실려오는 미역과 파래에 조개를 넣고 고아서 그 국물로 뒷물을 쳤고, 쑥이 타는 연기를 사타구니에 쪼였다. 술 찌꺼기에 달걀을 버무려 얼굴에 발랐고, 수말의 오줌으로 세수를 했다. 산수유 씨앗을 찧어서 그 기름으로 머리를 감았고 향나무 수액을 겨드랑 밑에 뿌렸으며 석류알을 찧어서 그 즙을 입술에 발랐다. 계집들은 상류 쪽 산간 마을에서 내려오는 더덕, 칡, 버섯이며 딸기, 오미자, 구기자로 술을 담글 줄 알았다. 대체로 뿌리로 담근 술은 군장들의 차지였으며, 열매로 담근 술은 군졸들의 몫이었다. 굵은 더덕 뿌리가 우러난 술은 몸속에서 낮게 깔리면서 퍼졌다. 깊은 산 바위틈에서 가뭄을 견디어낸 더덕 뿌리는 오히려 물의 성정이 깊어서, 술은 크게 굽이치는 강과 같았다. 술이 사람의 몸을 찌르지 않고 먼 곳을 돌아서 다가왔는데, 유역이 넓어서 깊고 느리게 스몄고, 그 취기는 들뜨지 않았다. 여자들의 비릿하고 물컹거리는 속살을 야로는 그다지 좋아하지 않았다. 그 속살들은 늘 깊이를 알 수 없이 모호했고 정처 없이 보였다. 야로는 몸속에서 크게 굽이치고 낮게 깔리는 더덕술의 흐름과 무게를 좋아했다.

군졸이 주막으로 달려와 야로 부자의 행차를 미리 알렸다. 늙은 주모가 방바닥에 물걸레질을 하며 부산을 떨었고 군사들이 주막을 에워싸고 보초를 섰다. 야로는 술상 앞에 아들과 마주 앉았다. 야적의 애꾸눈은 동자가 패어져나갔는데, 함몰된 자리가 꿈틀거렸다. 야로는 부자로 맺어지는 인연의 정체를 알 수 없었다. 술이 나오기 전에, 야로는 신라 투구 한 개를 술상 위에 올려놓았다. 야로는 여자를 물리쳤다.

— 쇠터는 어찌 되어가느냐? 산역에 쇠가 다 들어가서 창고가 비어 있겠구나.

— 덩이쇠가 바닥이 났습니다. 산을 뒤지고 있는데, 광맥이 점점 깊어져 품이 많이 듭니다.

— 서둘러라. 깊이 파지 말고 지표에 드러난 광맥을 찾아라. 곧 쇠가 크게 쓰이게 될 것이다.

야로는 투구의 이음새를 손가락으로 가리켰다.

— 봐라. 이 보졸의 대갈통을 어찌해야 깨뜨릴 수 있겠느냐?

— 기병은 창을 쥐고 있으니……

— 창으로 될 일이 아니다. 보졸의 대가리는 늘 흔들리고 있다.

— 화살로는 어떤는지요?

— 당치 않다. 화살은 이제 짐승을 잡을 수 있을 뿐이다. 화살은 쇠를 뚫지 못한다.

— 그럼 어찌해야……

—도끼로 깨야 한다. 기병도 도끼질을 익혀야 한다. 도끼날을 반달 모양으로 둥글고 넓게 만들어라. 그래야 이 이음새를 깨뜨릴 수 있다. 가벼워야 한다. 얇게 구워내라. 얇으면 휘기 쉽다. 쇠가 야물어야 한다. 얇게 굽기가 어려우면 가운데 구멍을 뚫어서 무게를 줄여라. 창끝과 도끼날을 같은 자루에 달아야 한다. 창끝 밑에 반달도끼날을 붙여서 한 틀에 구워내라. 우선 몇 개만 만들어보아라.

야로는 목판 위에 붓으로 반달도끼 모양을 그렸다.

—반달의 맨 가운데가 날카로워야 한다.

야로는 목판을 아들에게 넘겨주었다. 야적은 목판의 그림을 들여다보았다. 창과 도끼가 한 자루에 합쳐진, 새로운 병장기였다.

—자루가 길어서는 안 된다. 짧아서도 안 된다. 길면 찍을 수가 없고 짧으면 찌를 수가 없다.

—그럼 어찌해야……

—우선 만들어서, 군사들을 조련시켜보아라. 알맞은 길이를 찾아야 한다. 쇠는 몸으로 부리는 것이다. 자루가 몸과 쇠를 연결시킨다. 자루의 길이를 얻지 못하면, 쇠가 단단해도 소용이 없다.

야적은 목판에서 눈을 들었다. 야로는 빙그레 웃고 있었다. 쇠를 들여다보면서 자루를 말하는 아비가 야적은 아득히 멀게 느껴졌다. 야적은 물었다.

—새 병장기는 가야 기병의 것입니까?

야로의 얼굴에 웃음기가 가셨다.

—그야, 쇠라는 것은…… 고루 쓰이게 될 것이다.

야적의 애꾸눈이 실룩거렸다.

—쇠붙이는 본래 왕의 것이 아닙니까?

야로는 아들의 외짝 눈을 쏘아보았다. 저 녀석은 돌을 녹여서
쇠를 만들고 쇠를 끓여서 병장기를 만들되, 쇠의 큰 흐름을 모
르는구나…… 날과 자루와 몸 사이의 일을 모르는구나…… 외
짝 눈으로 불구덩이만 들여다보는 녀석이로구나……

야로는 대답했다.

—쇠붙이는 주인이 따로 없다. 쇠붙이는 지닌 자의 것이다.

—말씀이 어지럽사옵니다.

—주인이 따로 없어, 쇠의 나라는 번창하는 것이다. 이것을
이루 다 설명하기 어렵다. 술을 들여라.

주모가 젊은 계집 한 명을 앞세워 술과 안주를 들였다. 더덕
술은 창자의 먼 곳부터 깊게 적셨다. 술은 큰물로 에돌아 다가
왔다. 야로의 취기 속에서 일관의 별자리와 우륵의 춤이 한데
뒤섞여 술의 강을 따라 하류 쪽으로 밀리 떠내려갔다. 야로는
허리띠를 풀고 버선을 벗었다.

—알겠느냐? 쇠붙이는 왕의 것이 아니다.

야적은 대답하지 않았다. 야적은 거푸 마셨다. 술자리에 나온 계집은 색주가의 풋것인지, 사내를 바로 쳐다보지 못했는데 몸냄새는 진했다. 젊은 계집을 앉혀놓고 아비와 자식이 대작하기는 민망했다. 계집의 몸냄새 속에서, 야로는 여자 없이 살아온 생애의 결핍이 기갈처럼 느껴졌다. 야적 또한 말없이 그 기갈을 술로 적시었다. 아비의 기갈과 자식의 기갈이 계집의 몸냄새 속에서 뒤섞였다. 계집은 한사코 고개를 돌렸고, 아비와 자식은 서로 눈길을 피했다. 야적은 먼저 자리에서 일어났다.

─쉬터를 비운 지 오래됐습니다. 산으로 돌아가겠습니다.

야로는 일어서는 아들을 붙잡지 않았다.

야로는 계속 마셨다. 야로의 취기는 강물에 떠내려가는 듯했다. 계집은 몸을 웅크렸다.

─얼굴을 보여라.

계집은 움직이지 않았다. 야로는 계집의 턱을 쥐고 고개를 틀었다. 맑은 얼굴이었다. 햇볕이나 바람에 그을린 기색이 없었다. 물을 따라 올라온 아랫녘 계집은 아닌 모양이었다. 뚜렷한 기억은 없었지만, 본 듯한 얼굴이었다. 계집의 어깨는 작고 둥글었다. 계집의 어깨는 윤곽선이 풀어져서 세상 속으로 녹아든 듯싶었다. 그러나 만져보면 오동통한 살이 붙어 있었다. 계집은 한쪽 무릎을 세우지 않고, 두 무릎은 모두 꿇고 앉아 있었다. 야

126

로는 어디선가 이런 계집의 자태를 본 적이 있는 것만 같았다.

—어디서 왔느냐?

계집은 대답하지 않았다.

—이름이 있느냐?

계집은 다시 고개를 저쪽으로 돌렸다. 흰 볼 위로 머리카락이 늘어졌다.

—여염의 말을 모르느냐?

—……

—귀가 먹었느냐?

—……

야로는 문밖으로 소리쳐서 보초를 서던 군장을 불러들였다. 야로는 군장에게 술잔을 내밀었다.

—이 계집이 어디서 흘러들어왔느냐?

—며칠 전에 나루터 대장간 뒤 숲속에서 오줌을 누다가 군사들에게 붙잡힌 계집이옵니다.

—오줌을 누다가?

—그러하옵니다.

—근본을 캤느냐?

—몇 마디 물었으나 입을 열지 않았습니다. 자태가 고와서 매질은 하지 않았습니다. 매무새가 여염의 계집은 아닌 듯했습니다. 주모가 옷을 갈아입혀 주막에 앉힌 것입니다.

―이 계집이 붙잡힐 때 입고 있던 옷이 있느냐?

―헛간을 뒤지면 찾을 수 있을 것입니다.

―찾아오너라.

군장이 물러갔다. 계집의 얼굴은 하얗게 질려 있었다. 군장이 돌아올 때까지 야로는 계집에게 아무 말도 걸지 않았다. 야로는 제 손으로 따라서 마셨다. 군장은 이내 주막으로 돌아왔다. 군장은 여자 옷 한 벌을 방바닥에 펼쳤다. 흙이 묻어 있었고, 저고리 옆구리와 치맛자락이 찢어져 있었다. 넓은 저고리 소매에 끝동이 달려 있었고 깃에는 동정이 시쳐져 있었다. 치마폭이 여염의 두 배는 넘어 보였다. 그 옷은 하급 궁녀의 관복이었다.

……내가 이 계집을 왕의 침전에서 본 적이 있었구나. 국상을 헝클어놓은 년이 바로 이년이로구나……

―물러가라.

군장이 여자 옷을 거두어 물러갔다. 계집은 돌처럼 굳어졌으나, 몸냄새는 더욱 짙게 풍겼다.

―아라야, 오줌이 마려워서 도망쳤느냐?

아라는 저편으로 돌아앉아 움직이지 않았다.

그날 밤, 야로는 숙사로 돌아가지 않았다. 야로는 주막에서 아라를 품었다. 아라는 저항하지 않았다. 아라의 몸은 쉽게 허물어져내렸다. 아라는 가랑이를 벌려 오줌을 누듯이 사내를 받왔다. 아라의 몸속은 넓어서 끝 간 데가 없었다. 야로는 그 몸속으로 자맥질했다. 아라의 몸속이 꿈틀거리면서 사내의 몸을 빨아당겼다. 아라의 몸은 가득 찼다. 대궐에서 도망치던 새벽, 배수구 너머로 보이던 민촌의 불빛과 왕을 따라 들어가는 무덤 속의 어둠이 아라의 마음에 떠올랐다. 대궐 배수구를 빠져나오던 새벽의 그 쏟아질 듯 빛나던 별들과 젖은 떡갈나무숲의 향기와 새벽노을에 밝아오던 강물을 아라는 생각했다. 죽어가던 왕의 입 안쪽의 캄캄한 어둠과 악취를 아라는 생각했다. 아라는 허리를 들어서, 조바심치는 사내를 거들어주었다. 아라의 들린 허리를 누르며 야로는 사정했다. 이 질퍽거리는 구멍은 대체 무엇인가. 이 빨아당기는 속살이 어째서 왕의 무덤 속에 들어가 쇠와 함께 썩어야 하는가. 야로는 식은땀을 흘리며 기진맥진하였다.

새벽에, 야로는 물었다.

—순장 시녀가 국상중에 도망쳐나왔으니 세상에서 살 수가 있겠느냐?

아라는 눈을 커다랗게 떴다. 맑은 눈이었다. 눈동자에서 목소리가 나오는 듯싶었다.

—세상이 어째서 그리……

—세상은 본래 그러하다. 너는 가야 땅에서는 살지 못한다. 너를 밀고하지 않은 자들도 살아남지 못한다.

—그러면 지금이라도 왕의 무덤 속으로 가야 하리이까?

—밝는 날, 너는 군선 편으로 가야를 떠나라. 하류로 가는 배 편에 태워줄 터이니, 너는 물 아래쪽으로 내려가라. 거기서 네가 어찌 살 것인지는 나는 알 수 없다.

　아침에 아라는 군선에 올랐다. 가지극을 싣고 신라로 가는 군선이었다. 야로는 나루를 떠나는 군선의 배꾼들에게 하류로 내려가 바다 어귀쯤에서 아라를 풀어주라고 일렀다. 먼 썰물이 강물을 끌어당겨, 배는 빠르게 내려갔다.

젖과 피

신라 군주軍主 이사부異斯夫는 군막에서 나와 강가로 걸어갔다. 젊은 군장 한 명이 뒤를 따랐다. 강은 먼 상류까지 옥빛으로 얼어붙어 있었는데, 날이 풀리자 물러진 얼음 밑으로 물 흐르는 소리가 와글거렸다. 이사부는 평복 차림이었다. 투구를 벗은 늙은 장군의 백발이 강바람에 날렸다. 이사부는 강 건너편 산의 능선이며 계곡을 찬찬히 살폈다. 눈이 녹아서 산의 남사면에는 흙이 드러났고 북사면의 눈도 얼음기가 빠져 푸석해 보였다. 들판의 가장자리 야산에 봄볕이 스며 흙은 부풀었고 먼 숲에 뿌연 기운이 서려 있었다. 눈 녹은 남사면에서 겨울을 지낸 풀들은 잘 말라 보였다. 눈구덩이를 피해 말먹이 건초가 좋은 길을 찾아서 군대를 움직일 만했다.

—날이 풀린다. 이제 나아가야 할 것이다.

젊은 군장은 장군의 하루 행보를 알 수 없었으므로 여벌 가죽신 두 켤레와 마른 음식을 짊어지고 있었다. 군장이 대답했다.

─군사들도 출정을 기다리고 있습니다.

─정탐을 기다리는 일은 싸움보다 힘들다. 늙어서도 그러하구나. 오늘이 돌아올 날 아니냐.

─날래고 당찬 자들이옵니다. 오늘 해안에 돌아와 복명할 것입니다.

─이만 돌아가자. 허리가 쑤신다.

이사부는 군막으로 돌아왔다. 이사부의 군막은 온돌이 깔려 있었다. 이사부는 뜨거운 온돌에 허리를 지졌다. 흙먼지 이는 봄이 시작되고 있었다.

이사부의 군대는 남한강 상류에 포진한 채 겨우내 움직이지 않았다. 보병 육천에 기병 오백이었다. 물가를 따라 늘어선 통나무 군막은 노란 짚단으로 지붕과 벽을 덮었고, 그 위에 눈이 쌓였다. 병영은 백성의 마을처럼 평화롭고 한가했다. 그 숙사 안에서 군대는 먹고 쉬면서 틈틈이 훈련했고 병장기를 조련했다. 강가에는 야무진 숫돌이 널려 있었다. 군졸들은 겨우내 병장기의 날을 갈았다. 쇠의 속살이 드러나 봄 햇살에 무지갯빛을 뿜어냈다. 겨우내 갇혀 지낸 말들은 대가리를 마구간 밖으로 내밀어 땅냄새를 맡았고 새로 쌓인 봄눈을 핥아 먹었다.

강 건너편 내륙 산악에서 고구려와 백제는 해를 넘기며 싸우고 있었다. 싸움은 이태 전 여름에 시작되었다. 농번기에 백성들이 흩어져 가을 들판에는 거둘 것이 없었다. 피가 웃자란 논에 메뚜기떼가 끓었다. 보급이 끊어진 양쪽 군대는 빈 들의 무를 뽑아 먹고 메뚜기를 잡아먹었다. 이태 전 여름에 동원된 양쪽 군사들은 모두 죽거나 다쳐서 충원병들이 싸움을 이어나갔다. 싸움은 기진할수록 격렬하였다. 백제가 고구려의 도사성을 빼앗으면 성을 내준 고구려 군대는 백제군의 후방을 급습해서 금산성을 빼앗았다. 빼앗은 성을 다시 빼앗기고, 빼앗긴 성을 다시 빼앗아 성의 주인은 보름 도리로 바뀌었다. 성을 쳐들어간 군사들은 사다리를 걷을 틈도 없이 물러났고, 물러났던 군대들은 적이 버린 사다리를 타고 다시 성안으로 넘어들어갔다. 겨울에 죽은 시체들은 계곡 물속에서 얼어붙어 있다가 봄부터 썩기 시작했는데, 충원병들은 그 계곡을 따라와 군진에 도착했다. 고구려는 남한강 물줄기를 따라서 한강 어귀를 겨누는 내륙 거점을 확보하려 했고 백제는 한강 이북으로 나아가는 전진기지를 도모하였다. 싸움의 규모는 내륙 산악의 성 두 개를 놓고 빼앗고 빼앗기는 국지전이었으나 그 성격은 전면전이었다. 이사부는 가끔씩 정탐들이 전하는 싸움터의 모양새를 헤아리면서, 그 싸움터의 성격을 깊이 이해하고 있었다. 이사부는 겨우내 군대를 움직이지 않았다.

이사부의 정탐은 그날 밤에 돌아왔다. 젊은 화랑이 인솔한 열 명이었다. 정탐들은 고구려와 백제가 싸우는 내륙 산악 깊숙이 들어갔다가 한 달 만에 돌아왔다. 이사부는 온돌방 바닥에 비스듬히 앉아 화랑의 보고를 받았다.

─지금 백제는 도사성을, 고구려는 금산성을 차지하고 있습니다. 하오나 양쪽이 모두 기력이 쇠진해서 경비병 몇 명을 세워놓고 성안에 박혀 있습니다. 보급이 끊긴 지 오래이고 갑옷을 제대로 걸친 자들이 없었습니다.

─방어는 어떠하더냐?

─양쪽 모두 화살이 떨어지고, 쇠뇌가 망가져, 이렇다 할 방어전이 없었습니다. 다만 사다리를 타고 넘어오는 자들을 성벽 위에서 찌르고 있었습니다.

─먹기는 먹더냐?

─말들을 거의 다 잡아먹어서 기병은 양쪽이 모두 이십 기 정도였지만, 그나마 편자가 빠져 부릴 수 없는 말들이었습니다. 성안에 우물이 말라 봄눈을 퍼날랐고, 가을에 잡은 메뚜기를 빻아서 그 가루를 좁쌀 미음에 타 먹고 있습니다.

─충원병이란 어떤 자들이더냐?

─양쪽에 충원병이 오면 싸움은 다시 시작될 것이나, 충원병은 눈이 다 녹고 길이 열려야 도착할 것입니다. 충원병들은 대개가 병장기를 쓸 줄 모르는 노인들이어서, 제풀에 병들어 죽는

자가 허다했습니다. 백제는 고구려의 시체를 쌓아 사다리를 삼고, 고구려는 백제의 시체에서 옷과 신발을 벗겨갔습니다.

—본국에서 전령들이 오더냐?

—본국에서 오는 전령들은 보지 못했고, 양쪽이 모두 군영에서 본국으로 전령을 보냈는데, 서로 길목에서 지키고 있다가 죽였습니다.

—알았다. 돌아가 쉬어라.

젊은 화랑을 돌려보낸 뒤 이사부는 군장들을 소집했다. 군장 열 명이 이사부의 온돌방으로 모였다. 이사부는 사슴 가죽으로 아랫도리를 덮고 벽에 기대앉아서 군장들을 맞았다. 젊은 군장들의 얼굴이 기름불에 번들거렸다. 이사부는 말했다.

—내일 새벽에 출정하겠다. 강을 건너서 백제와 고구려를 한꺼번에 쓸어내겠다. 저들은 이미 기진했고, 본국과의 교통이 두절된 지 오래이다. 싸움은 길지 않을 것이다. 하지만 중요한 싸움이다. 포로는 필요 없다. 살려서 부릴 만한 자가 없을 것이다. 현장에서 모조리 죽여라. 빼앗은 성에 머물러야 한다. 건물에 불 지르지 마라.

군장들은 절하고 물러갔다. 이사부는 자리에 누웠다. 시간이 싸워주는 싸움은 쉬웠으나 시간을 가늠해 움직이는 일은 쉽지 않았다. 구들의 온기에 늙은 뼈마디가 노곤하게 풀어졌다. 군영 곳곳에 횃불이 오르고, 군졸들이 병장기를 나루터로 옮겼다. 군장들이 고함을 지르며 새벽 출정의 대오를 점검했다. 말들이 낌새를 알아채고 날뛰며 힝힝거렸다. 이사부는 깊이 잠들었다.

선왕先王의 날들은 시체 더미 위에서 크게 번창했다. 신라의 날들은 날마다 새로웠고 날마다 앞으로 나아갔다. 삼대三代의 왕을 받들어, 이사부는 그 많은 날들을 싸움으로 열어나갔다. 싸움은 진땀나는 축제와도 같았는데, 그 끝은 보이지 않았다. 넓고 또한 굳건하기는 어려운 일이었다. 넓으면 허하기 쉽고, 굳건하면 비좁아 볼품없기 십상이었다. 왕들은 세상의 두려움을 잘 알았다. 이겨서, 적의 피가 들을 적실 때 왕들은 죽고 사는 일의 그 엄정함에 식은땀을 흘렸다. 싸움으로 세상을 열어온 왕들의 핏줄 속에서 두려움은 유전되는 듯싶었다. 그 두려움의 눈으로 두려운 세상을 찬찬히 들여다보면서 왕들은 늘 꽃 피는 반월성 안에 앉아 있었고 이사부는 싸움터에서 늙었다.

봄마다 숲은 향기로운 수액으로 젖었고 살구꽃 피는 반월성은 구름 속인 듯 몽롱했다. 어느 봄날 저녁에 흰 개 한 마리가 대궐 담장에 올라가 동쪽을 향해 짖었다. 개는 목을 길게 빼서, 구슬프고도 다급한 울음을 울었다. 파수병들이 장대로 후려치면, 개는 담장을 따라 도망치며 계속 울었다. 옥좌에 앉은 임금은 개 울음이 가리키는 동쪽으로 고개를 돌렸다. 세상은 끝없이 흉흉할 것이었다. 개의 목청이 가파르게 치솟으면서 떨렸다. 왕이 고개를 돌릴 때 날 출出자 왕관에 매달린 옥구슬들이 부서질 듯 반짝였다. 개 울음이 멎은 후에도 임금은 오랫동안 동쪽을 바라보았다. 산맥에 가로막혀 동쪽의 끝은 보이지 않았다. 그 너머는 바다였고, 바다로부터는 소금기 한 줌도 끼쳐오지 않았다.

젊은 날, 이사부의 바다에는 시간이 깃들지 않았다. 그렇다기보다는 시간이 바다 저편에서 태어나는 것인지, 바다 저편으로 몰려가서 죽는 것인지, 젊은 이사부는 알 수가 없었다.

바다의 아침 햇살은 비스듬하고도 멀었다. 그 빛들은 세상의 가장 낮은 곳을 비치며 멀리서 다가왔다. 수평선 너머에서 퍼지는 빛들은 바다를 가득 메우고 산맥 속에까지 닿는 것이어서 아침의 영일만迎日灣은 유순한 빛들로 가득 찼고 바닷가 동굴 속까지 환히 들여다보였다. 만이 커다랗게 굽이쳐 내해內海와 외해外海는 구분되지 않았고, 바다는 원양으로부터의 모든 힘을 몰아와 육지로 덤벼들었는데, 육지는 바다의 기세를 깊이 받아내면서 커다랗게 날개를 펼쳐 바다를 끌어안고 있었다. 원양에서 일어서는 물결들은 만의 안쪽 해안까지 날뛰며 달려들다가 스러졌는데, 물결들은 끝없이 잇닿아서 영일만에서는 시간이 어디에 깃드는지 알 수 없었고, 시간은 다만 부딪혀 흩어지고 다시 달려들었다.

젊은 날의 이사부는 동해안의 남쪽을 방어하는 지방 군주軍主였다. 영일만에서 영해에 이르는 해안선은 바다를 향해 곧게 열려 있어서 숨거나 기댈 곳은 없었다. 이사부의 소관은 산맥 너머로 내륙 산악에까지 미쳤으나 이사부는 늘 바닷가에 머물렀다. 빛들이 일어서고 또 스러지는 영일만 수평선 너머로부터 왜구들은 무시로 들이닥쳤다. 새벽빛이 이는 수평선 너머에서 적선들이 새까맣게 나타났을 때의 두려움을 왕에게 고하지 않아도 왕은 이미 알고 있었다. 왜구들은 해안선 마을을 부수며 죽이고 빼앗았는데, 그들의 싸움은 노동과도 같아서 거침없고 주저없었고 제 논의 벼를 베어가듯 정당해 보였다. 영일만은 높지 않은 고개를 사이에 두고 서라벌과 닿아 있었다. 영일만은 늘 위태로웠고, 이사부의 주력은 해안에 포진했다.

나라가 서라벌 주변의 산골을 벗어나지 못했던 아득한 옛날에, 왕은 세상에 빛을 맞아들이기 위해 이 영일만 바닷가에서 하늘에 제사를 지냈다고 했다. 바닷가 백성들은 그 까마득한 이야기를 입으로 옮겨 후세에 전했고, 빛은 영일만을 통해서 이 세상으로 흘러들어오는 것으로 알고 있었다. 영일만의 해안은 세상의 빛을 맞아들일 만했다. 영일만에서 젊은 날의 이사부는 빛을 맞는 제사를 지냈다는 그 옛 임금의 마음속의 어둠을 생각했다. 아마도 수평선 너머에서는 빛과 어둠이 다르지 않은 모양이었다. 마음속의 어둠과 세상의 어둠이 바다 너머의 빛을 간절히 그리게 하는 것일 터인데, 적들의 선단은 늘 새벽빛 속에서 나타났다. 바다는 흉흉한 풍문으로 젊은 이사부를 유혹했다. 고구려의 동쪽 연안 어민들이 동해를 표류하다가 영일만에 닿은 적이 있었는데, 해 뜨는 곳을 향해 몇 날 몇 밤을 흘러갔더니 사방을 알 수 없는 바다 한가운데 섬이 있고 거기에 사람이 살고 있었다고 전했다. 어떤 자들은 그 섬이 왜倭라고 했고 또 우산于山이라고 했으며, 해 뜨는 부상扶桑이라고도 했다. 섬보다 더 멀리 표류했던 자들은 해가 그 섬에서 뜨는 것이 아니라, 섬으로부터 다시 아득히 먼 수평선 너머에서 솟았는데, 거기가 어디인지는 알 수 없다고도 했다. 섬은 안쪽으로 산이 깊고 해안이 절벽으로 둘러싸여 배를 대기가 쉽지 않았지만 산과 바다가 잇닿아 농토가 없어도 먹을 것은 많았다고 했다. 섬의 존재를 전하는 표류 어민들은 해마다 늘어났는데 그들의 전하는 말은 흉흉했다. 그 섬에서는 개가 생선과 교미해서 생선을 낳고 개들은 물가로 몰려와 생선에게 젖을 물리는데, 바다의 생선은 모두 그 개들의 자식으로 때가 되면 모두 사나운 개로 변해 육지로 쳐들어올 것이라고도 했다. 물속을 떠도는 제 새끼를 못 잊어, 그 섬의 개들은 날이 저물면 모두 육지 쪽 바다를 향해 짖어댄다고도 했다. 또 그 섬에서는 산 것의 종자가 따로 없어서 날짐승이 들짐승과 교미해서 알을 낳았는데, 그 알은 모두 뱀이었다고 했다. 육지에서 저무는 해는 다시 그 섬으로 돌아가서 섬에는 밤이 없이 늘 낮뿐이라고도 했고, 해가 뜨자마자 육지 쪽으로 기울어져버려 섬은 늘 밤이라고도 했다. 사람의 종자는 억세고 다부졌으나 비바람이 모질어 먼바다로 나오지는 못했고 사람들은 흔들리는 것들과 불어오는 것들을 두려워해서 경도가 시작되기 전의 어린 처녀를 죽여서 바쳐놓고 바람과 바다에 빈다는 것이었다. 고기 잡는 무지렁이들의 말을 종잡을 수는 없었으나, 이사부는 표류 어부들의 진술이 일치하는 대목들을 골라 짚었다. 사람들이 먼바다로 나오지 못한다니 그곳은 왜가 아닐 것이고, 섬에서 다시 아득히 먼 수평선에서 해가 뜬다 하니 그 섬은 부상도 아닐 것이었다. 그 섬은, 아직도 알 수 없는 인간의 섬이었고 신라도 왜도 아닌 어떤 나라였다. 섬을 확인하지 못하는 한 이사부의 바다는 거칠고 위태로웠다.

그 섬에 가기 위하여 이사부는 한 해 동안 백성들을 부려서 배를 만들었다. 군사를 뭍에 올려 부수기보다는 우선 배로 섬을 한 바퀴 돌아보고 올 작정이었다. 돛배 스무 척이 영일만에서 떠났다. 해안까지 전송 나온 왕은 해 뜨는 동쪽을 향해 절했고, 선단은 해를 향해 똑바로 나아갔다. 바다는 가장자리가 없고 종적이 없어서 나아갈 길도 돌아갈 길도 없어 보였다. 고래들이 솟구치며 배를 따라왔다. 단지 멀고 보이지 않아서 두려웠을 뿐 섬은 보잘것없는 한 움큼의 바윗덩어리였고 군사를 풀어서 깨뜨릴 만한 땅도 아니었다. 섬것들은 수평선 너머에서 나타나는 스무 척의 선단을 단지 멀리서 보기만 하고 투항해왔다. 섬은 육지에 복속되었고 수평선 너머로부터의 요망한 풍문들은 차츰 잠들었다. 섬에서 돌아온 이사부는 거칠고 피 흘리는 세상을 가지런히 정돈해주는 하나의 질서를 꿈꾸었는데, 그때 이사부는 스무 살이었다.

죽은 왕들은 늘 그 꿈의 편이었다. 선왕의 군사들이 낙동강을 겨우 건너서 서쪽을 도모할 무렵에, 서라벌에서 이차돈異次頓이라는 거렁뱅이가 왕의 칼에 맞아 죽었다. 서역에서 건너온 불승이라고도 했고 강 건너편 가야 땅에서 떠돌던 풍수장이라고도 했다. 근본은 알 수 없었는데, 혀를 싸게 놀렸고 사람을 잘 구슬렸다. 그가 부처의 도를 앞세우고 자비와 연민을 뇌까리며 저잣거리에서 공술을 얻어먹고 뒹굴었는데, 설움을 잘 타는 천한 백성들이 무리지어 그를 따랐다. 군사를 움직이던 조정 중신들이 그를 붙잡아 왕에게 죽일 것을 청하였고 왕이 허락하였다. 그때 이사부는 군사를 거느리고 낙동강 서편 가야의 들머리에 포진해 있었다. 풍문에 들으니, 그 걸사를 목 벨 때 목에서 피가 아니라 흰 젖이 뿜어져나와 산전수전의 늙은 중신들이 혼비백산했고 왕이 일관을 불러 천문을 묻고 열성조列聖朝의 능에 머리를 조아리는 소동이 벌어졌다는 것이었다. 어째서 피가 쏟아져야 할 자리에서 젖이 솟구치는가. 이 황당한 풍설을 대체 어찌해야 쓰겠는가. 이사부는 깊이 근심했다. 수평선 너머에서 해풍에 실려오던 온갖 허무하고도 두려운 풍설들이 다시 이사부의 머리에 떠올랐다. 아마도 피에 젖고 피에 절여지고 또 끝없이 피를 흘려야 할 인간의 눈에는 그 피가 때때로 젖으로 보이기도 하는 모양이었다.

······왕이 피가 지겨워서 이제 젖을 먹고 싶어하는가! 문득 그럴 수도 있으리······

젖이 인축을 먹이고 또 키운다고 하나, 피가 또한 흘러서 세상이 버티어지는 것이니, 젖과 피가 크게 다를 것은 없어 보였다. 이사부는 그 일을 그쯤에서 잊었다. 그러나 그 걸사의 잘린 목에서 젖이 솟구쳤다는 풍설은 젖에 기갈 들린 백성들을 크게 어지럽혔고, 선왕은 피 흘리는 세상에 젖꼭지를 물려주고 싶은 모양이었다. 선왕은 강 건너로 사람을 보내 이사부를 불렀다. 선왕은 멀고 높은 옥좌에서 말했다.

―이제 강 건너 고을들은 어떠하냐?

―가야가 비록 무너져가고 있으나 아직은 폐하의 땅이라 하기가 어렵습니다.

―목으로 젖을 토하고 죽은 걸사의 일을 아느냐?

―강 건너 군막에서 풍편에 들었습니다.

―과인이 칼을 가벼이 썼다.

―요망한 언설을 퍼뜨리던 자라고 들었습니다.

선왕은 고개를 돌려 대궐 밖 들판을 내다보았다. 왕관에 박힌 옥구슬에 석양이 비꼈다. 선왕은 들판으로 고개를 돌린 채 말했다.

—들어라. 내 이제 모든 인생과 축생에 칼을 대지 않으려 한다. 너는 살육을 하지 않고서도 가야를 합쳐 평안케 할 수가 있겠느냐?

　이사부는 화들짝 놀랐다. 군왕의 크고 또 헛된 야망에 이사부는 절벽을 느꼈다. 이것이 왕이로구나…… 이사부는 한동안 고개를 들지 못했다.

　—말하여보아라. 그리될 수가 있겠느냐?

　이사부는 대답했다.

　—살생을 금하는 일 또한 세상을 가지런히 하는 방편일 것입니다. 그러니 불법과 병장기의 일은 다르지 않을 것으로 사뢰옵니다. 살생을 금하시되, 가야의 일은 신에게 맡겨주십시오.

　—너의 말이 불법보다 어렵구나. 알았다. 너는 강 건너로 돌아가라.

　선왕은 중신을 물리치고 승지를 불러서 살생을 금하는 칙령을 내렸고, 국고를 풀고 백성을 동원해서 절을 지었다. 야산을 헐어낸 절터에 주춧돌이 깔리고 대들보가 서는 동안에 강을 건너간 이사부의 군대는 강 언저리에 버섯처럼 돋아난 가야의 남쪽 고을들을 모조리 쓸어냈다. 가야의 고을들은 거의 저항하지 않았다. 왕족과 군장 들은 줄줄이 묶어서 서라벌로 보냈고 쓸모없는 병졸과 늙은 백성 들은 현장에서 도륙했다. 내륙 가야의 병장기들이 물을 따라 내려와 강 하구에 쌓였다. 이사부의 군대는 북쪽 가야의 병장기로 남쪽 가야의 군대를 부수었다. 가야 고을의 군대는 사납고 끈질겼으나 고을과 고을 사이는 헐겁고 느슨했다. 쇠붙이란 한군데로 모여서 하나의 질서 밑에서 정돈 되지 않으면 병장기가 아니라 농장기에 불과하다는 것을 이사 부는 젊어서부터 알고 있었다. 강을 건너간 이사부의 군대는 가 야의 고을에 해를 넘기며 눌러앉았고 남쪽 하구의 물길이 막힌 가야는 바다에 닿지 못하고 내륙 깊이 갇히었다.

새벽에 남한강 상류 진지를 떠난 이사부의 군대는 저녁 무렵 에 도사성 어귀에 당도했다. 진군 도중에 백제 군대는 그림자도 없었다. 도사성에서 산굽이 네 개를 돌아나가면 고구려군이 차 지한 금산성이었다. 하룻밤의 야습으로 끝장을 낼 판이었다. 성 은 두 개였지만, 이사부는 군사를 나누지 않았다. 이사부는 모 든 병력을 몰아 차례로 공격했다. 도사성 전투는 새벽에 끝났 고, 새벽에 그 병력을 다시 금산성으로 몰아붙였다. 고구려나 백제와의 싸움은 가야와 싸우는 일과는 판이했다. 고구려와 백 제의 군대는 통일되고 집중되어 있었다. 부대는 부대와 연결되 어 전체로서 대적했다. 그러나 도사성의 백제군과 금산성의 고 구려군은 고립되어 있었다. 경비병들이 불화살 몇 개를 날렸을 뿐, 성에서는 인기척이 없었다. 성벽 곳곳이 허물어져내려 사다 리 없이도 쳐들어갈 수가 있었다. 도산성 안에서 주린 백제군들은 목숨이 붙은 채 쓰러져 있었다. 역질이 도는지 가랑이에 똥물을 지린 자들이 허다했다. 성의 북쪽 벽 밑으로 계곡이 깊었다. 이사부의 군사들은 늘어진 백제군의 몸뚱이를 계곡 아래로 던졌다. 금산성의 고구려군은 그나마 식량과 화살이 남아 있었지만, 성문이 깨지자 수장은 달아났고 병졸들은 투항했다. 싸움은 아침에 끝났다. 동틀 무렵에 투항한 자 이천여 명을 오열종대로 꿇어앉혀놓고 뒤에서부터 목 베었다. 목을 치는 군사들이 피에 미끄러지면서 비틀거렸다. 이사부의 군대는 시체를 묻고 성에 머물렀다. 가야를 겨눈 싸움은 아니었으나 가야의 북쪽 변방은 막혔다. 이사부가 빼앗은 성에 머무르는 동안 서라벌에서는 새로 지은 절에 단청을 입혔고 백고좌百高座 법회가 자주 열렸다.

현

우륵은 보름 만에 집으로 향했다. 시녀 한 명이 달아나기는
했으나 장례 기간중에 비바람은 잠들고 구름이 일지 않아 하늘
은 높고 숲은 고요했다. 순장자들을 서둘러 묻었으므로 북두는
차츰 안정될 것이라고 일관은 말했다. 집사장은 돌아가는 우륵
에게 쌀 두 가마와 소금 다섯 근을 주었다. 니문이 짐을 말에 실
었다. 집 앞 개울에서 푸성귀를 씻던 비화가 밭 모퉁이를 돌아
오는 우륵을 맞았다. 개울물에 머리를 감았는지 비화의 머리카
락은 젖어 있었다. 우륵은 말에서 내려 집을 향해 걸었다. 비화
는 푸성귀 바구니를 이고 따라왔다.

　—어제 말 탄 군사들이 마을에 들이닥쳐 집집마다 뒤지며 웬
젊은 아낙을 찾았습니다. 대궐에 무슨 일이 있었던가요?

　—그래, 그 아낙은 잡혔소?

―군사들도 아낙의 얼굴을 모르는 듯했습니다. 대궐에서 도망친 아낙을 찾는다며 헤집고 다녔습니다.

　―우리 집에도 왔었소?

　―저를 찬찬히 들여다보더니, 이렇게 늙은 년은 아닐 텐데 하더니 가더군요.

　순장 시녀 한 명이 달아나서 장례 절차가 뒤틀린 일이며 구덩이 속에 던져지던 김 나는 밥그릇과 땅 밑에서 웅웅거리던 순장자들의 신음소리를 우륵은 비화에게 말해주었다.

　―그런 일이 있었군요.

　―그런 일이 있었소.

　니문이 대궐에서 받아온 쌀과 소금을 툇마루에 내려놓았다. 비화는 소금을 한 움큼 집어들고 냄새를 맡았다. 흰 알맹이 속에 바다의 짠내와 햇볕의 향기가 배어 있었다. 소금의 뒷맛이 깊게 퍼지며 단맛이 흘렀다. 문득, 떠나온 고향의 갯가에서 이런 냄새가 났던가 싶었으나 고향은 떠오르지 않았다. 비화는 씻어온 푸성귀를 소금에 절였다.

　그날 밤 비화의 몸은 다급했다. 가랑이 사이에서 초승 무렵의 풋내가 났고 머리카락에서는 개울물에 흔들리는 풀이며 버들치의 비린내가 났다. 비화가 다리를 들어올려 우륵의 허리를 감았다. 달빛이 허벅지에 비치어 푸른 핏줄이 드러났다. 비화의 몸속은 따뜻하고 찰졌다. 거기가 먼 곳인지 가까운 곳인지 우륵은 알 수 없었다. 몸이 몸을 빨아당겼으나 비화의 몸은 살로 닿아 있되 살에서 가장 먼 곳처럼 느껴졌다. 우륵은 급히 솟구쳤고 오래 헤매었고 편안하게 무너져내렸다. 어디론지 급히 달려가는 군사들의 말발굽 소리가 들렸다. 개들이 짖어댔다. 우륵은 돌아누운 비화의 머리카락에 코를 박았다. 소리가 한번 일어서고 한번 사라지면 정처 없듯이 몸과 몸 사이의 일도 한번 사라지면 가뭇없는 것이라고 우륵은 생각했다. 그래서 비화의 냄새는 날마다 새로운 냄새이고 저 몸속의 빨아당김도 날마다 새로운 당김이고, 당길 때만 당겨지는 당김일 것이었다. 그 가뭇없이 사라지는 소리의 떨림이 왕의 것일 리도 없고 자미원의 것일 리도 없었다. 고을마다 소리가 다르다 해도, 그 덧없는 한순간의 떨림이 고을의 것일 리 없고, 다른 소리가 다른 고을에 울려서 소리는 결국 같거나 다름이 없을 것이었다. 쇠붙이를 허리에 차고 쇠붙이 위에서 죽은 왕은 쇠붙이로 막아내지 못한 고을을 소리로 추억하려 했던 것인가. 아니면 땅 위의 고을들이 다 무너진 뒤에 고을의 소리들을 자미원에 모아놓고 떨리고 흔들리는 소리의 도읍을 세우려 했던 것인가. 왕의 뜻은 알 수 없으되, 비화의 머리카락에 코를 박고 있을 때 소리가 왕의 것일 리는 없었다. 왕은 죽었고, 소리는 살아 있는 동안만의 소리였다. 그것은 확실했다. 새벽에 우륵은 더듬거리며 말했다.

　―언젠가는 여기를 버리게 될 것 같구려. 아마 그렇게 될 것

이오.

비화가 자리에서 일어나 앉았다.

—여기라니요?

—가야 말이오.

—가야가 그리도 힘들던가요. 가야가 아니더라도 이름만 달
랐지 다 똑같은 싸움터가 아니던가요. 갈 곳이 따로 있나요?

—갈 곳은 아직 모르오. 허나 가야는 이제 곧 결딴이 날 것이
오.

—소리가 나라와 무슨 상관이 있나요?

—상관이 없다 해도 살아야 소리를 내는 것이오. 목숨은 소
리와 다르지 않소.

—언제 그런 마음을⋯⋯?

우륵은 누운 채 허공을 노려보았다. 순장자들을 묻던 능선 위
의 밤과 땅 밑에서 울음이 웅웅웅 울리던 새벽에 추던 춤이 떠
올랐다. 야로의 웃음과 검댕칠을 한 지관의 얼굴과 엎드려서 창
을 받던 늙은 군신들의 등뼈도 떠올랐다.

—새벽에 장지에서 춤을 추다가 그런 생각을 했소.

—아⋯⋯ 가엾어라⋯⋯

비화가 우륵의 머리를 젖가슴 사이에 품었다.

아침에 우륵은 대숲으로 들어갔다. 가을 숲은 성글고 메말라

서 여린 바람에도 서걱거렸다. 우륵은 숲의 한가운데로 걸어갔다. 오동나무 널판이 마르면서 나이테가 암갈색으로 변했고, 테와 테 사이에도 목질의 결이 드러나기 시작했다. 우륵은 널판에 떨어진 새똥을 닦아냈다. 우륵은 망치로 널판을 두드렸다. 널판의 속은 아직도 젖어서 무거웠고 소리를 빨아들였다. 널판의 속 소리가 겉 소리에 와 닿지 않았다. 널판의 깊은 속은 멀고도 탁했다. 널판은 햇볕이나 바람에 물기를 내주지 않고 제 스스로 찾아들듯이 말라갔다. 나이테에서 소리가 흐르는 듯했다. 널판 열두 장 중에서 일곱 장이 마르면서 뒤틀리거나 금이 갔다. 쪽 정이가 드러나는 데도 오랜 세월이 걸렸다. 강이 바다로 들듯이, 널판은 시간 속에서 마를 것이었다. 그러나 왕이 몇 번 더 죽고 능선에서 춤을 몇 번 더 추고, 가야가 아예 망해버린 연후에야 널판은 마를 것인지…… 우륵은 널판을 손바닥으로 쓰다듬었다.

뒤틀린 널판 일곱 장을 지게에 지고 우륵은 대숲을 나왔다. 우륵은 집 마당에 짐을 부렸다.

—한 번에 빠개라.

니문이 널판을 세로로 세워놓고 도끼로 내리찍었다. 널판은 두 쪽이 났다. 우륵은 빠개진 널판의 단면을 들여다보았다. 나무의 깊은 안쪽에 여린 결들이 촘촘히 붙어 있었고 안쪽이 오히려 말라 있었다. 두들겨보니 맑은 소리가 울렸다. 소리가 끈적거리거나 질퍽거리지 않았다. 나무의 소리였지만 나무를 박차고 튕겨오르는 소리였다.

—봐라. 니문아. 속이 빨리 마르는 널판이 뒤틀리는구나.

—속이 겉을 옥죄어서 그러할 것입니다.

—아마 그럴 것이다. 잘게 빠개서 장작으로 써라.

대숲 속에 남은 널판 다섯 장도 모두 다 악기가 되지는 못할 것이다…… 그러나 한두 장은…… 우륵은 니문의 도끼에 빠개지는 널판을 안타깝게 바라보았다. 도끼를 쳐든 니문의 팔에서 근육이 꿈틀거렸다.

니문이 남쪽 가야 고을에서 모아온 금琴은 세 대였다. 그 남쪽 고을들은 이미 불타고 무너졌는데, 신라가 다시 군대를 거두어 돌아가서 고을은 새들의 나라였다. 국상 때 대궐로 올라온 물 위쪽 부족장들이 제 고을의 금 두 대를 가져다주었다. 울림통이 없는 마른 널판 위에 줄 네 가닥이나 다섯 가닥을 얹혀놓고 오른손 엄지와 검지로 튕기는 금이었다. 줄은 여러 가닥을 꼬아 만들었는데, 명주실이거나 말총이었다. 누가 만들었는지 알 수 없고 여러 고을에서 저절로 생겨난 금들이었다. 더러는 줄이 끊어지고 널판에 곰팡이가 슬어 있었다. 널판의 크기나 줄과 줄 사이의 간격은 제가끔이었다.

우륵은 금 다섯 개를 마루에 벌여놓고 니문과 마주 앉았다.

니문이 마른걸레로 널판에 낀 곰팡이를 닦아내고 다섯 줄짜리 금 한 대를 무릎에 올렸다.

—어느 고을 물건이냐?

—물혜勿慧의 금입니다.

물혜는 비화의 고향이었다. 젊어서 여러 부족장들의 예악을 수발들며 떠돌 때 우륵은 물혜에 머문 적이 있었다. 가을이었는데, 낮고 먼 산줄기들이 바다에 닿아 있었고 강과 들이 넓어서 산에서 퍼지는 노을이 바다를 건너갔다. 비화는 고향을 말하지 않았다. 물혜는 금 한 대로 니문의 무릎에 앉혀졌다.

—뜯어보아라.

니문은 줄을 뜯었다. 소리는 굵고 무거웠다. 줄과 줄 사이에서 소리의 낭떠러지는 가팔랐다. 소리가 소리의 꼬리를 물지 못했고, 널판이 소리를 맞지 않았다.

—어떠냐?

—소리가 무겁고, 축축하옵니다.

—또.

—사이가 거칠고 끊겨서 흐르지 못하옵니다.

—그뿐이냐?

—달아나는 소리를 붙잡아서 데리고 놀 수가 없습니다.

아하하하…… 우륵은 폭소를 터뜨렸다. 웃음은 절벽처럼 끊어지고 우륵의 눈빛이 빛났다.

―소리에는 무겁고 가벼운 것이 없다. 마르지도 않고 젖지도 않는다. 소리는 덧없다. 흔들리다가 사라지는 것이다. 그것이 소리의 본래 그러함이다. 다시 한 줄 뜯어보아라.

　니문은 엄지로 한 줄을 튕겨올렸다. 소리가 솟구치더니 긴 떨림을 이끌고 잦아들었다.

　―이제 들리느냐?

　―들리지 않습니다. 들리지 않는 소리는 어디로 간 것입니까?

　―제자리로 돌아간 것이다. 그래서 소리는 사는 일과 같다. 목숨이란 곧 흔들리는 것 아니겠느냐. 흔들리는 동안만이 사는 것이다. 금수나 초목이 다 그와 같다.

　―하오면 어째서 새 울음소리는 곱게 들리고 말 울음소리는 추하게 들리는 것입니까?

　―사람이 그 덧없는 떨림에 마음을 의탁하기 때문이다. 사람의 떨림과 소리의 떨림이 서로 스며서 함께 떨리기 때문이다. 소리는 곱거나 추하지 않다.

　―소리가 곱지도 추하지도 않다면 금이란 대체 무엇입니까?

　―그 덧없는 떨림을 엮어내는 틀이다. 그래서 금은 사람의 몸과 같고 소리는 마음과 같은데, 소리를 빚어낼 때 몸과 마음은 같다. 몸이 아니면 소리를 끌어낼 수 없고 마음이 아니면 소리와 함께 떨릴 수가 없는데, 몸과 마음은 함께 떨리는 것이다.

　―그 떨림의 끝은 어디이옵니까?

—그 대답은 인간세人間世 안에 있지 않을 것이다. 떨림의 끝은 알 수 없되, 떨림은 시간과 목숨이 어우러지는 흔들림이다. 그래서 목숨은 늘 새롭고 새로워서 부대끼는 것이며 시간도 그러하다. 소리는 물러설 자리가 없고 머뭇거릴 자리가 없다.

저무는 해가 비껴 우륵과 니문의 그림자가 흙벽 위에 길게 늘어졌다. 저녁의 빛들이 성글어지면서 어둠이 배어들어, 어둠은 빛 속에서 스머나오는 듯했다. 니문은 등잔에 기름불을 켰다.

—다른 금은 무엇이냐?

니문은 다섯 줄이 얹힌 금을 무릎에 올렸다. 명주실을 꼬아 만든 줄인데 한 줄은 끊어졌고, 불구덩이 속에서 겨우 건져낸 듯 널판은 그슬렸고 금이 가 있었다.

—달기達己고을의 금이옵니다.

달기는 두 산맥이 나뉘는 갈래 언저리에 들어앉은 고을이었다. 산이 첩첩이 포개져서 숲이 우거지는 여름에는 마을에서 마을로 가는 길을 찾기 어려웠다. 달기의 봄은 더디어서 3월 중순이 지나야 눈이 녹았고 산이 가팔라 눈이 녹으면 물은 달려들 듯이 급히 흘러내려 계곡들은 봄부터 재잘거렸다. 새들이 흔해서 철마다 우는 새가 달랐고 아침 새와 밤 새가 달랐다. 아침에 우는 새 소리는 가볍게 솟아올랐고 밤 새의 울음은 무거운 소리가 멀리 닿았다. 산에는 떡갈나무, 오리나무, 갈참나무 같은 잎 큰 나무들이 빼곡해서, 달기의 숲이 바람에 흔들릴 때는 세상의 모든 소리가 합쳐지고 섞여져서 사람이 알아들을 수 없는 소리로 쏟아져내려가는 파도 소리 같은 울림이 바람을 쫓아서 산에서 산으로 퍼져나갔다. 사람들의 골격은 크고 몸놀림은 날래었다. 뜀박질로 내리몰아서 노루를 잡았고, 비탈밭을 일구어 콩이나 조를 심었는데 아직 소를 부리지 못해서 아낙이 잡은 쟁기를 사내가 끌었다. 달기고을 부족장이 선조들에게 제례를 올릴 때 우륵은 달기에 불려가서 한 철을 지낸 적이 있었다. 달기도 진작에 가야의 땅이 아니었다.

　―울려보아라.

　니문은 금을 뜯었다. 명주실이 퉁겨내는 달기 금의 소리는 둥글고 맑았으나 소리의 결이 억눌려 있었다. 소리의 안쪽에서 소리를 잡아당기는지, 소리는 밖으로 뻗어나오지 못했다. 다섯 줄의 소리가 저마다 떨림과 흐름의 결이 다르기는 했지만 억눌려 있기는 마찬가지였다.

　―어떠하냐?

　―소리가 퍼지지는 못했으나 물혜의 소리보다는 단단하고 옹근 듯하옵니다.

　―그렇구나. 물혜의 금과 달기의 금은 근본이 다르지 않다. 울림통 없는 널판에 줄을 얹어 퉁기는 것이다. 다만 줄의 재료가 다를 뿐이다. 물혜의 줄은 말총이고 달기의 줄은 명주실이다. 소리의 색깔은 그 재료의 색깔이다. 개는 개 소리를 내고 닭

은 닭 소리를 낸다. 명주실이 떨리는 소리는 옹글고 말총이 떨리는 소리는 무겁다. 명주실 속에 어찌 소리가 들어 있겠느냐. 소리는 명주실이 떨릴 때 나오는 것이다. 사람의 손이 줄을 튕김으로, 소리는 사람 속에 있는 것은 아니되 사람이 끌어내는 것이다. 그래서 소리는 몸의 일이다.

초승 밤은 일찍 캄캄해졌다. 가까운 숲에서 밤 부엉이가 울었다. 날이 저물자 달아난 시녀를 찾는 내위장의 군사들이 다시 마을로 들이닥쳤다. 아낙들이 비명을 질렀고 개들이 짖어댔다. 수수밭 건너에서 말 탄 군사들의 횃불이 흔들렸다. 흔들리는 횃불을 바라보면서, 우륵은 또 순장자들이 묻히던 능선 위의 밤을 생각했다. 그날 새벽의 소리는 북두에 닿았을 것인가. 가장 덧없는 것들을 딛고 닿을 수 없는 곳에 닿을 수 있을 것인지, 죽은 왕에게나 물어봐야 할 것이었다. 니문이 등잔불 심지를 올리며 물었다.

—어째서 물혜의 널판은 길고, 달기의 널판은 짧은 것입니까?

—모를 일이다. 모르기는 하되, 물혜는 산천이 넓게 트여서 사람들의 말이 느리고, 달기는 들이 산에 갇혀서 사람들의 말이 빠르기 때문일 것이다. 널판이 길면 줄이 길어져서 소리가 늘어지고, 널판이 짧으면 줄 또한 짧아서 소리가 급해지는 것이니 그리된 것 아니겠느냐. 허나 스스로 그러한 것은 본래 그러하

다. 말하여질 수 있는 것이 아니다.

―소리가 세상을 닮는다는 말씀입니까?

―금에도 세상의 피는 묻어 있을 것이다. 죽은 왕이 이르기를, 여러 고을 소리를 제가끔 만들라 하였으나, 고을의 소리는 이미 스스로 제가끔이다. 다만 거칠고 억눌려 있을 뿐이다. 소리는 세상을 거쳐서 나오되 세상에 파묻히지 않는다. 네가 금을 한번 튕길 때, 없었던 세상이 새로 빚어지고 거기에 목숨이 실려서 흔들리는 것이다. 가야가 망해 없어져도 소리는 덧없음으로 살아남아서 흔들릴 것이다.

새벽까지 우륵과 니문은 여러 고을을 금을 뜯으며 소리를 듣고 얼개를 살폈다. 동틀 무렵에 니문은 자리에서 일어섰다. 니문의 움막은 우륵의 집으로 들어오는 골목 어귀에 있었다. 대문을 나서던 니문이 다시 돌아섰다. 니문은 물었다. 오래된 의문이었다.

―어째서 대장장이 야로의 소행을 대궐에 고하지 않으십니까?

―무슨 말이냐?

―야로가 병장기를 신라에 넘기는 일을 보지 않으셨습니까?

우륵은 자리에서 몸을 일으켰다. 우륵은 백발로 덮인 이마를 손으로 짚었다.

―병장기는 병장기의 흐름을 흘러갈 것이다. 야로의 소행을

대궐에 고하면 가야는 더 빨리 망할지도 모른다. 너는 야로의 일을 입 밖에 내지 마라. 물러가라.

　우륵은 다시 자리에 누웠다. 식은땀에 등판이 질척거렸다.

　……니문아, 언젠가는 여기를 버려야 할 것이다. 내 말했지 않느냐. 소리는 살아 있는 동안만의 소리인 것이다……

　우륵은 그 말을 안으로 밀어넣었다.

하구

아라는 뱃전에 걸터앉았다. 병장기를 싣고 하류 쪽으로 내려가는 배였다. 배꾼 열 명과 군사 열 명이 타고 있었다. 병장기 수송을 맡은 자들로, 야로의 은밀한 군사들이었다.

—내려앉아라. 흔들린다.

이물 사공이 소리쳤다. 아라는 뱃바닥으로 내려앉았다.

—저년이 말을 알아듣기는 하는구나.

노꾼이 이물 사공에게 물었다.

—웬 계집이오?

—모른다. 하구에 가서 저 계집을 아무 데나 내려놓으면 된다. 야장 어른의 명령이다.

—매무새가 고와 내버리기 아깝겠소. 계집이 탔으니 배가 요동을 치겠구려.

—주접떨지 마라. 간밤에 야장을 모신 계집이다. 지분거리지 말라는 분부가 있었다.

바람이 넘쳐서, 사공은 돛을 비스듬히 돌렸다. 돛폭이 바람에 부풀었다. 웃옷을 벗은 노꾼들이 몸통을 앞뒤로 젖히며 노를 저었다. 사공은 여울을 피하지 않았으나 짐이 무거운 배는 고르게 나아갔다.

아라는 두 팔로 제 가슴을 안고 뱃전에 기대었다. 젖봉우리 두 개가 팔 안에서 포개져 따스했다. 골짜기가 메워지면서 두 봉우리 사이에 체온이 비벼졌다.

아, 여기가 세상인가, 아라는 세상이 놀라워서 바람이 스치는 팔에 소름이 돋았다. 이것이 물이로구나, 물은 길고 넓고 멀어서 저편 끝에서 하늘에 닿는데, 물은 흘러서 바람과 같구나, 바람이 사람을 밀고 물이 사람을 띄워서 사람이 바람에 흘러가고 산들도 출렁거리면서 잇닿는구나, 바람이 몸속으로 불어들어와 몸이 세상으로 퍼지고 산과 강이 몸속으로 스미는구나.

……아, 저것이 사내로구나. 사내는 키가 크고 낯이 검고 입술이 두툼하고 가슴에 털이 났고 가까이 가면 누린내가 나는구나. 저 사내들이 억센 팔로 노를 저어 물이 하늘과 닿는 곳까지 가는구나……

이물이 물 위에 뜬 빛을 헤치고 나아갔고 배 지나간 자리는 다시 물비늘로 덮였다. 물고기들이 솟구쳤고, 새들이 물 위로 빠르게 내려앉으며 먹이를 찍었다. 노꾼들이 알 수 없는 소리로 노래를 불렀다. 사공이 작대기를 두들기며 노래를 이끌었다. 스쳐가는 나루터마다 집들은 노랬고 밭들은 파랬다. 아, 여기가 어디인가…… 아라는 젖봉우리를 안은 두 팔에 힘을 주었다.

  ─먹어라. 점심이다.

  사공이 찐 쌀을 내밀었다. 아라는 앉은걸음으로 물러나며 찐 쌀을 받았다.

  ─우리는 마지막 나루까지 내려가서 짐을 부리고 올라간다. 너는 거기서 내려라. 야장 어른의 명령이다. 거기는 이제는 신라의 땅이다. 싸움이 겨우 끝났으니, 아주 못 살 땅은 아니다. 나루가 번창해서 너의 미색이면 어디든 얹힐 수 있을 것이다.

  사공이 아라를 노려보았다. 사공의 몸에서 삭은 땀냄새가 풍겼다. 내위병들이 궐내에서 개를 길렀는데, 비 오는 날 수캐에게서 나던 냄새였다. 아라는 숨을 멈추었다.

  ─너는 벙어리냐?

  아라는 대답하지 않았다. 침전 시녀는 왕이 묻기 전에는 말할 수 없었다. 대궐에서 도망쳐나온 뒤에는 산맥과 강물과 처음 보는 세상의 풍경이 아라의 눈으로 쏟아져들어와, 아라는 입을 열어서 말하기를 머뭇거렸다. 입을 열면 말은 더듬거려졌다. 강물이 반짝인다고 말을 하려면, 강물은 말 사이를 저만치 빠져나간 먼 곳에서 반짝였다. 아라의 마음속에서, 강물이 말을 몰아내고 있었다.

배가 산굽이를 돌아나왔다. 산을 빠져나온 강은 넓어지면서 들판을 멀리 휘돌았다. 유역의 안쪽으로 흰 모래톱이 드러났다. 모래톱에 드러난 무늬는 물결의 자취인 것도 같았고 바람의 발자국인 듯도 했다. 대궐을 나온 후, 아라의 눈은 점점 크게 열렸다. 아라는 강물의 먼 앞쪽을 내다보았다. 넓은 강의 아래쪽은 아득히 흐려져서 하늘에 닿아 있었다. 하구가 가까워오는지, 물에서 갯내가 퍼졌고 바다의 새들이 끼룩거렸다. 바다의 새들은 멀리 날아갔고, 멀리서 다가왔다. 아라는 날갯짓 없이 나는 새들을 큰 눈을 뜨고 바라보았다. 새들이 가슴에 내려앉을 것 같은 착각으로 아라는 앞섶을 더듬어 여몄다.

아라는 앉은 채 무릎을 세웠다. 간밤에 야로가 짓누르던 자리가 뜨끔거렸다. 아라는 무릎을 바꿔 세우고 밑을 오므렸다. 찌르는 각도가 바뀌었을 뿐 통증은 멎지 않았다. 아라의 밑은 쓰라렸고 무엇이 빠져나간 것처럼 허전했다.

갯내가 점점 짙어졌다. 갯내는 아라의 몸속에 깊이 스몄다. 아라는 오줌이 몹시 마려웠다. 몸 안에 강물이 가득 찬 것 같았다. 아라는 노꾼에게 말했다.

─오줌이……

노꾼은 낄낄 웃었다.

─저 뒤쪽으로 가라.

아라는 뱃전을 붙잡고 고물 쪽으로 갔다. 변소는 선창 옆에
붙어 있었다. 짚으로 가리개를 쳐놓고 뱃바닥을 뚫어서 구멍
아래로 물이 들여다보였다. 배가 흔들릴 때 물은 구멍 위로 튀
어올랐다. 아라는 속곳을 내리고 쪼그려앉아 가랑이를 벌렸다.
아라는 힘을 주어 아래를 열었다. 강물이 튀어올라 허벅지 안
쪽을 적셨다. 강물 위로 오줌줄기가 뻗어나갔다. 아라는 으스
스 쳤다.

배가 하구 나루에 닿기보다 한나절 앞서 야로의 밀사가 나루
에 도착했다. 밀사는 강변 육로로 말을 달려왔다. 나루에는 신
라군 기병들이 주둔해 있었다. 소달구지를 부리는 수송 병력들
도 포진했다. 기병이 수송 병력들을 지휘했다. 야로의 밀사는
신라 기병 군장의 군막으로 인도되었다. 밀사가 신라의 군장에
게 편지 한 통을 전했다. 편지는 밀봉되어 있었다. 밀사는 편지
를 전하고 곧바로 말을 달려 돌아갔다. 신라 군장에게 보내는
야로의 편지였다.

오늘 저녁 무렵에 내가 보내는 배가 도착할 것이오. 귀국에
수로水路로 보내는 병장기는 이 배가 마지막이오. 남쪽에 이
미 싸움이 끝나가니, 이제 병장기는 북쪽 산악으로 보내야 할
것이오. 귀국의 이사부 군주와도 논의된 일이니 그리 아시오.

배에 탄 자들은 모두 스무 명으로, 오래전부터 모든 일을 알고 있는 자들이오. 이제 배편 수송이 끝났으니, 그자들을 나에게 돌려보내지 말고 귀관이 처리해주시면 고맙겠소. 그것이 나와 귀국에 함께 이로운 일이오. 배편에 웬 계집을 한 명 내려보내니 괴이히 여기지 마시오. 가야의 중죄인으로 자태가 고와 살려서 내치는 것이니 귀관의 처분대로 하시오. 배는 귀국에 드리리다. 개포 야로.

신라 군장은 편지를 불태웠다. 군장은 기병들을 군막 앞으로 불러모았다.

배가 나루에 닿았다. 신라 기병들은 강둑 위에 소달구지를 도열시켜놓고 배를 기다렸다. 신라 군장이 나루터로 다가갔다. 군장이 사공에게 물었다.

—웬 계집이냐?

—하류에 내려놓고 오라고 야장께서 분부하셨소.

—괴이하구나. 우선 끌어내려라.

신라 군사들이 아라의 허리춤을 붙잡고 강둑 위로 끌어올렸다. 소달구지들이 선착장으로 내려갔다. 가야 군사들이 배에 싣고 온 병장기를 달구지 위로 옮겼다. 가지극과 도끼였다. 신라 군사들이 병장기가 가득 실린 달구지를 몰고 나루터를 떠났다. 강둑에는 신라 기병 스무 명이 남았다. 사공이 신라 군장에게 인사를 건넸다.

— 자, 밤새 올라가야 하니 우리는 이만 돌아가겠소. 이번이 마지막 배편으로 알고 있소만.

— 얘기는 들었소. 상부에서 그리 정한 모양이오. 올라가면 야장께서 후히 모시겠구려.

— 아하, 워낙 정에 야박하신 분이라서……

야로의 군사들이 선착장에 도열해서 신라 군장에 군례를 보냈다. 신라 기병 한 명이 배 위로 뛰어올라가 삿대로 배를 밀어냈다. 배는 물 가운데로 밀려갔다. 야로의 군사들이 멈칫 놀랐다. 신라 기병들이 말에서 뛰어내려 칼을 빼들고 야로의 군사들을 에워쌌다. 야로의 군사들은 짐을 나르느라고 무기를 배에 놓고 내린 자들이 태반이었다. 신라 군장의 칼이 사공의 어깨를 내리쳤다. 사공은 쓰러지면서 물 위로 떨어졌다. 신라 기병들은 조용하고도 민첩했다. 가야 군사와 배꾼 들은 물가로 밀려나면서 칼을 받았다. 시체들이 물 위에 떴고 피가 강물 위에서 너울거렸다.

— 아, 아.

강둑 위에서 아라는 두 손으로 입을 틀어막았다. 아라는 넝쿨과 억새가 우거진 들의 가장자리를 향해 달렸다.

배는 돌아오지 않았다. 돌아오지 않는 배꾼과 군사 들의 일을 아무도 묻지 않았다. 며칠 후, 신라 기병의 군장이 보낸 밀사가 개포나루에 도착했다. 밀사는 야로에게 군장의 편지를 전했다.

부탁하신 일은 야장 어른의 뜻을 받들어 처리하였소. 그쪽 군사들이 솜씨가 좋아서 우리 군사들이 애를 먹었소. 하지만 일은 깔끔히 정리되었으니 안심하기 바라오. 넘겨주신 배는 크고 튼실하여 어로와 군무에 두루 요긴하게 쓰겠소. 하옵고 내려보내신 계집은 우리 군사들이 나루터에서 바삐 일을 보고 있는 사이에 달아났소. 제 갈 길을 갔으니 그 또한 야장 어른의 뜻대로 된 일이라 믿소. 온 땅이 한 나라가 되어 뱃길이 다시 열리는 날을 고대하고 있소. 물포 군장.

야로는 편지를 불태웠다.

겨우내 개포나루 대장간들은 한산했다. 남쪽으로 내려보내는 병장기 만드는 일이 끊겼고 가야산 쇠터에서 생산되는 덩이쇠의 양도 줄어들어서 나루터는 일감이 많지 않았다. 가야산으로 들어간 야적은 새로운 광맥을 찾지 못했고, 싸움터에서 몰아온 잡쇠들을 녹여내고 있었다. 야로는 나루터 허드레꾼들에게 교대로 말미를 주어 고향으로 보냈고 경비 초소를 줄여 군사들을 쉬게 했다. 야로는 구들에 장작불을 쳐 때고 보료 위에서 정월을 지냈다. 얼음 구멍 밑에서 건져올린 숭어는 향기로웠다. 겨울은 길었고 눈이 많이 내렸다.

가야는 낙동강의 하구를 잃어 바다와 끊겼고 신라 이사부의 군대는 가야의 북쪽 산악에서 고구려와 백제군을 걷어내고 한 강의 수로를 장악하고 있었다. 가야는 고령을 중심으로 한 열댓 고을로 내륙에 고립되었다. 신라 군대가 남쪽과 북쪽으로 싸움 판을 벌여놓고 그 뒷감당이 힘들어 겨우내 엎드려 있었으나, 신 라는 양쪽에서 모두 이겼고 날이 풀리고 눈이 녹으면 신라 군대 는 다시 대오를 수습해서 남은 가야 고을들을 압박할 것이었다. 개포나루의 강 건너편 창녕 쪽에 이사부 군대의 선발대가 들어 와서 군막을 짓고 있다는 풍문도 떠돌았다. 야로는 강 건너편으 로 여러 차례 정탐을 보냈으나 이사부 군대의 흔적을 찾지는 못 했고 정탐들은 떠도는 풍문만을 얻어듣고 돌아왔다. 가야산 쇠 터에 사람을 보내 광맥 찾는 일을 물었으나 야적은 별 신통한 대답을 보내오지 못했다. 야로의 겨울은 구들장 위에서 따뜻했 으나 마음은 닥쳐올 봄의 일로 바쁘고 어수선했다.

옥좌에 오른 태자는 이따금씩 야로를 불러서 병장기의 일을 물었다. 죽은 선왕은 마흔이 넘어서 태자를 낳았다. 태자는 마 르고 병약했으며 먹기를 싫어했고 사람을 곁에 두지 않았다. 단 골들이 태자의 병을 짚었는데, 마음이 미쳐서 떠돌고 헤매는 병 이라고 했고 별들이 들뜬 새벽에 태어나 오장의 운행이 뒤틀려 서 신장이 폐장을 윽박지르고 뇌에 허열이 낀 병이라고도 했다.

산골에서 불려온 젊은 단골 한 명이 태자의 안색을 살피고 나서, 땅껍질 위에는 태자의 약이 없으며, 태자의 약은 땅속에 있는데 능선 위의 선왕릉을 파헤치고 그 속에 고인 쇠 썩은 물을 마시면 혹시 나을 수도 있으리라고 떠벌리고 다녔다. 왕이 단골을 붙잡아 혀를 뽑고 사지를 찢고, 그 마을을 파헤쳤다. 단골을 죽이고 나자 태자의 병은 더 깊어졌고 중신들은 태자의 병을 입에 담지 않았다. 태자는 오십에 보위에 올랐다. 젊어서 혼인한 빈이 일찍 죽고 보위에 오를 때까지 배필이 없었다. 태자는 마른 엉덩이에 앉은 자리가 배기는 듯, 늘 옥좌의 한가운데 앉지 않고 귀퉁이에 비스듬히 앉아 구부리고 있었는데, 옥좌에 걸린 빨래처럼 보였다. 태자는 야로를 부를 때 삼사 일 말미를 두는 것이 아니라 늘 즉각 대궐로 들어오라고 전했다. 태자의 목소리에는 늘 울음기가 섞여 있었다.

―나라가 오그라들고 백성들이 흩어지니 걱정이다. 나라는 이리 힘들고 세상은 어찌 이리도 피곤하냐?

―신들의 불충이옵니다.

―지금, 적의 병장기가 더 야무진 것이 아니냐?

―날카로운 물건을 만들어도 적들이 이내 배워서 따라오고 있습니다.

―그렇겠구나. 그러니 병장기로 고을을 지켜낼 수 있겠느냐?

―쇠붙이는 모두 군왕의 것입니다. 하오나 상서롭지 못하여

군왕이 상념할 일이 아니옵니다. 신에게 맡겨주소서.

　—내, 너희들의 수고를 고맙고 가엾이 여긴다. 병장기로 고을을 지키는 일은 쓰리다. 내 깊이 생각하여, 신라의 왕녀를 맞아 배필로 삼고 그 소생에게 보위를 물려줄까 한다. 그리하면 신라가 우리를 겨누지 않을 것이다. 중신들과 이에 의논하여 정하였으니 그리 알라. 네가 말했듯이, 병장기는 참으로 상서롭지 못하구나.

　태자는 타구를 당겨 가래를 뱉었다.

　……저 병골이 이제 나라를 들어먹는구나. 신라가 빈을 보내가야 조정을 주무르고 군사를 풀어 외곽을 조일 것이다. 봄은 어수선해서, 쇠붙이가 크게 쓰이겠구나……

　야로는 머리를 조아리며 말했다.

　—백성과 고을의 복이올시다.

　야로가 대궐에서 개포나루로 돌아왔을 때 야적이 보낸 꾸러미들이 와 있었다. 야적이 가야산 쇠터에서 만든 반달도끼 스무 자루였다. 창과 도끼가 한 자루에 달려 있었다. 그림으로 그려준 대로 도낏날을 반달 모양으로 넓게 펼쳤고 가운데 구멍을 뚫어서 무게를 줄였다. 긴 자루와 짧은 자루가 섞여 있었다. 야로는 군사들을 나루터 백사장으로 불러냈다. 허수아비에 신라의 투구를 씌워놓고 반달도끼를 시험했다. 군사들이 저편에서 말을 달려오다가 허수아비 앞에서 말을 멈추고 말 위에서 도끼를 휘둘러 투구를 찍었다. 넓은 도끼날은 신라 투구의 정수리 이음새를 편안히 파고들었다. 도끼날이 넓어서, 날의 한 부분만 정수리에 닿아도 투구는 두 쪽으로 빠개졌다. 반달의 가운데 부분에 힘이 모였고, 그 힘이 그 아래위쪽의 날 속으로 뻗쳐 있었다.

—사람의 대가리는 쉴새없이 움직이는 것이다. 연습처럼 쉽지 않다.

군사들이 다시 허수아비 쪽으로 달려와 투구를 찍었다. 조준이 약간 어긋난 경우에도 투구는 이음새가 무너지면서 두 쪽으로 깨졌다. 자루가 긴 도끼는 정조준이 어려웠고 파괴력이 작았다. 자루가 짧은 도끼는 파괴력이 좋았지만, 목표물에 바싹 접근하기가 쉽지 않았다. 창 자루는 도낏자루보다 길어야 쓸모가 있었고 도낏자루는 창 자루보다 짧아야 쓸모가 있었다. 도끼와 창을 한 자루에 매달고 보니 자루의 길이를 정하기는 어려웠다. 자루의 길이가 서너 치만 달라져도 파괴력과 조준의 정확도는 크게 차이 났다. 또 군사들 각자의 키와 팔의 길이에 따라서도 그 휘두르는 각도와 힘의 집중력이 달랐다.

날이 저물도록 야로는 도끼날을 시험했다. 신라 투구는 한 번 도끼질에 깨지거나 찌그러졌다. 주워온 투구가 모자라 야로는 똑같은 물건 수백 개를 미리 만들어놓고 있었다. 싸움은 흔히 밤중에 벌어졌으므로, 시험은 새벽까지 계속되었다. 초승밤은 어두웠는데, 투구는 정조준되지 않고도 깨어졌으나 자루가 길수록 어둠 속에서의 조준은 정확지 않았다.

아침에, 야로는 새 병장기에 대한 요량을 끝냈다. 긴 자루에는 가벼운 날을 붙이고 짧은 자루에는 무거운 날을 붙이되, 자루의 길이를 여러 가지로 만들어 사람의 키와 팔의 길이에 따라 골라서 쓰도록 해야 할 것이었다.

가지극이 싸움터에 보급되자, 기병은 크게 위축되어 있었다. 가지극을 쥔 보졸들이 기병에 근접해서 갑옷의 철편 이음새를 걸어 당겨 기병을 땅으로 끌어내렸다. 기병들은 근접하는 보졸들을 자루가 긴 창으로 제압하지 못했다. 한 번 창질을 피한 보졸들이 바짝 달려들면 기병은 다시 창을 수습하지 못했다. 말에서 떨어지는 순간, 기병은 살아남지 못했다. 야로의 가지극은 신라군과 가야군에 고루 내려갔다. 그러나 가야 군대는 가지극 부대를 편성하지 않았고, 가지극은 신라 보졸들의 주 무기가 되었다. 낙동강 하구 싸움에서 가야 기병들은 신라 보졸들의 가지극에 끌려 수없이 죽어나갔다. 가지극은 고구려와 백제군에게까지 흘러들어갔다. 도사성과 금산성 싸움에서도 양쪽 군대의 보병들은 모두 가지극 부대를 앞세우고 달려들었다. 기병들은 대부분 말에서 굴러떨어져 죽거나 달아났다. 후미에서 머뭇거리며 나오지 않았다. 양쪽 군대의 가지극 부대가 강가에서 부딪쳐 극으로 찍고 찍히는 싸움을 벌인 적도 있었다. 야로는 도사성으로 보냈던 정탐의 보고로 그 싸움의 미세한 동작까지 알고 있었다.

말 탄 자는 높다. 말 허리는 출렁거리고 있으므로 목덜미가 가지극에 걸리면 기병은 아래서 끌어당기는 힘에 저항할 수 없었다. 가지극을 쥔 보졸은 여러 방향으로 당길 수 있고, 기병은 그 방향을 예측할 수 없었다. 기병이 창 자루를 짧게 고쳐 잡고 다시 공세를 수습하려면 짧은 동안의 시간이 필요한데, 그사이에 기병은 이미 말에서 떨어졌다. 기병은 위축되어 있었다.

야로는 기병의 등자鐙子를 바꾸어주어야겠다고 생각했다. 야로는 자리에서 일어나 앉았다. 야로는 비단을 꺼내 그 위에 새로운 등자의 그림을 그렸다. 가지극에 걸린 기병이 공세를 수습하려면 짧은 동안 몸의 균형을 유지해야 할 것이었다. 말 탄 자의 두 다리가 등자를 굳게 디딜 수 있다면 기병의 몸은 쏠리지 않을 것이었다. 야로의 그림 속에서 등자의 고리 바닥은 넓적하게 퍼져 있었다. 기병의 가죽신발 바닥을 편안히 받쳐줄 만큼 그 등자 고리는 넓었다. 기병은 이 새 등자에 두 다리를 디디고 한순간 버티어낼 수 있을 것이었다. 야로는 급히 가야산 쇠터로 사람을 보내 야적을 불렀다. 야적이 할 일은 아직도 많이 남아 있었다.

다로금

　선왕의 봉분은 이태 뒤 늦가을에 성토되었다. 첫해에는 흉년에 역병이 돌아 지관이 산역을 말렸다. 이태째는 장마통에 능선으로 오르는 달구지 길이 끊겼다. 백성들이 강가에서부터 지게에 흙을 지어 날랐다. 목도를 멘 장정들이 흙더미 위에 올라가 바위로 흙을 다지고 그 위에 다시 흙을 쌓았다. 흙더미는 날마다 조금씩 올라가서, 하늘을 밀쳐내고 우뚝 솟았다. 가을 가뭄이 길어서 떼는 고르고 촘촘했다. 능선에서 개울까지 백성들이 세 줄로 늘어서서 손에서 손으로 뗏장을 옮겼다. 떼를 입히는 데 한 달이 걸렸다. 초겨울의 하늘은 물기가 빠져 팽팽했고, 잔디가 퍼져 봉분은 윤기가 흘렀다.

　겨울에 눈이 많이 내렸다. 칼바람이 봉분들 사이의 골짜기에서 꺾일 때 봉분에 쌓인 눈은 하늘로 회오리쳤다. 바람이 능선을 밑에서부터 훑고 치솟을 때는 봉분마다 회오리가 일어서서 늑대 울음을 울었다. 그 울음은 민촌에까지 들렸다. 어미와 함께 순장된 젖먹이 하나가 죽은 어미의 살을 뜯어 먹고 아직도 땅속에서 살아 있는데, 바람이 부는 날은 그 젖먹이의 울음이 공중으로 퍼져나오는 것이라고 백성들은 수군거렸다.

봄에 태자는 능선에서 제를 올렸다. 신라에서 시집온 빈이 태자를 따라 능선 위로 올라왔다. 빈은 시집온 다음해에 잉태해서, 이제 만삭이었다. 신라에서 시집올 때 신라 왕은 빈에게 시녀 백 명을 딸려보냈다. 빈이 데리고 온 시녀들 중 더러는 가야의 여러 고을로 내려보내졌지만 대부분은 대궐에 남아 빈의 처소 곁에 머물렀다. 신라에서 온 시녀들은 가야 대궐 안에서도 신라의 옷을 입었다.

태자는 빈이 데리고 오는 시녀 백 명을 흡족히 여겼으나, 중신들은 신라 왕과 빈 사이의 촌수에 대해 말이 엇갈렸다. 빈은 신라 왕의 사촌 남동생인 지방 군주의 여동생이라는 것이 두 나라를 드나들며 혼인 치다꺼리를 한 사신들의 말이었다. 그러나 젊어서 신라를 드나들었던 늙은 중신들의 말은 달랐다. 빈은 신라 왕의 외삼촌의 이복여동생이 신라로 도망친 가야의 군장과 혼인해서 낳은 딸로, 그 생모는 이미 죽어서 빈은 신라 왕과 별다른 혈연관계가 아니라는 것이었다. 그럼에도 신라 왕이 빈에게 시녀 백 명을 딸려보낸 것은 해괴한 일이며, 음험한 속내가 있을 것이라고 늙은 중신들은 저희들끼리 수군거렸다. 신라에서 온 시녀들이 가야의 대궐에서 한사코 신라 옷을 입고 지내자 중신들의 의심은 더욱 깊어졌으나 중신들은 태자에게 신라 시녀 백 명이 딸려온 혼인을 경하했다.

빈이 신라의 옷차림으로 능선 위에 올라왔으나 중신들은 아무도 입을 열어 말하지 않았다. 태자는 빈과 함께 제단으로 나아갔다. 우륵은 제단 왼쪽에 악공 일곱 명과 함께 도열했고 제단 오른쪽은 창검과 깃발을 든 군사들이 북두진을 펼쳤다.

태자가 잔을 올릴 때 바람이 불었다. 바람에 날리는 도포자락이 허리에 휘감겨 태자의 마른 몸매가 드러났다. 태자도 들었던 잔을 내려놓고 옷매무새를 다잡았으나 바람은 계속 불어왔다. 태자의 몸은 불려갈 듯 위태로웠다. 시녀들이 일산日傘으로 바람을 막았다. 태자는 얼굴을 찡그리며 다시 잔을 들어올렸다. 바람이 불어 일산이 뒤집히고 다시 태자의 도포가 날렸다. 태자는 쓰러질 듯 비틀거렸다. 내위장이 달려나가 태자를 부축했다.

태자와 빈이 절을 할 때 우륵은 악공들을 지휘해서 소리를 베풀었다. 북이 앞서고 피리와 금이 따랐다. 소리는 이내 바람에 흩어졌다. 머리를 땅에 댄 태자는 어지럼증을 일으켰는지 일어서지 못하고 옆으로 쓰러졌다. 내위장이 태자를 일으켜세웠다. 태자는 내위장에게 몸을 기댄 채 비틀대며 세 번 절했다. 내위군들이 절을 마친 태자를 가마에 태워 양지 쪽으로 데려갔다.

시녀들이 태자의 팔다리를 주물렀고 태자는 숨을 몰아쉬며 말했다.

—바람이 심란하다. 달아난 시녀는 잡았느냐?

우륵의 눈에 태자는 이미 무덤 속에 들어가 있는 것처럼 보였다. 선왕의 성토제가 벌어지고 있는 이 능선 위가 바로 무덤 속인 것 같았다. 봉분은 봄볕을 깊이 빨아당기고 있었다. 무덤 속의 나라에서도 쇠붙이 위에 왕을 묻고 봉분을 올리고 태자가 절을 하고 악사가 소리를 베푸는 것인가. 그래서 지금 바람에 흩어지는 이 피리 소리는 무덤 속의 소리인가…… 피리 소리는 꼬리를 길게 뻗치면서 먼 곳을 굽이치다가 다시 다가왔다. 우륵은 눈을 감았다. 선왕이 죽던 날 새벽의 밤하늘이 우륵의 눈 속에 떠올랐다. 우륵은 문득, 무릎에 안고 있는 네 줄짜리 금으로 그 밤하늘의 소리를 옮기고 싶은 충동을 느꼈다. 밤하늘의 소리는 떠오르지 않았다.

야로는 중신들의 대열 맨 앞에 문신의 정장 차림으로 앉아 있었다. 부족장들 중에는 이런저런 구실로 성토 제례에 오지 않는 자들이 많았다. 고을을 들어서 신라나 백제에 투항하는 자들도 있었는데, 변방 소식에 어두운 대궐 중신들은 그 고을이 여전히 가야의 땅인 줄 알고 있었다.

태자가 바람에 비틀거릴 때 야로는 선왕의 무덤 속을 생각했다. 선왕이 자미원에서 평안할는지는 알 수 없었으나, 무덤 속덩이쇠는 이미 녹슬어서 왕의 백골은 시뻘건 녹물에 잠겨 있을 것이었다. 쇠붙이는 싸움터에서 부딪히고 깨어지면서 쇠붙이의 세상을 만들어갈 뿐, 자미원의 구들장으로 쓸 수는 없다는 것을 야로는 병 깊은 태자에게 말해줄 수도 없었다. 태자가 이미 보위에 올랐으므로, 홀연 바람에 불려가듯 죽기라도 한다면 군왕의 능침 바닥에는 또 오천 근의 덩이쇠가 깔려야 할 것인데, 가야산 쇠터는 새 광맥을 찾지 못하고 있었다. 그러나 태자가 죽기 전에 가야가 망한다면 태자의 능침을 걱정할 필요는 없었다. 바람에 비틀대는 태자를 바라보면서 야로는 긴 한숨을 쉬었다. 능선에서 내려올 때 야로가 우륵의 옆으로 다가와 말을 걸었다.

— 태자께서 저리도 허하시니 걱정이구려. 가끔씩 입궐해서 소리로 신명을 돋우어드리구려.

— 내 소리는 아직 영글지 않아 신명에 닿지 못하오. 야장의 어깨에 나라의 명운이 걸린 것 같소이다.

— 무슨 말이오. 태자께서는 병장기를 내려놓고 빈으로써 나라를 지키실 요량이니, 나도 이젠 한가해질 모양이오.

— 소리는 더욱 한가한 것이오. 그러니 이제 태평성대로구려.

야로는 낄낄낄 웃었다. 우륵은 웃지 않았다. 산을 내려가는 가마 위에서 태자는 쓰러져 있었다.

우륵은 다로고을로 말을 몰아갔다. 뒤따르는 니문의 보따리는 컸다. 다로는 강 하류 언저리의 들이었다. 마을과 농토가 강이 굽이치는 안쪽으로 들어앉아서 강물은 여름에도 마을에 넘치지 않았다. 넓은 경작지가 강에 잇닿아 물을 끌어대기 수월했고, 일찍부터 농사에 소를 부렸다. 신라 군대가 무시로 그 아래쪽 물길을 막아서 바다에서 올라오는 물산이 부족하기는 했으나 다로는 여전히 넓고 넉넉했다. 인접한 산골의 세 고을은 다로의 곡식을 먹었다. 고을들은 산짐승의 가죽이며 꿀과 약재를 들고 와서 곡식과 바꾸어갔다. 다로는 가야의 고을이었으나, 다로의 부족장은 고을 인근에서 왕을 자처했다. 관직을 나누어주었고 백성을 부려서 성곽과 봉수대를 쌓았고, 군사를 길렀다. 됫박의 크기와 자尺의 길이를 정했고 그 치수를 어기는 자들을 가두었다. 선조들의 장례에 순장을 바쳤으며 외객을 맞을 때 관을 썼다. 다로에서 큰 물굽이 세 개를 돌아 하류로 내려가면 강이 바다에 닿아 산은 멀어지고 들은 넓어지는데, 거기가 물혜였다. 물혜는 오래전에 신라 군대가 들어와 부수고 돌아갔다. 그후 들은 어느 나라도 아니었고 남은 백성들은 땅이나 뻘에 들러붙어 살았다. 다로는 남은 가야 고을들 중에서 맨 남쪽 변방이었고, 물줄기를 거슬러 북쪽을 겨누는 신라 군대와 크고 작은 싸움이 잦았다.

다로의 부족장은 큰아들의 혼례식에 우륵을 불러 소리를 청했다. 부족장은 이미 늙고 아들이 고을의 군사와 역사役事를 관장하고 있었다. 아들의 혼례식은 성대했다. 태자가 금붙이를 내렸고 인접 고을의 군장들이 멧돼지와 노루를 들고 와서 경하했다. 부족장은 보름 동안 백성들의 노역을 면해주었다.

다로는 초행길이었다. 우륵은 다로에서 일이 끝나면 아내의 고향인 물혜에까지 가서 무너진 고을을 살펴볼 작정이었다.

우륵은 혼례식 전날 저녁에 다로에 도착했다. 우륵은 관아에 딸린 객사에 묵었다. 객사는 강가 모래톱이 끝나는 언덕 위에 있었다. 저무는 강이 흐렸고 새들이 숲으로 돌아갔다. 강을 따라 군막이 들어서 있었다. 군사들이 모닥불 가에 모여 고함을 질렀다. 객사 주변에도 창을 든 군졸들이 번을 섰다. 객사 담장 밖으로 횃불이 너울거렸다.

―신라가 턱밑이라 경삿날에도 군사를 놀리지 못하오. 여기는 늘 그러하니 그리 아시고 놀라지 마시오.

객사의 관원은 그렇게 말했다. 우륵은 관원에게 밝는 날 혼례식 때 쓸 다로의 금을 가져다달라고 부탁했다. 밤중에 관원은 종을 시켜 금을 보내왔다.

울림통 없는 널판 위에 단지 세 줄을 얹은 금이었는데 줄의 가운데를 나무토막으로 버티어놓았다. 줄은 버팀목을 가운데로 왼쪽과 오른쪽으로 나뉘었다. 명주실을 여러 겹으로 꼬아 만든 줄은 윗줄은 가늘었고 아랫줄은 굵었다. 우륵은 오랫동안 다로의 금을 들여다보았다. 우륵의 눈동자가 크게 열렸다. 놀라운 물건이었다. 우륵은 니문을 보내 관원을 불렀다.

—이 금은 누가 만든 것이오?

—그걸 누가 일삼아 만들었겠소. 알 수 없소. 저절로 된 물건인 듯싶소.

—지금 고을에 이 금을 켜는 사람이 있소?

—헛간에 처박혀 있던 물건이오. 오래전부터 쓰지 않아 이제는 아무도 만질 줄 모르오. 대체 소리가 나기는 나는 물건이오?

—그럼 여기서는 제례 때 무슨 소리를 쓰오?

—북과 피리요. 피리는 모양이 여럿이오. 금은 쓰지 않은 지 오래되었소.

관원은 돌아갔다. 주법奏法이 끊어져 이제는 아무도 켤 수 없는 금이었다. 쥐 오줌이 말라붙은 널판에 벌레 구멍이 뚫려 있었다.

우륵은 금을 무릎에 올렸다. 오른손 검지로 버팀목 너머의 줄을 뜯었다. 맨 윗줄이었다. 맑은 소리가 솟았다. 소리는 난데없었다. 둥글고 단단한 소리였다. 폭은 좁았지만 속이 꽉 차 있었다. 소리의 꼬리가 사라졌을 때, 우륵은 맨 아랫줄을 뜯었다. 넓은 소리가 울렸다. 소리는 성글어서 넉넉했다. 소리는 튕기지 않고 스몄다. 넓은 소리는 퍼지듯이 사라졌다. 소리가 사라지자 금은 다시 깊은 잠에 빠진 듯싶었다. 우륵은 니문에게 금을 건네주었다. 니문이 금을 뜯었다.

─오른손으로 뜯으면서 왼손으로 버팀목 너머를 눌러보아라.

니문이 두 손을 모두 금 위에 얹었다. 니문은 버팀목의 오른편 줄을 뜯으면서 왼편 줄을 눌렀다. 줄을 누를 때마다 소리는 꺾이고 흔들리고 휘어지고 다시 일어섰다.

─니문아, 놀랍구나.

니문은 다시 금을 뜯었다. 줄을 튕길 때 솟아나는 소리가 세상의 허공 중에 머물다가 사라지는 그 잠시 동안에 소리는 떨리고 흔들리면서 새로운 무늬를 짜나갔고 무늬들은 처음 솟아난 소리가 스러질 때 함께 스러졌는데, 이어서 새로운 소리가 솟아나면서 새로운 무늬가 퍼졌다. 우륵은 몸속으로 흘러들어오는 시간을 느꼈다. 몸속에서, 그 시간은 지금까지 없었던 낯설고 새로운 시간으로 바뀌어 몸과 함께 출렁거렸다. 니문은 줄을 몇 번 뜯은 뒤 한참을 조용히 앉아 있다가 다시 금을 당겨 줄을 뜯었다.

─니문아, 이렇게 해보면 어떻겠느냐?

우륵이 금을 안았다. 우륵은 오른손으로 줄을 튕겼다. 솟구친 소리가 거의 사라져갈 때를 기다려, 우륵은 왼손으로 버팀목 아래쪽의 줄을 눌렀다. 천천히 누르다가 손가락에 힘을 주어 지그시 눌렀다. 여린 무늬들이 낮게 퍼졌다.

우륵은 다시 줄을 튕겼다. 팔에 힘을 풀고 왼손 검지로 줄을 누르고 또 놓았고 다시 눌렀다. 소리의 무늬가 여울지면서 굽이쳤다.

다시, 우륵은 줄을 튕겼다. 소리가 솟구치자마자 왼손으로 줄을 누르고 또 놓았다. 소리는 급히 꺾이면서 가파른 모퉁이를 돌아 저편으로 몰려나왔다. 힘주어 줄을 누르자 무늬는 지워졌고, 금은 고요했다.

다시 니문이 금을 받았다. 니문은 윗줄, 아랫줄을 넘나들었다. 한 소리가 솟구쳐올라 무늬로 퍼지면 다른 소리가 솟아올랐다. 니문은 줄을 눌러 사라지는 무늬의 끝을 자국 없이 지웠고 줄을 튕겨 새로운 소리를 불러냈다. 니문은 소리가 솟구칠 때 눌렀고 사라질 때 눌렀다. 누르면서 들어올렸고 들어올리다가 다시 눌렀다. 소리의 무늬들이 피어나고 또 지워지면서 흘러갔다.

—니문아, 어떠하냐?

—결들이 끝이 없어 두렵습니다.

—그것이 새로움이다. 소리는 새로워서 끝이 없다. 사람의 목숨이 그 새로움을 능히 감당하는 것이니, 아마 두렵지는 않을 것이다.

—이 무늬들은 어찌 펼쳐지는 것입니까?

—아마도 살아 있는 몸의 일일 것이다. 몸이 소리를 끌어내는 것이다.

우륵은 새벽까지 다로의 금을 뜯었다. 젊은 니문은 소리를 바로 눌러 퍼지는, 꺾이고 굽이치는 무늬의 결을 좋아했다. 소리도 나이를 먹는 것인가, 우륵은 속으로 웃었다. 새벽에 달이 떠서, 강 안쪽 여울이 빛났고, 모래가 부풀어 보였다. 다리 긴 새들이 모래 위에 고요히 서서 달빛을 쪼였다.

새벽에 신라 군대는 다로를 기습했다. 이사부는 강 건너 군막 온돌에 누워 있었고, 그 휘하 군장들이 군사를 이끌었다. 기병 오백에 보병 삼천이었다. 신라 보졸 오백 명이 세 개 나루터로 흩어져 배를 타고 강으로 나왔다. 건너편 다로의 산에서 봉화가 올랐다. 봉화는 능선을 따라서 옮겨붙었다. 부족장은 대궐로 발 빠른 전령을 보냈다. 다로의 외곽 병력은 관아로 집결했다. 수비대를 관아에 남겨놓고 다로의 주력은 나루터로 달렸다. 강물이 바다 쪽으로 빠졌다. 다로 쪽 나루에 물이 얕았다. 신라 보졸들의 배는 다로 쪽 나루에 닿지 못했다. 다로의 갈쿠리 부대가 강으로 걸어들어갔다. 화살이 날아 다로 군사 몇 명이 물 위에 쓰러졌다. 다로 군사들이 갈쿠리로 뱃전을 걸어서 아래로 당겼다. 배가 뒤집히고 신라 보졸들이 물에 빠졌다. 배는 계속 건너왔다. 다로의 보병들은 나루터를 중심으로 강 안에 전개했다.
신라의 주력은 이미 하류의 물혜 쪽 나루로 강을 건너 육로로 이동했다. 주력은 다로 관아의 남쪽 산속에 포진해 있었다. 말아가리를 묶고 불을 쓰지 않으면서 이틀을 매복했다. 다로의 능선에서 봉화가 오르자 신라의 주력은 나아갔다. 좌군은 계곡을 따라 내려와 들판을 가로질러 다로의 관아로 향했고 중군은 강가를 달려 나루에 포진한 다로군의 후방을 겨누었다.

다로의 관아는 하루 싸움으로 무너졌다. 부족장과 큰아들은 사로잡혔고 하객들은 모두 베어졌다. 관아를 빼앗은 좌군은 나루터로 내려가 중군에 가세했다. 신라의 주력과 다로의 주력은 물가에서 부딪쳤다. 다로 기병의 창 자루는 너무 길었다. 신라 가지극 부대들은 말 탄 기병에게 바싹 접근했다. 갑옷 고리가 극에 걸린 다로 기병들은 무더기로 말에서 굴러떨어졌다. 떨어질 때, 등자를 밟은 다로 기병들의 두 다리는 비틀거렸다. 다로의 화살은 신라의 투구를 뚫지 못했고, 기병의 창끝은 흔들리는 투구의 이음새를 조준하지 못했다. 가야군은 물가로 내몰렸고, 강 쪽에서 신라군은 계속 건너왔다.

저녁 썰물에 강의 흐름이 빨라졌다. 강물 위로 시체들이 부딪히며 떠내려갔다. 신라 군대가 강가를 따라 들어선 다로의 군막에 불을 질렀다. 신라군은 빼앗은 강가에 눌러앉지는 않을 모양이었다. 물가를 정리한 신라군은 여러 갈래로 흩어졌다. 신라군은 다시 관아 쪽으로 돌아서며 마을을 뒤지기 시작했다. 신라 기병들이 모래톱을 가로질러 객사 쪽으로 다가오고 있었다. 객사에서는 물가의 시체와 연기 들이 한눈에 내려다보였다. 우륵은 신발끈을 조였다.

—니문아, 서둘러라. 급하다.

니문은 마구간으로 달려갔다.

—말은 눈에 띈다. 말을 버리자.

—말을 버리면……

—걸어서 가야 한다.

—짐은 어찌하리까?

—짐도 버려라. 봐라, 다가오고 있다.

—저 금은……

—금이 무겁더라. 금도 버려라.

우륵은 캄캄한 산 쪽으로 달려갔다. 앞서 달리던 니문은 자꾸 뒤를 돌아보았다.

아수라

이사부는 군막 앞 강가 모래밭에 자리를 깔고 앉았다. 싸움터를 옮겨다니며 나이를 먹으니, 싸움이 없는 날에는 온돌과 따스한 햇볕이 그리웠다. 이사부는 평복 차림에 맨발이었다. 햇볕에 달구어진 뜨거운 모래가 평생 가죽신을 벗지 못해 무좀으로 짓무른 발가락 사이를 간지럽혔다. 창검과 깃발을 치켜든 위병 네 명이 좌우로 늘어섰다. 시체와 핏물이 하류 쪽으로 흘러내려가 강은 다시 푸르고 고요했다. 산 그림자가 거꾸로 비치었다. 다로 쪽 능선에 봉화는 모두 꺼졌고 강 건너에서 다로의 관아와 군막을 태우는 연기가 며칠째 잇따랐다. 다로의 군사들은 물가에서 전멸되었다. 살아남은 말들이 강가에서 물을 마셨다. 말들은 대가리를 쳐들어 먼 곳을 바라보았고, 올라타서 흘레붙었다. 수색 병력만을 다로 땅에 남겨놓고 이사부는 강을 건너갔던 군사들을 모두 불러들였다. 다로 땅에 계속 주둔시킬 부대는 따로 편성해서 다시 강을 건너갈 작정이었는데, 북쪽 한강 상류의 전황은 자주 흔들렸고 추수가 시작되면 동해안 영일만 쪽으로 왜구들이 달려들어 상주군을 따로 빼내 다로에 두기는 어려웠다. 이사부는 우선 병력을 집중시켰다.

이사부는 강 건너편을 오랫동안 살폈다. 사람이나 마소는 보이지 않았고, 연기뿐이었다. 강 건너 언덕 위에서 불타던 다로의 객사가 옆으로 기울며 내려앉았다. 먼지가 일고 불똥이 날리더니 불길은 이내 사위었다. 강을 건너오는 바람결에 매캐한 탄내가 실려왔고 바람이 방향을 바꾸면 모래를 스치는 바람의 끝자락에 향기가 묻어 있었다. 가벼운 졸음에 녹아들면서 이사부는 젊은 날의 영일만을 생각했다. 감은 눈 속으로, 커다랗게 만호彎弧를 그리며 뭍으로 깊이 달려드는 바다와 그 너머의 수평선이 펼쳐졌다. 세상은 헤아릴 수 없이 넓고 아득했다. 저 불타는 산골 나라들의 아집과 몽매를 이사부는 이해할 수 없었다. 저마다 산맥 한 줄기와 냇물 두어 가닥을 끼고 뿔뿔이 흩어진 저것들이 어찌 이리도 완강하고 끈질긴가. 얼마나 더 많은 아수라를 통과해야만 저것들에게 세상의 넓이와 삶의 귀함을 가르쳐줄 수 있을 것인지, 그것은 불가능해 보였다.

하류 쪽 강 길을 따라 기병 셋이 말 먼지를 일으키며 달려왔다. 며칠 전에 승전의 소식을 실어서 서라벌로 보냈던 전령들이었다. 전령들은 박차를 지르며 달려와 이사부 바로 앞에까지 말 대가리를 들이밀었다.

—내려라. 방자하다.

위병들이 창으로 전령들을 막았다. 전령은 모래밭에 엎드렸다.

—군주 나으리. 경하드리옵니다. 폐하께서 군주 나으리를 병부령兵部令으로 삼으시겠다는 뜻을 전하라 이르셨습니다.

다시 젊은 날의 영일만이 이사부의 눈앞에 떠올랐다. 얼마나 많은 아수라를 건너가야 이 세상은 하나의 정돈된 질서로 아늑할 수 있으랴. 아아, 나는 너무 늙었구나……

병부령은 전국의 병마兵馬와 군사의 진퇴를 통괄하는 최고의 군장이었다. 서라벌의 중신들은 병마의 일에 간여하지 못했고 다만 싸움에 졌을 때 그 죄를 논하였다. 중신들은 그 논죄論罪만으로도 번쩍거렸다. 지난해에 보위에 오른 신라 왕은 이제 여덟 살의 코흘리개였다. 늙은 모후가 옥좌 뒤에서 잔소리를 해댔다. 토함산 아래 마른 밭고랑에서 나라의 어린 날들은 벅차고 버거웠다. 싸움이 싸움을 넓혀갔고 더 많은 싸움에서 물러났다. 왕들은 어리거나 젊어서 죽었다. 모후와 중신들의 조바심을 이사부는 알 만했다. 모후는 이사부에 기대온 것이었다. 전령이 말했다.

—다음달 보름날 폐하께서 친히 도끼를 내려주시니 대궐로 드시라는 말씀이 있었습니다.

─알았다. 승마의 군례軍禮를 잊지 마라.

이사부는 날이 저물도록 강가에 앉아 있었다. 해가 넘어가자 위병들이 곰 가죽을 이사부의 어깨에 덮어주었다.

─다로의 족장과 그 아들을 끌어오라.

위병 한 명이 병영 안쪽으로 달려갔다. 부자는 잔칫날의 성장을 한 채 묶여서 끌려왔다. 부족장은 관을 썼고, 아들은 붉은색 비단도포 차림이었다. 위병들이 부자를 밀쳐서 꿇렸다.

─나는 신라의 군주다. 네가 다로의 왕이냐?

부족장은 늙고 파리했으나 눈빛이 사나웠고 그 아들은 얼굴이 붉고 어깨가 다부졌다.

─나는 다로의 왕이고 다로는 나의 나라이다. 신라가 아니다.

위병들이 달려들어 다로 부족장을 창으로 겨누었다.

─무엄하다. 신라의 군주시다.

이사부는 위병을 물리쳤다.

─내버려두라. 다로의 왕이라 하지 않느냐.

이사부는 다시 물었다.

─가야는 고을마다 왕이 따로 있다는데 어째서 그러하냐?

─우리는 본래 스스로 그러하다. 고을마다 왕이 있고 고을마다 말씨가 다르고 소출이 다르다. 우리는 고을에서 산다.

─다로의 봉수는 가야 대궐에까지 닿느냐?

─닿지 않는다. 고을의 봉수가 따로 있다. 대궐까지 이으려

하나 아직 미치지 못한다. 우리는 대궐에 기대지 않는다.

─사실이냐?

─왕은 거짓말을 하지 않는다. 내가 물어도 좋으냐?

─말하라.

─신라 왕이 왕녀를 가야 왕의 배필로 출가시켜 화친하였고, 그 소생이 이미 태어나 가야의 본위를 이은 터인데 신라 병부령이 군사를 들이밀어 가야의 고을을 부수는 까닭이 무엇이냐? 군주가 군왕을 능멸하는 것이냐?

─어려운 질문이구나. 일찍이 우리 선왕께서는 인축에 살상을 금하시었고 지금 어리신 임금이 그 유훈遺訓을 받들고 있다. 내가 그 거룩한 뜻을 범하고 있구나.

─높은 신하로서 어찌 군왕의 뜻을 범하느냐?

이사부는 껄껄 웃었다. 이사부는 제 웃음의 꼬리가 쓸쓸하게 느껴졌다.

─너에게 꾸지람을 당하니 부끄럽구나. 너는 바다를 본 적이 있느냐?

─우리는 수백 년 전부터 낙동강 하구에서 바다를 건너 왜와 교통하였다. 사신들이 바다를 건너다녔으나, 산골 고을들은 바다를 본 적은 없다. 바다는 왜 묻느냐?

─그저 지나가는 소리였다. 살생을 모두 거치면 아마도 살생은 사라질 것이다. 그렇다기보다는, 그렇기를 바란다. 아수라를

190

지나지 않고서 어찌 여래의 나라에 닿을 수 있겠느냐. 사람은 날아서 갈 수 있는 것이 아니다. 아마도 우리 선왕의 뜻이 그러한 것이었을 게다.

다로 부족장의 눈에 핏발이 서고, 눈물이 흘렀다.

—알았다. 나를 죽이고 내 아들을 살려다오. 내 아들은 왕이 아니다. 살아서 먹고 숨쉬고 너처럼 강을 바라보며 햇볕을 쪼이게 해다오.

이사부는 부족장의 아들에게 물었다.

—혼렛날 내 군사를 풀어 송구스럽구나. 허나 군사의 진퇴는 미루거나 당길 수 있는 일이 아니다. 본의는 아니었다. 이제 너의 산골이 무너졌으니, 신라로 들어와 장가들면 어찌하겠느냐? 서라벌에는 집집마다 딸들이 있다.

부족장의 아들이 고개를 쳐들었다. 눈꼬리가 떨렸다. 아들의 어깨는 직각으로 꺾여 있었다. 아들은 말했다.

—뵙기에 군주께서 정정하시니, 강을 건너와 새장가를 드시면 어떻겠소. 다로에도 집집마다 딸들이 있소. 다로는 들이 기름져서 딸들의 미색이……

위병들이 달려들어 아들의 입을 틀어막았다. 이사부는 침을 삼켰다.

……이 자식이…… 사나운 녀석이로구나……

이사부는 또 껄껄 웃었다. 웃음소리에 아무런 웃음기도 담겨 있지 않았다. 공허하고 메마른 소리였다.

—나쁘지는 않겠구나. 다로의 미색이 그리 고우냐. 좋은 날 내 그리하마.

날은 캄캄하게 어두워졌다. 위병들이 횃불을 올렸다.

—나으리, 이슬이 내리니 숙사로 드소서.

—차구나. 돌아가라.

이사부는 군막을 향해 걸었다. 맨발에 모래는 아직도 따뜻했다. 위병들이 뒤를 따랐다. 이사부는 돌아섰다.

—오늘 밤 안에 저 젊은 녀석을 베어라. 베어서 강에 던져 바다로 보내라. 저 늙다리는 여생이 길지 않을 것이니 살려서 서라벌로 끌고 가라. 살아서 햇볕을 쪼이게 해주어라.

아침에 군막 앞 나루로 배가 다가왔다. 상류에서 내려온 협선이었다. 배폭은 좁았으나, 이물이 높았다. 노가 양쪽으로 세 대씩 달려 있었고 돛대가 두 개였다. 배 위에 판옥으로 선실을 들였고 기름 먹인 목재가 번들거렸다. 가볍고 빠른 배였다. 협선은 흰 깃발을 내걸고 있었다. 나루를 지키던 신라 군사들이 배를 타고 나아가 협선을 세웠다. 협선 안에는 야로와 군사 다섯 명이 타고 있었다. 야로와 군사들은 평복 차림이었다. 야로의 군사들은 무기를 내려놓았다. 신라 군장이 뱃전에서 소리쳤다.

—누구냐?

야로가 대답했다.

—나는 가야의 약재상이다. 너희 군주의 노환에 쓸 약을 가져왔다. 군주께 사람을 보내 미리 통지하였으니 가서 고하면 아실 것이다.

—알았다. 내가 군주께 다녀올 때까지 상륙하지 마라.

야로의 배는 강 한가운데서 닻을 내리고 한나절을 기다렸다. 점심때 야로는 이사부의 군막으로 인도되었다. 이사부는 군막 문 앞에 나와 야로를 맞았다. 군막 안으로 들어가 야로는 이사부의 만류를 무릅쓰고 큰절을 올렸다.

—군주께서 가까이 오셨다는 소식을 듣고 찾아뵙고 싶었습니다.

—위험한 길을 오셨소. 여기는 이제 싸움이 겨우 정리되어가는 판이오.

야로는 일어서서 다시 큰절을 올렸다. 이사부는 손을 내저었다.

—병부령에 오르시니 경하드리옵니다.

아니, 이자가? 이사부의 얼굴이 굳어졌다.

—소식이 빠르시구려. 그걸 어찌 아셨소?

—가야 빈께 문후 온 신라 사신 편에 들었습니다.

만만한 자가 아니로구나. 이자는 쇠만 두들기는 대장장이가 아니로구나. 이사부는 불쾌했다.

—싸움판에서 늙어 죽으라는 팔자인 모양이오. 내 아직 우리 임금을 뵙지 못했으니, 그 얘기는 옮기지 말아주시오.

야로는 멈칫했다.

—가야 대궐에서 알 만한 사람은 다 아는 일입니다.

이사부는 한동안 잠자코 앉아 있었다.

—그 사신이 몹쓸 자로구려.

—경사를 전함은 잘못이 아닐 것입니다. 경하드리옵니다. 난세의 끝이 보이는 듯싶습니다.

—그렇기야 하겠소? 보내주신 병장기에 힘입은 바 크오. 고맙소이다.

—신라에서 저에게 금이며 비단을 보내주시니, 유무상통입니다.

이사부는 야로의 얼굴을 찬찬히 뜯어보았다. 늙은 목울대에 잔주름이 잡혀 늘어졌고 그을린 망막에서 불냄새가 나는 듯했다. 비천하고도 완강한 느낌이었다. 야로는 들고 온 버들고리를 이사부 앞으로 내밀었다.

—무인에게 예는 아닐 것이오나 제 경축의 표시오니 받아주십시오.

—무엇이오?

야로는 고리 뚜껑을 열었다. 다시 비단보자기를 풀었다. 덩이금이 가득 담겨 있었고 그 위에 온전한 모양의 사슴뿔이 올려져

194

있었다. 이사부는 심사가 뒤틀렸다.

—좋구려. 신라에서 보내드린 금과 비단이오?

—유무상통이오니······

—이걸 다시 가져가시고, 그만큼 병장기를 보내주시면 어떻겠소?

야로의 얼굴이 질렸다.

—어찌, 경사에 그런 서운한 말씀을······

—아하, 농이었소. 유무상통이라, 아름답구려.

야로는 다시 머리를 조아렸다.

—부디 세월을 평탄케 하여주십시오. 나으리의 그늘이 커질 것이옵니다. 그 그늘에서 쉬고 싶습니다.

이사부는 야로의 속내를 알 수 없었다.

—그래, 나에게 가져온 약재가 이것이오?

야로는 빙그레 웃었다. '약재'는 야로가 나루터 신라군을 통과하기 위해 이사부와 미리 정한 암호였다.

—약재는 따로 있사옵니다.

야로는 또다른 보따리를 풀었다. 하얗게 갈린 반달도끼 한 쌍이었다.

—소인이 새로 만든 병장기이옵니다. 신라 보졸의 투구를 부술 만한 도끼이옵니다. 잘 들여다보시면 용도를 아실 것이옵니다.

이사부는 깊은 신음을 토했다. 신라 보졸들의 투구 정수리에 드러난 이음새가 떠올랐다. 야로는 이사부의 안색을 살폈다. 야로는 이사부의 신음이 마음에 들었다.

—가야 기병들에게 이미 이 도끼가 보급되어 있습니다. 서둘러 신라 보졸들의 투구를 정비하심이 옳을 듯합니다.

이사부는 다시 한숨을 토했다. 한 생애를 거쳐간 싸움판들이 한꺼번에 이사부의 눈앞에 떠올랐다. 이제는 장소와 계절과 어느 적인지조차 기억나지 않는, 헤아릴 수 없이 많은 싸움판이었다. 이사부는 고개를 저었다. 이 대장장이는 대체 누구인가. 이자가 넓은 세상을 내다보는가. 이자가 세상을 주무르는 자인가. 내가 이자의 손바닥 안에서 헤매는 것인가. 야로는 또 말했다.

—병장기란 본래 그러한 것입니다.

—본래 어떠하단 말이오?

—흘러서 끝이 없는 것입니다. 이 세상과 같은 것입니다.

이사부는 다시 야로의 얼굴을 뜯어보았다. 이사부의 무인된 마음의 깊은 곳에서, 가야의 대궐을 부수고 가야의 왕통을 끊는 어느 날 이 늙은 대장장이를 붙잡아 죽여야 할 것 같은 예감이 떠올랐다. 아직은 때가 아니다. 오늘은 돌려보내자. 돌아가서 다시 쇠를 두들기게 하자. 이사부는 그 예감에 몸을 떨었다.

야로는 저녁 무렵에 돌아갔다. 이사부는 야로가 나루터까지 타고 갈 말을 빌려주었다. 야로는 당황했다.

―어찌 소인이 나으리의 말을 탈 수가 있겠소이까?

―괜찮소. 사람을 가리지 않는 말이오. 뱃길이 고단하시겠소.

야로가 돌아간 후 이사부는 전령을 불렀다. 이사부는 말했다.

―너는 밝는 날 아침에 말을 몰아 서라벌로 가라. 가서, 서라
벌 대장장이들을 모두 데려오라. 내, 대장장이들에게 이를 말이
있다.

전령은 새벽에 떠났다.

이사부는 옥좌 앞으로 나아가 계단 아래 무릎을 꿇었다. 옥좌
는 저만치 앞이었다. 왕족과 중신 들이 골품이며 관등에 따라
도열해 앉았고 그 뒤에서 붉은 가사를 걸친 중들이 목탁을 두들
겼다. 북이 울리고 여덟 살의 어린 왕이 내전 쪽 회랑을 걸어와
옥좌에 올랐다. 옥좌가 높아, 왕의 발은 바닥에 닿지 못했다. 모
후가 뒤를 따랐고 지밀 궁녀들이 시립했다. 왕은 어렸으나 총명
하고 활달했다. 궐내에서 늙어 등 굽은 중신들을 마주칠 때마다
허리를 펴고 걸으라고 나무랐고 밤에는 모후와 시녀를 물리치
고 혼자서 잠들었다.

모후가 비단 두루마리를 펴서 읽어내려갔다.

―선조께서 나라를 여신 지 이제 오백 년이 지났으나 사직은
적들에 둘러싸여 위태롭다. 날마다 피가 흘러 내를 이루어 백성
들이 논밭에서 흩어지니 열성조의 근심 또한 크리라. 이제 경을

병부령으로 삼아 도끼를 내리니 경은 위로 조정을 받들고 아래로 병마를 질타하여 강토와 백성을 평안케 하고 임금의 교화가 삼한에 두루 미치게 하라. 충忠과 공功은 신하의 본래 그러함이다. 지나간 모든 전공과 수고는 미래의 작은 공만 같지 못할 것이니 경은 명심하라.

내관이 도끼를 내밀었다. 이사부는 도끼를 받아 어깨에 기대 세웠다. 도끼날에 꽃술이 걸렸고 꽃술 끝에 옥구슬이 달려 있었다. 북이 울렸고, 목탁 소리가 커졌다. 왕이 다가와 꿇어앉은 이사부의 어깨 위에 손을 얹었다. 왕은 말했다.

—내, 책에서 바다를 읽었는데, 바다가 대체 무엇이오?

—바다는 가없이 넓고 큰 물이옵니다. 신은 그 끝을 모르고 깊이를 모르옵니다. 바람이 불면 그 큰 물이 뒤집히옵니다.

—이 세상에 그리도 큰 물이 있소?

—그러하옵니다. 바로 대궐에서 큰 산을 하나 넘어가면 바다이옵니다.

—세상이 그리 넓고 거칠다니 경의 수고가 많겠소. 경은 허리가 꼿꼿해서 좋소. 더 나이 먹어도 허리를 펴고 다니시오.

—망극하오이다.

이사부는 서라벌에 열흘 동안 머물렀다. 왕이 불러서 술을 내렸고, 크고 작은 연회가 잇따랐다. 오랜만에 보는 서라벌은 낯설었다. 이사부의 눈에는 군신과 백성 들이 모두 이차돈이라는 죽은 걸사의 젖을 빨고 있는 것 같았다. 대궐과 관아와 마을 사이마다 절이 들어서 처마를 잇대었다. 절마다 탑들이 솟아 금칠한 상륜이 번쩍거렸다. 탑들은 말쑥하고 깔끔한 체감遞減을 보이며 높은 곳을 가리켰다. 바람에 풍경이 뎅그랑거려 거리는 날 아오르는 듯싶었다. 부처의 서울은 아름다웠고 윤기에 빛났다.

……땅 위에 이런 나라가 있는가. 이런 나라가 가능한가. 여기가 나의 나라였던가. 나는 어디에 와 있는가……

이사부는 탑들의 꼭대기를 망연히 바라보았다.

흥륜사에서 새 종을 만들어 걸었다. 높이가 열두 척, 둘레가 스무 척에 무게가 만 근이었다. 새 종을 치던 날 법회가 열렸다. 절은 서라벌에서 동쪽으로 삼십 리였다. 평지 돌출로 솟은 산세가 불꽃이 일듯 너울거렸다. 절은 그 산을 뒤로 두른 남쪽 기슭이었다. 왕이 거동했고 중신들이 따랐다. 이사부의 자리는 대열의 앞이었다. 종은 소 열두 마리가 끄는 수레에 실려 절 마당으로 들어왔다. 왕이 종을 향해 합장했고 염불 소리가 일었다. 종신鐘身에 새겨진 선녀들은 구름을 타고 오르면서 공후箜篌를 뜯고 생笙을 불었다. 선녀들의 옷자락이 들리지 않는 소리의 선율에 나부끼며 흐느적거렸다. 그 아래로 굵은 글씨의 종명鐘銘이 새겨져 있었다. 이사부는 종명을 들여다보았다.

산과 강은 곱게 뻗어 누리에 가득 차고 들에 박힌 백성들은 별과 같구나. 진리는 넘치되 보이지 않고 지극한 소리는 들리지 않느니 이 둥근 종소리가 누리에 퍼져 아수라의 땅에 꽃이 피리라. 종은 둥글고 비어 있으니 진리의 모습이 이와 같아라.

왕이 중신들과 함께 나아가 당목撞木을 당겨 종을 울렸다. 종소리가 산과 들로 퍼졌다. 종소리는 멀리 흘렀다가 다시 다가오기를 거듭하면서 더 멀리 흘러가서 잦아졌다. 잦아지는 소리의 끝자락이 사람들을 먼 곳으로 데려가는 듯싶었다. 다시 종이 울렸다. 소리가 펼쳐내는 결들이 출렁거렸다. 결들은 허공으로 퍼졌고 흔들리는 파장이 사람의 몸에 닿았다. 이사부는 몸이 떨렸다. 그 소리의 끝자락에서 먼 들판을 달려가는 군마들의 환영이 이사부의 눈앞에 스쳤다.

연장

　우륵은 물혜의 바닷가로 걸어갔다. 우륵은 먹기 위해서 바다로 향했다. 산을 내려올 때 얼음에 미끄러지면서 개울로 굴러떨어져 무릎을 삐었다. 우륵은 절룩거리며 걸었다. 니문은 산에서 밤을 줍고 버려진 밭에서 무를 뽑아 자루에 짊어지고 있었다.

　불타서 무너진 물혜 관아터에 푸새가 말랐고 말들의 해골이 이빨을 드러냈다. 우륵은 무너진 관아의 창고와 객사를 뒤졌으나 물혜의 금을 찾지는 못했다. 객사 옆으로 잇닿아 있던 색주가 봉놋방에는 깨진 질그릇만 널려 있었다. 달아났던 백성들이 더러는 돌아왔으나 집들은 드문드문 흩어져 마을을 이루지는 못했고 비고 주저앉은 집들이 더 많았다. 논두렁이 끊어지고 물꼬가 내려앉은 논에 피가 웃자라 있었다. 이따금씩 개 짖는 소리나 닭 울음이 들렸고, 소나 돼지는 보이지 않았다. 바다가 가까워질수록 움막들이 눈에 띄고 인기척이 많아졌는데, 땅의 소출을 기다리지 못하는 사람들은 우선 갯가로 몰려들었다.

물은 멀리서 하얀 띠로 반짝였다. 바다는 뻘뿐이었다. 저녁빛이 뻘 웅덩이에서 퍼덕거렸고, 갯고랑을 따라 올라온 잔생선을 향해 새들이 곤두박질쳤다.

아낙과 아이들이 무릎까지 빠지는 뻘을 헤집으며 조개나 게를 줍고 있었다. 아낙이 줍고 아이들은 뻘 위로 함지박을 밀며 그 뒤를 따랐다. 함지박 안에 담긴 먹이에 새들이 날아들었다. 덩치 큰 새들이 갑자기 달려들 때 아이들은 기겁을 하며 몸을 사렸다.

니문이 뻘에 들어가 조개와 가는 낙지 몇 마리를 주워왔다. 우륵은 낙지를 씹었다. 주저앉을 듯한 시장기에 낙지는 산 채로 꿈틀거리며 목구멍을 넘어갔다. 니문이 삭정이를 주워와 부싯돌을 때려서 불을 피웠다. 저녁 밀물이 들어오기 시작했다. 멀리 나갔던 아낙과 아이들이 뭍 쪽으로 나왔고, 새들도 뭍 쪽으로 날아왔다.

가까운 갯바위 아래서 여자가 쪼그리고 돌아앉아 뻘 구멍을 쑤시고 있었다. 엉덩이가 퍼지고 살 붙은 어깨가 둥글어 젊은 여자로 보였다. 여자는 바느질하지 않은 가죽천을 걸쳤고, 머리카락은 헝클어져 있었다. 손에 꼬챙이를 쥐기는 했으나, 여자의 솜씨는 서툴렀다. 여자는 손아귀에 조일 힘이 모자라는지 자주 꼬챙이를 놓쳤다. 등에 진 망태기 속에는 게 네댓 마리뿐이었다. 밀물의 앞자락이 뻘에 닿자 여자는 돌아서서 나왔다. 여자의 얼굴은 추위에 질려 새파랬다. 여자는 다가왔다.

—불을 좀……

—가까이 오시구려.

니문이 옮겨앉으면서 불 위에 삭정이를 얹었다. 여자는 불가에 앉았다. 고개를 숙였고 머리카락이 앞으로 흘러내려 얼굴은 보이지 않았다. 니문이 여자에게 물었다.

—어찌 혼자시오?

여자는 대답하지 않았다.

—여기가 고향이오?

여자는 얼굴로 달려드는 연기를 피해 고개를 돌렸다. 바람이 여자의 머리카락을 걷어냈다. 귀밑으로 푸른 반점이 드러났다. 우륵은 멈칫했다. 본 듯한 얼굴이었으나, 기억은 캄캄했다. 다시 니문이 말했다.

—그리 못 잡는 걸 보니, 이 갯가 사람은 아닌 것 같소.

여자가 눈을 들어 우륵을 바라보았다. 시선이 마주쳤다. 우륵의 눈이 크게 열렸다. 여자가 겨우 입을 열었다.

—악사 어른……

—무어라?

—대궐에서 몇 번 뵌 적이……

―네가 아라냐?

―제가 아라이옵니다.

우륵이 달려들어 아라를 안았다. 불기를 쪼인 아라의 몸은 따
스했다. 머리카락에서 흙먼지 냄새가 났다. 왕이 죽던 날 새벽
밤하늘의 별들과 무덤의 능선 위에서 춤을 추던 밤들이 떠올랐
다. 이 따스한 것이 아라로구나…… 이것이 돌뚜껑 밑 구덩이
에서 살아서 돌아온 여자로구나…… 우륵은 아라의 목덜미에
얼굴을 부볐다. 우륵은 아라를 안은 팔에 힘을 주었다. 우륵의
가슴에서 아라의 젖봉우리가 눌렸다. 아라는 몸을 내맡기고 고
요했다. 우륵은 말했다.

―아라야, 장하구나.

말끝에 울음이 터졌다. 우륵은 악머구리 울음으로 길게 울었
다. 울음은 몸속에서 왈칵왈칵 울었다.

―나는 적으나마 대궐의 녹을 받는 사람이다. 내가 두렵지
않느냐?

―두렵지 않사옵니다.

우륵이 다시 아라를 안았다.

―아라야, 어여쁘다.

니문은 스승을 어이없이 바라보았다. 불꽃이 사위었다.

―어찌 이 갯가까지 흘러왔느냐?

―개포에서 야장 어른이 군선 편에 내려보내셨습니다.

—야로가?

우륵은 그 일을 더이상 묻지 않았다.

아라는 갯가의 빈집에 혼자서 기거했다. 외양간 헛간은 무너지고 안채만 남은 초가였다. 굴뚝이 부러졌으나 고래는 성했다. 우물이 메워져서 개울물을 길어다 먹었고 이웃에서 불씨를 얻어와 재에 묻었다. 아라는 뻘에서 조개를 줍고, 이웃들과 함께 밭일도 했다. 산이 바싹 밀고 들어와 밭은 비탈이었다.

우륵은 아라의 집에서 그날 밤을 묵었다. 아라가 좁쌀에 조개와 미역을 넣고 쑨 죽으로 저녁을 차려냈다. 생선 기름을 태우는 호롱불이 방 안을 비추었다. 우륵이 상에 앉고 그 건너 쪽에 니문과 아라가 나란히 앉아서 먹었다. 아라는 두 사내와 함께 앉아 밥을 먹는 일이 놀랍고 신기했다. 사내들은 많이 먹었고, 빠르게 먹었고 입을 크게 벌렸고, 소금에 절인 무를 씹을 때 와삭와삭 소리가 났다.

우륵은 잘 무른 좁쌀을 천천히 한 알씩 어금니로 으깼다. 돌뚜껑이 덮이기 전에 구덩이 속으로 던져지던 흰밥이 떠올랐다. 아라는 자주 숟가락을 내려놓고 우륵의 시선을 피했다. 상을 물리고 아라는 건넌방으로 들어갔다. 니문이 진흙을 이겨서 부러진 굴뚝을 잇고 아궁이에 불을 땠다. 우륵과 니문은 안방에 누웠다.

건넌방에서 아라가 부스럭거리는 소리가 들렸다. 우륵은 캄캄한 어둠을 노려보며 누워 있었다. 우륵이 옆에 누운 니문을 불렀다.

—니문아, 자느냐?

—어서 주무십시오.

—니문아.

—예.

—너는 몇살이냐?

니문은 졸음이 확 가셨다. 니문은 누운 자리에서 일어나 앉았다.

—스물셋이나 다섯일 것입니다.

—니문아.

—예, 듣고 있습니다.

—너, 건넌방으로 건너가서 자거라.

어둠 속에서 니문은 몸을 움츠렸다.

—너, 저 아이가 누구인지 아느냐?

—혹시, 국상 때 달아났던……

—그렇다. 가야에서 가장 고운 여자다. 건너가라. 아마도 저 아이가 너를 받을 것이다. 니문아, 그래야 한다. 말을 들어라.

다시 침묵이 흘렀다. 밤 부엉이가 울었다. 한참 후에 니문이 자리에서 일어섰다. 어둠 속에서 니문은 스승을 향해 절했다. 니문의 이마는 오랫동안 방바닥에 닿아 있었다. 니문은 건너갔다.

니문이 건너가자 우륵은 바닷가로 나왔다. 바다는 만조로 부풀어올랐고, 보름사리의 밀물이 이제 물러서고 있었다. 별들이 깔렸는데, 별과 물 사이에 소리가 가득했다. 소리가 바다를 건너오는 것인지 하늘에서 쏟아지는 것인지 알 수 없었다. 물이 뭍으로 덤벼들 때 소리는 뭍으로 넘쳐들어왔고, 물이 물러설 때 소리는 끌려갔다. 끌려가는 소리가 다 끌려가기 전에 다시 물이 뭍으로 달려들어 끌려가던 소리와 달려드는 소리가 어둠 속에서 부딪히고 뒤섞여서 함께 달려들었다. 그 소리는 세상이 아닌 곳으로부터 쏟아져들어와서 세상의 모든 소리를 다 지우는 소리였다. 그 소리는 귀에 들렸으나 들었다고 할 수 있는 소리는 아니었고 다만 불려가고 또 불려오는 소리였다. 그 소리는 사람의 손가락으로 튕겨내거나 사람의 입으로 불어낼 수 있는 소리가 아니었다. 그 소리는 사람과 사소한 관련도 없는 소리였다. 그 소리는 사람을 향해 다가오는 소리가 아니었고 자미원을 향해 불려가는 소리도 아니었다. 알아들을 수 없고, 막을 수도 없는 소리였다.

─이것은 대체 어찌된 소리인가.

소리는 귀로 들어왔고 입으로 들어왔고 콧구멍과 땀구멍으로 쏟아져들어왔다. 우륵의 몸은 소리에 젖었고, 몸속에서 바람이 일고 숲이 흔들렸다. 우륵은 밤바다를 향해 아아아 소리치고 싶은 충동을 느꼈다.

아마도 이것은 새로운 시간이 사람에게 달려와 스며드는 소리일 것이다…… 우륵은 그렇게 속으로 중얼거렸다. 별과 물 사이를 불어가는 이 알 수 없고 나눌 수 없는 소리가, 나와는 사소한 관련도 없을 이 거친 소리가 내 몸속으로 흘러들어와 몸속에 바람이 불어가는 것은 아마도 시간이 새롭기 때문일 것이다…… 아, 그 새로운 시간이 모든 소리들의 고향이겠구나 …… 소리들의 고향은 늘 스스로 무너져서 사라지지만, 소리들은 늘 그 고향에서 울리는구나……

소리는 끝없이 넘쳐왔다. 달이 기울고, 밤에 먹는 새들이 바다로 나아갔다. 우륵은 대숲 속의 오동나무 널판과 바람 부는 날, 바람에 스치는 비화의 허벅지를 생각했다. 널판은 이제 영글었을 것이다…… 이제 돌아가자…… 가서 널판에 울림통을 파고 줄을 얹어서 새로운 금을 만들자. 그 금 안에 이 세상의 모든 시간이 깃들고, 새로운 시간들이 거기에서 솟아나, 없었던 무늬로 떨리게 하자…… 내 몸이 그 시간 위에 실리고, 새로운 금에서 모든 고을들의 소리가 울리게 하자……

물이 멀어졌고 소리는 멀어지는 물마루를 타넘으며 원양으로 쓸려갔다.

새벽에, 우륵은 아라의 집으로 돌아왔다. 삔 무릎이 저렸다.

우륵은 절뚝거렸다.

아라는 자리에 누웠다. 기운 달이 처마 밑으로 내려와 방 안을 비추었다. 갯가에서 우륵이 아라를 끌어안고 울 때, 아라는 흔들리는 우륵의 몸을 느꼈다. 그때, 죽은 왕의 캄캄한 입속이 떠올랐다. 오줌을 누다가 대궐을 도망쳐나오던 밤도 떠올랐다. 오줌이 몸에서 빠져나오면서 몸속이 서늘하게 비어갔고 오줌줄기가 가랑잎에 부딪혀 와삭거릴 때 몸속에서 달아나자, 달아나자, 달아나자 하는 외침이 천둥처럼 울려왔다. 속곳을 올리고 배수구를 나왔을 때, 새벽이 밝아오던 민촌들과 노을이 비친 강물도 떠올랐다. 악사 어른은 왜 나를 안고 우신 것일까? 악사 어른도 어디론가 달아나고 싶으신 것인가……

달이 구름을 벗어나 방 안이 밝아졌다. 마루를 밟는 발소리가 들렸다. 아라는 자리에서 일어나 앉았다. 방문이 열리고 니문이 문지방을 건너왔다. 아라는 두 팔로 제 가슴을 싸안았다. 니문이 말했다.

—악사께서 저를 이 방으로……

아라의 커진 눈이 니문을 훑었다. 아라가 말했다.

—키가 크시더군요.

니문이 아라를 바라보았다. 푸른 어둠 속에서 아라의 어깨는 둥글었다. 어깨는 윤곽을 풀고 달빛 속으로 배어나온 듯했다.

아라는 제 팔에 안긴 두 젖봉우리의 따스함이 춥고 허전했다. 아라는 그 따스함이 바로 결핍이었다는 것을 알았다. 스승은 왜 나를 이 여자에게 보낸 것일까…… 니문은 아라에게 물어보고 싶었다. 아라의 머릿결에서 달빛이 흘러내렸다. 니문은 스승의 말이 생각났다. ……소리는 미루지 못하고 소리는 머뭇거리지 못한다. 목숨 또한 그러하다……

니문이 말했다.

—머리에 달빛이 곱소.

아라가 무릎걸음으로 다가왔다. 아라가 팔을 뻗어 니문의 얼굴을 더듬었다. 니문이 아라를 안았다. 아라는 입술로 니문의 굴곡진 콧잔등이와 눈언저리를 핥았다. 아라가 손가락을 니문의 입술에 댔다. 니문이 입을 벌려 아라의 손가락을 빨아들였다. 안쪽으로 당기는 목구멍의 힘이 아라의 손가락을 조였다. 니문은 목구멍 깊숙이 아라의 손가락을 빨아넣고 목울대를 조였다. 아라의 손가락은 짰다. 니문의 입술은 침으로 미끈거렸다. 아라가 젖은 혀를 니문의 귓속으로 들이밀었다. 아라는 혀에 힘을 주었다. 아라의 혀는 뾰족하고 꼿꼿했다. 니문은 귓속에 가득 차는 아라의 몸을 느꼈다. 니문이 아라를 안고 옆으로 쓰러졌다. 아라가 아래를 열었다. 아라가 깊어서 니문은 급했고, 아라가 급할 때 니문은 깊이 다가왔다.

우륵은 겨우내 물혜 바닷가, 아라의 집에 머물렀다. 눈이 많이 내렸다. 주린 산짐승들이 갯가까지 내려와 굴을 까낸 껍데기 더미를 헤집었고, 사람들은 뻘을 뒤져서 먹었다. 물 쪽으로 더 가까이 다가간 짐승들은 뻘에 다리가 빠져 서서 죽었다. 사람들 이 달려들어 죽은 짐승을 뽑아갔다. 움막 위에 눈이 쌓여 들과 집을 구별할 수 없었다. 신라가 군대를 거두어 돌아간 뒤, 물혜 의 들과 뻘은 나라도 고을도 아니었다. 물혜는 땅이었다. 눈 덮 인 들판은 낮에는 눈부셨고 밤에는 환했다. 늙은이들이 첫 추위 에 죽었다. 눈 속에서 아이가 태어나 울었다. 산을 넘어 북쪽으 로 나가는 길이 눈에 덮였고 뱃길은 진작에 끊어져 있었다. 움 막들에서 때때로 연기가 올랐다. 사람들은 들판 가장자리나 뻘 쪽에서 오르는 남의 연기를 서로 살폈다. 연기가 끊어진 집을 찾아가 거적문을 들추면 사람들이 죽어 있었다. 우륵이 니문을 데리고 시체를 수습했다. 언 땅 위에 눈이 쌓여 땅을 파지는 못 했다. 시체를 옹관에 넣어 눈 속에 묻었다. 옹관이 모자라면 진 흙을 이겨서 시체를 덮었다. 니문이 대피리를 만들었다. 니문은 눈에 묻히는 시체들을 향해 대피리를 불어주었다. 소리는 두어 번 출렁거리다가 길게 뻗으며 사라졌다. 눈 속에서 우륵은 니문 의 피리 소리를 들었다. 살아 있는 자의 몸속의 바람이 빈 공간 을 지나며 세상의 바람과 부벼지는 소리였다. 소리는 산 자 쪽 으로 다가왔다. 겨우내 눈이 내렸다.

초봄에 방을 바꾸어 니문과 아라가 안방을 쓰고 우륵은 건넌방으로 옮겨갔다. 니문이 무너진 처마를 세웠고 삭정이를 주워왔다. 아궁이 앞에 쪼그려앉아 불을 땔 때, 아라는 온몸의 힘이 아래로 몰리는 것을 느꼈다. 아라가 불을 땔 때 니문은 늘 아라 옆에 앉아서 고래 속으로 빨려들어가는 불길을 들여다보았다. 불꽃이 사그라진 뒤에도 삭정이는 불의 푸른 속살을 드러내고 할딱거렸다. 겨우내 눈이 내렸다.

눈이 녹자, 우륵은 대궐에서 가깝고, 멀리 무덤의 능선이 바라다보이는 고향집으로 향했다. 우륵은 걸어서 갔다. 니문이 아라를 데리고 따랐다.

기러기떼

우륵은 개포나루로 말을 달려갔다. 대장간들이 문을 닫았고 나루터 군사나 허드레꾼 들도 보이지 않았다. 식은 화덕에서 매캐한 불냄새가 풍겼다. 열댓 명의 군사들이 남아 야로의 숙사를 지키고 있었다. 신라 군대가 강 건너편에 포진한 것은 확실했다. 이따금씩 큰 연기가 솟고 바람결에 말 울음소리가 들렸다. 야로는 한 달 전부터 대장간의 시설과 병력 들을 가야산 쇠터로 옮기고 그 뒷정리를 하고 있었다. 우륵은 야로의 숙사로 들어갔다. 야로는 혼자서 술을 마시고 있었다.

―악사가 대장간에 웬일이시오?

―나루터가 한가하오. 싸움이 끝나려는 것이오?

야로는 껄껄 웃었다.

―원래 쇠 두드리는 소리는 상서롭지 못한 것이오. 조용해지

니, 물소리가 가까이 들려 좋구려. 헌데 웬일로……

　─좋은 쇠로 끌을 두어 개 만들어주시오.

　─악사가 어찌 끌을 찾소?

　─그저…… 나무를 좀 깎을 일이 있소.

　─끌이라면, 만들어놓은 것이 더러 있을 것이오.

　야로가 군사를 불렀다.

　─애들아, 악사 어른이 끌을 찾으신다. 네댓 개 찾아오너라.

　군사가 돌아와 끌 다섯 개를 마당에 내려놓았다.

　─좋은 물건이오. 대궐 공사 때 쓰던 것이오. 녹을 벗겨드리리다.

　군사가 숫돌에 끌을 갈았다. 쇠의 하얀 속살에 햇빛이 일렁였다.

　─연장이란 아름다운 것이오. 저게 있어야 흙이며 나무를 주무를 수가 있지 않겠소. 나도 태평성대에 연장이나 만들다가 가고 싶소.

　그렇게 중얼거리고 나서 야로는 또 껄껄 웃었다. 웃음소리가 비어 있었다. 우륵은 빙그레 웃었다. 야로가 끌 하나를 집어들어 우륵의 눈앞에 들이밀었다. 날에는 싸아한 쇠냄새가 났다.

　─이게 백련강百練鋼이라는 쇠요. 수없이 두들겨서 쇳속의 찌꺼기를 짜내버린 것이오. 맑고 단단하기가 보석과 같소.

　야로는 혼잣말처럼 중얼거렸다.

―이 다섯 개가 날의 각도는 다 제가끔이오. 가파른 것도 있고 내려앉은 것도 있소. 나무에 따라 골라 쓰셔야 할 것이오. 망치로 끌 자루를 때릴 때도 나뭇결에 따라 힘의 각도를 바꿔야 하는 것이오.

　우륵은 잠자코 들었다. 술이 들어가, 야로는 수다스러웠다. 야로는 또 중얼거렸다.

　―쇠는 날에서 완성되는 것이오. 그것은 병장기와 연장이 매한가지요. 날은 한없이 얇아져서, 없음을 지향하는 것이오. 날은 빈 것이오. 그러나 없는 것이 아니라, 있음과 없음의 사이에서 가장 확실히 있는 것이오. 또 그 위태로운 선 위에서 한없이 단단해야 하는 것이오. 날은 쇠의 혼이라 할 수 있소. 그러니 그게 어디 쉬운 일이겠소.

　야로의 목소리는 떨렸다. 이자가 술이 취해 뭔가 안 보이는 것을 보려고 덤비는구나…… 우륵은 잠자코 들었다.

　―악사가 연장을 만진다니 보기에 좋소. 가끔씩 망치질도 하고 도끼질도 해보시오. 세상에 자국을 내는 재미가 있을 것이오.

　군사가 끌에 자루를 끼우고 틈새에 쐐기를 박았다.

　―자주 갈아서 쓰시오. 갈 때 날을 비스듬히 대시오. 숫돌도 하나 드리리다.

　우륵이 개포나루를 떠날 때, 가야산 쇠터에 짐을 부린 소달구지들이 빈 수레로 돌아왔다. 스무 대가 넘는 긴 대열이었다. 우륵은 야로의 바쁜 날들이 또 다가오고 있음을 알았다.

  우륵은 대숲으로 들어갔다. 마른 가을 숲이 작은 바람에도 버스럭거렸다. 바람에 습기가 빠져 버스럭거리는 소리는 튀어올랐다. 우륵은 오동나무 널판을 두들겼다. 널판의 안쪽에서 거죽으로 울려나오는 소리가 맑았다. 소리는 뒤로 끌리거나 주저앉지 않았다. 세게 두드릴 때의 소리와 가볍게 두들길 때의 소리가 크기의 차이는 있었지만 고르게 옹글었다. 널판의 안쪽 소리가 널판 거죽의 소리에 치이지 않았다.
  ……되었구나. 되었나보다. 되었을 것이다.
  널판을 진 니문을 앞세워, 우륵은 대숲을 나왔다. 마당에 짚자리를 깔고 우륵은 니문과 마주 앉았다.
  야로의 끝은 날카롭고 부드러웠다. 야로의 날 위에서, 날카로움과 부드러움은 같은 것이었다. 우륵은 끝을 망치로 때려 널판을 파나갔다. 야로의 말대로, 깊이 팔 때는 끝을 세웠고, 넓게 밀 때는 끝을 뉘었다. 흰 끌밥이 일어났다. 야로의 날은 물과 같았다. 널판은 씻어내듯이 패어졌다. 니문이 마른 가죽으로 문질러 끌 자국을 지웠다. 패어진 자리의 나이테가 온전히 드러났다.
  니문이 패어진 널판의 가장자리를 두들겼다. 소리가 일었다. 우륵은 귀를 기울였다. 소리는 널판의 빈 통 속을 돌면서 흐르다가 밖으로 퍼져나왔다. 통이 소리를 누르지 않았고, 소리가

216

통 속을 돌면서 퍼졌다. 우륵의 눈에, 소리는 통 속의 나뭇결을 따라서 도는 것처럼 보였다. 그 소리는 나무의 소리이기는 하지만, 빈 것을 지나온 소리였다. 빈 통이 단단한 나무의 소리를 펴서 둥글게 돌려내고 있었다.

　—니문아, 봐라, 비어야 울리는구나. 소리란 본래 빈 것이다. 비어 있지만 없는 것이 아니라 확실히 있는 것이다.

　그렇게 말해놓고, 우륵은 야로의 말투를 닮은 자신의 말이 우스워서 웃었다. 니문은 스승의 웃음을 이해하지 못했다. 우륵은 널판을 길게 파나갔다. 통이 길어야 소리가 크게 돌아서 옹글고 편안해졌다. 니문이 인두를 달구어 패어진 통의 안쪽을 지졌다. 푸른 연기가 올랐고, 연기가 흩어지자 짙어진 나이테 무늬에서 윤기가 흘렀다.

　우륵은 패어진 통을 뒤집어놓고 널판 위에 줄을 걸었다. 니문이 얼레를 돌려 줄을 풀었다. 줄은 여러 가닥을 꼰 명주실이었다. 니문이 물었다.

　—여러 고을의 금들이 석 줄이나 넉 줄인데, 이제 새 금에 몇 줄을 걸어야 하리까?

　—열두 줄을 걸자. 열두 줄이면 이 세상의 넓이와 모든 시간이 담기기에 족할 것이다. 그리고 사람의 두 손은 능히 열두 줄을 넘나들며 울려낼 수 있다. 더 많아도, 더 적어도 안 될 것이다. 열두 줄이다.

우륵이 널판 왼쪽 끝에 부들을 매고 줄을 걸었다. 가는 줄을 맨 아래쪽에 걸었고, 점차 굵어져가는 줄들을 그 위쪽으로 걸었다.

―니문아, 다로의 금이 생각나느냐?

―줄을 버팀목으로 고여, 그 오른편이 퉁겨내는 소리를 왼편이 데리고 놀 수가 있었습니다.

―그랬다. 새 금에 줄마다 버팀목을 받쳐야 한다.

니문이 야로의 끌로 버팀목 열두 개를 깎아냈다. 우륵은 줄마다 버팀목을 하나씩 받쳐넣었다. 줄들은 버팀목을 중심으로 좌우로 나뉘었다. 맨 아래쪽 줄은 왼쪽이 길었고 올라가면서 오른쪽 줄이 길어졌다.

금은 길이가 다섯 자 다섯 치에 폭이 한 자 세 치로, 사람의 키와 비슷하거나 조금 작았다. 굵고 가는 줄들이 가지런히 들어섰고, 버팀목들이 들어선 모양이 날아가는 기러기떼의 대열과 같았다.

―니문아, 이것은 곧 사람의 몸이로구나. 끌어안고 뜯어보아라.

니문이 금을 무릎에 들여 앉혔다. 니문은 오른손 엄지와 장지로 줄을 당겼다. 니문은 엄지의 손톱으로 줄을 밀다가 퉁겨냈다. 니문의 왼손이 오른손이 당기고 퉁기는 줄을 따라가며 버팀목 왼쪽 줄을 흔들고 누르고 들어올렸고 지웠다. 니문은 솟아나는 소리의 앞을 흔들다가 꼬릿자락을 굴렸고, 꼬리를 누르다가 앞을 들었다. 니문의 손가락이 열두 줄을 아래서 위까지 넘나들며 소리를 뜯어냈다. 니문의 손가락은 바람에 날리는 이파리처럼 가벼워 보였다.

소리가 울렸고, 울리는 소리가 우륵의 몸속으로 들어와 흔들렸다. 그 소리는 지금까지 없었던 새로운 소리였다. 그리고 지나간 모든 소리의 그림자들을 모두 끌어안은 소리였다. 소리가 소리를 불러냈고, 불러낸 소리가 태어나면 앞선 소리는 죽었다. 죽는 소리와 나는 소리가 잇닿았고, 죽는 소리의 끝자락에서 새로운 소리가 솟아, 소리는 생멸을 부딪혀가며 펼쳐졌고 또 흘러갔다. 소리들은 낯설었고, 낯설어서 반가웠으며, 친숙했다.

─니문아, 금을 걷어라. 이제 그만 쉬자.

밤하늘에 별들이 많았고, 그날 밤 우륵은 깊이 잠들었다.

니문의 집 마당에서 무덤의 능선은 들 건너편으로 빤히 올려다보였다. 능선이 가까워 그 뒤쪽 산맥은 보이지 않았다. 새로 솟은 선왕의 무덤은 남쪽 사면에서 우뚝했다. 봄에 군사들이 능선으로 올라가 벌초했다. 잔디에 물이 올라 봄빛이 스민 무덤들은 연두색으로 빛났다.

새로 만든 금은 우륵이 차지하고 있었다. 니문은 울림통이 없는 네 줄짜리 금을 켰다. 니문은 늘 마당에 자리를 깔고 앉았다. 우물가에 나와 앞발을 비비는 쥐의 몸짓이나 나뭇가지를 건너

뛰는 까치의 몸놀림을 들여다보면서 금을 켰다. 쥐가 나무를 타고 오를 때 니문의 소리는 빠르고 잘게 부서졌고 쥐가 구멍으로 들어가고 나면 니문의 소리는 멎었다. 까치가 나뭇가지를 건너뛸 때 니문의 손가락은 줄을 건너갔고 까치가 날아가면 니문의 소리는 긴 여운을 끌며 잦았다. 긴 앞다리를 치켜든 사마귀가 몸통을 구부리고 다가올 때 니문의 소리는 우두둑거리며 꺾였고 잠자리 날개가 햇빛에 아른거릴 때 니문의 손가락은 바쁘게 줄들을 건너뛰면서 줄의 위와 아래를 함께 뜯었다. 왜가리가 펼친 날개를 흔들지 않고 흐르듯이 들에 내려앉을 때 니문의 소리는 가볍게 흘러내렸고, 닭이 푸드덕거리며 달아날 때 니문의 소리는 거칠게 부러졌다. 해오라기가 냇가에 한쪽 다리로 서서 부리를 죽지 밑으로 틀어박고 꼼짝도 하지 않을 때 니문은 소리를 내지 않았다. 줄 위에 놓인 니문의 손은 움직이지 않았고, 니문은 골똘히 해오라기를 바라보았다. 석양이 능선에 비치도록 해오라기는 움직이지 않았고 니문은 아라와 함께 마당에 앉아 있었다. 아라의 귀에 니문의 소리는 까치나 왜가리의 몸속에서 나오는 것 같았다. 아라가 물었다.

　─짐승들 속에 소리가 있나요?

　─알 수 없는 일이오. 있기는 있되, 저것들이 드러내지 못하는 게 아니겠소. 허나 짐승들 몸짓이 늘 제가끔이니 미칠 일이오. 나는 소리를 가지런히 이루지는 못할 모양이오.

—그럼 늘 이렇게…… 새나 쥐가 움직거리듯이……

—아마 그렇게 될 것 같소.

우륵은 가끔씩 쥐나 새 앞에서 뜯는 니문의 소리를 들었다. 짐승 쪽으로 건너가려는 소리가 짐승의 몸짓에 억눌려 있었고, 소리를 내려는 마음이 이미 솟아오른 소리에 갇혀 있었다. 그때 우륵은 속으로 웃었다.

……니문아, 너의 소리는 착하다. 허나 아직은 눌려 있고 막혀 있다. 이제 새 금이 이루어지면, 짐승의 몸짓에 실리려는 너의 마음을 펴게 될 것이다……

집사장이 달아난 순장 시녀 대신 민촌의 처녀 한 명을 붙잡아 태자에게 바친 뒤 군사들은 더이상 마을을 뒤지지 않았다. 민촌의 백성들이 지밀 시녀의 얼굴을 알아볼 리 없었고, 아라의 얼굴을 기억하는 늙은 중신들은 모두 죽었거나 대궐 언저리에 살면서 민촌에 나다니지 않았다. 물혜에서 올라와 살던 마을로 들어설 때 우륵은 니문에게 말했다.

—니문아, 아라를 집 밖으로 내돌리지 말아라. 숨겨놓고 살아라. 누가 묻거든 물혜에서 데려온 처녀라고 말해라. 내 처의 고향이 물혜다. 내 처의 여동생이라고 말해라. 내가 처에게도 그리 일러놓겠다. 아라가 잡히면 너와 내가 함께 죽는다. 명심해라.

대궐이 가깝고 무덤의 능선이 빤히 올려다보이는 마을을 아라는 두려워하지 않았다. 아라는 짐승과 풀벌레를 바라보며 금을 켜는 니문의 곁에 앉아 있었고 이따금씩 마당에서 오줌을 누었다.

우륵이 소리의 일로 이웃 고을에 불려가 돌아오지 않는 날, 비화는 니문의 집으로 건너왔다. 비화는 아라를 동생이라고 불렀고 아라는 비화를 언니라고 불렀다. 안면이 있는 민촌의 이웃들도 비화와 아라를 자매간으로 알았다. 비화는 아라의 여자 몸을 좋아했다. 니문이 마당에서 금을 켤 때 비화는 아라를 뒤뜰로 데려갔다. 비화는 아라의 저고리를 벗겼다. 아라의 젖봉우리는 작고 단단했다. 비화는 제 저고리를 벗었다. 자주색 젖꼭지가 일어섰다. 비화는 제 젖봉우리를 아라의 봉우리에 포갰다. 아라의 골에 비화의 봉우리가 묻히고 비화의 골에 아라의 봉우리가 묻혔다. 아라는 제 골에 묻힌 비화의 젖꼭지를 느꼈다. 비화의 젖꼭지는 젖을 물리려는 것처럼 아라의 골을 비집고 들었다. 봄볕이 따가웠다. 포개진 골에서 땀이 배어나왔다. 골이 젖었고, 섞인 땀이 골을 따라 흘렀다.

─아아, 언니야.

아라는 신음소리를 냈다. 비화가 아라의 머리카락을 쓸어내렸다. 쥐가 구멍으로 들어가버렸는지, 마당 쪽에서 들리던 니문의 금소리가 멎었다. 비화는 팔에 힘을 주었다. 봉우리가 눌리면서 깊이 포개졌고 젖꼭지 네 개가 골에 박혔다. 비화는 아라의 봉우리와 제 봉우리를 구별할 수 없었다. 구별할 수 없었는데, 아라의 봉우리에 묻혀 있을 때 자신이 봉우리를 가진 여자라는 것이 확실히 느껴졌다. 왜 이 봉우리에 닿아야 내 봉우리가 분명해지는 것인가…… 봄볕 속에서 비화는 오랫동안 아라를 안고 있었다. 무덤의 능선 위에서 아지랑이가 일었다. 먼 무덤과 가까운 무덤 들이 포개져 보였다. 무덤들이 아지랑이 속에서 흔들렸다. 흔들리는 무덤들은 다가오는 것처럼 보였다.

우륵이 금을 안고, 니문이 피리를 잡았다. 겨울날이 투명해서 기러기 울음소리에 날개 치는 소리가 묻어오는 듯했다.

—니문아, 짐승을 보지 말고 너의 마음이 이끄는 대로 불어보아라.

니문의 피리 소리는 깊고 가파른 굴곡을 이루며 흘러가다가 여울을 이루며 출렁거렸다.

—니문아, 금과 피리는 어떻게 다르냐?

—피리는 숨을 길게 내서 소리를 끌고 갈 수 있지만 금은 소리를 한번 튕기면 그만입니다. 또 피리는 숨의 크기로 소리의 크기를 바꿀 수 있지만, 금의 소리는 한번 울리면 크기를 바꿀 수가 없습니다.

—그렇다. 그것이 모두 몸의 일이다. 숨이 소리를 끌거나 밀

고, 손가락이 소리를 튕기는 것이다.

　—하오면 소리는 몸속에 있는 것입니까?

　—소리는 몸속에 있지 않다. 그러나 몸이 아니면 소리를 빌려올 수가 없다. 잠시 빌려오는 것이다. 빌려서 쓰고 곧 돌려주는 것이다. 소리는 곧 제자리로 돌아간다. 그 자리는 바로 적막이다. 그 짧은 동안 흔들리고 구르고 굽이치는 것이다. 소리는 거스를 수 없다.

　—사람의 말소리는 어떠합니까?

　—말소리나 노래도 그러할 것이다. 몸속의 숨이 세상의 바람과 부딪치고 비벼져서 떨리는 동안만의 소리다. 그래서 이 세상에는 같은 말소리나 같은 노래란 없는 것이다.

　—북소리는 어떠합니까?

　—북소리도 그와 같다. 모든 북소리는 새롭게 태어나는 북소리다. 북소리가 한번 쾅 울릴 때, 세상은 그 이전에 없었던 세상으로 새로이 열리는 것이다. 사람의 몸이 소리를 빌리고 사람의 마음이 소리를 이끌어, 그 새로움은 언제나 새롭다. 새로운 소리에 사람이 실려서 사람도 새로운 것이다.

　우륵이 열두 줄 위에 두 손을 얹었다. 늙고 거친 손등에 저승꽃이 피어 있었다. 순장의 구덩이 속으로 들어가던 백성들과 고을들을 태우고 부수는 연기와 말 먼지, 우물과 시궁창을 메우고 썩어가던 시체들이 우륵의 눈앞에 떠올랐다. 다로의 넓은 들을 크게 굽이치는 강과 바람에 서걱이던 달기의 숲과 별과 물 사이에서 알아들을 수 없는 시간의 소리가 몰려오던 물혜의 바닷가도 떠올랐다. 그 여러 고을 사람들의 말투는 느리거나 빨랐고 치솟거나 주저앉아 고을마다 달랐다.

열두 줄은 위로 올라갈수록 굵고 소리는 점점 넓어져서 아랫줄과 윗줄 사이는 이 세상의 넓이만큼 넓었다. 제가끔의 소리가 깃든 줄들이 가지런히 늘어서서 그 넓이를 메웠다.

우륵이 손을 펼쳤다. 우륵의 손아귀 안에 그 넓은 세상은 잡혔고, 우륵의 손은 그 세상과 더불어 편안하였다. 열두 줄은 길고 또 넓어서 여러 고을의 금들이 그 열두 줄 안에 스스로 합쳐져 사라지고 사라짐으로써 또 살아남을 만했다.

우륵이 줄을 뜯었다. 둥글고 영근 소리가 솟았다. 소리는 느리게 흘러서 크게 굽이치다가 낭떠러지로 곤두박질치더니 다시 모여들었다.

— 니문아, 이 소리는 어떠냐?

— 다로의 들이 떠오릅니다.

우륵이 크게 웃었다.

— 내 마음이 다로의 들로 달려가는 소리다.

그것은 다로의 소리였다.

우륵이 다시 줄을 뜯었다. 소리는 가파르게 치솟아 급한 물살을 이루었고 다시 잘게 갈라져 흩어졌다. 달기의 소리였다. 다시 소리는 여러 갈래가 휘몰아치면서 부딪히고 깨어졌다. 부딪히는 소리들이 쏟아져내리면서 다시 가지런한 가락을 잡아나갔다. 물혜의 소리였다. 무너진 고을들이었고, 신라가 고을을 부순 뒤 다시 군대를 거두어들여 이제는 어느 나라도 아닌 고을들이었다.

월광

집사장은 서둘러 대궐로 돌아왔다. 짚신에 평복 차림이었고 군사들도 따르지 않았다. 대궐 문을 들어서면서부터는 내위군들이 가마에 태워 편전 옆 별채로 모셨다. 집사장이 일관을 불렀다.

—심란하다. 내가 오늘 민촌에 잠행하며 백성의 일을 살피다가, 선왕 국장 때 달아났던 지밀 시녀를 보았다. 전보다 나이를 많이 처먹기는 했으나, 목에 푸른 반점이 있었고 어깨가 둥글고 눈이 컸다. 알터 강가에서 생선을 다듬고 있는 년을 가까이서 보았는데 틀림없었다.

일관은 깊은 한숨을 쉬었다. 집사장이 일관을 다그쳤다.

—어찌하면 좋겠느냐. 그때 먼 고을에서 다른 처녀를 붙잡아 태자께 고하지 않았느냐.

일관은 한참 후에 대답했다.

─태자께서는 지금 병이 깊어 분별이 없으시니 걱정할 일은 아니오. 허나 자미원에 가 있어야 할 년이 죽지 않고 살아서 이승을 돌아다니니 태자가 저리도 위중하고 고을들이 차례로 뿌리 뽑히는 것 아니겠소이까.

─그년이 민촌으로 기어들어가 기식한 지도 오래되었을 터인데. 발고하는 백성도 없으니 통탄할 일이다.

─백성이 어찌 지밀 시녀를 알아보겠소이까. 허나 저년이 살아서 두 발로 이승을 돌아다녀서는 선왕의 유택이 평안할 리 없소이다.

─그래서 어찌해야 하겠느냐?

─황공한 말씀이오나, 이제 태자께서는 오래 머무르지 못할 것이오. 그년을 속히 잡아들여 가두어두었다가 태자께서 세상을 버리실 때 함께 묻는 것이 방편이오. 그리하면 태자도 선왕께 낯이 서고 자미원이 달래질 것이오.

─그렇겠구나. 그리고 저년을 거두어 먹인 자들이 필시 있을 터인데 그자들은 어찌해야 쓰겠느냐?

─백성들이 어찌 알았겠소이까. 지금 목성에 허열이 겨우 가라앉는 형국이니 애매한 옥사를 서두르지 마시오. 순장자는 묻힐 때 사지가 온전하고 몸이 깨끗해야 하오. 저년을 가두더라도 몸을 부수는 문초는 하지 마시오. 곱게 묻는 것이 선왕의 법

228

도요.

집사장이 돌아가는 일관을 불러세우고 다시 물었다.

―고을이 자꾸 무너져가는구나. 요즘 천문은 어떠하냐?

―천문은 늘 바뀌는 법이오. 가야의 고을들은 본래 제가끔 흩어진 별인데, 지금 동쪽으로부터 쇠의 살기가 번져와 별들이 흐려지는 것 같소. 허나 이제 늙고 눈 어두워 흐린 별은 보이지 않소이다.

신라에서 온 빈이 낳은 아들의 이름은 월광月光이었다. 신라 왕이 가야 왕자의 이름을 지어 비단폭에 써서 사신에게 들려보냈다. 월광은 아승기겁阿僧祇劫의 과거에 작은 산골 나라의 왕자로 태어났던 부처인데, 문둥이를 씻기고 고름을 빨아주는 자의 거룩한 이름이라고 신라에서 온 사신은 말했다.

태자는 늘 부왕이 임종한 침전에 누워 있었다. 부왕의 시녀들은 순장되어, 시녀들은 바뀌었으나 침전은 그대로였다. 태자는 침전 방 안에서 능선 위 선왕들의 무덤 쪽을 향해서 울면서 절하다가, 갑자기 시녀를 시켜 무덤 쪽 창문에 차일을 치게 하고 돌아누워 울었다. 늙은 중신 한 명이 태자의 임종을 예비하여 산역을 입에 담았는데, 태자는 그 중신을 매질해서 내쫓았다. 빈은 늘 월광의 처소에서 나오지 않았고 태자의 침전에는 얼씬도 하지 않았다. 중신들은 갑자기 들이닥칠 산역을 예비하는 일로 수군거렸으나, 태자는 아들 월광의 턱에 수염이 나도록 오래 살았다.

신라 군대는 몇 년째 가야의 고을로 넘어들어오지 않았다. 가야와 접경을 이루는 산간 분지나 강 안에 작은 규모의 군사들이 주둔하기는 했으나, 병부령 이사부가 몰아가는 주력은 한강 상류 내륙 쪽으로 이동하고 있었다. 이사부는 가야의 남은 고을 몇 개를 부수기 위해 당장 군사를 움직일 계획은 없었다. 우선 한강 상류 산악에서 백제군을 내몰아버릴 수 있다면, 그 아래쪽 가야의 남은 고을들이 저절로 무너지거나 귀순해올 수도 있을 것이었다. 이사부의 주력은 북부 내륙 깊숙이 들어선 백제의 요새들을 향해 북으로 이동했다.

신라 군대가 잠잠해지자 가야 대궐은 태자의 광증과 더불어 평안했다. 태자의 손발을 주무르고 미음을 떠먹이는 일이 국사의 전부인 것처럼 보였다. 가야에는 아무 일도 없었다.

태자의 생일날, 늙은 중신들이 침전으로 들어갔다. 중신들은 빈을 모셔와 신라와 화친한 태자의 덕을 칭송했다. 그때 태자는 자리에서 몸을 일으켜 앉았다.

—그렇지 않다. 우선 우리 위쪽의 백제를 걷어내고 나서 신라는 또 올 것이다. 그때는 크게 들이닥쳐 가야는 견디어내지 못한다. 시급히 백제로 사신을 보내 화친하라. 그리고 가야의 남은 군대를 백제와 합쳐 신라에 대적함이 옳다. 내 뜻을 백제

230

왕에게 전하라. 그것만이 가야의 살 길이다. 내, 조석으로 선왕의 유택에 절하면서 그 판세를 알았다.

내위장이 앞으로 나오면서 말했다.

—이미 국혼으로 화친하였으니, 그리하면 빈을 어찌 모시리까?

태자는 주먹으로 방바닥을 내리쳤다.

—지나간 화친이 닥쳐올 싸움에 무슨 소용이 있겠느냐. 답답하다. 경들의 답답함이 너무 심하다. 내 본래 성치는 않았으나 이처럼 더욱 미쳐가는 까닭을 모르겠느냐?

태자는 거품을 토하며 쓰러졌다.

가을에 가야군의 주력은 북서쪽으로 이동했고, 백제의 군장들이 길목에 나와 가야군을 영접했다. 태자는 빈에게 오는 신라 관원들의 궐내 출입을 금했다. 내관들이 궐 밖에서 편지와 봉물을 받아 빈에게 전했다. 빈이 받은 편지 속에는, 신라 병부령 이사부가 가야 왕자 월광에게 보내는 문안편지도 동봉되어 있었다. 빈은 신라 쪽을 바라보며 자주 울었다. 월광은 울지 않았다. 월광은 어디로 가야 하는지를 생각하고 있었다.

야로는 가야산 중턱 쇠터로 말을 달려갔다. 야로는 말 뱃가죽에 피가 배도록 박차를 질렀다. 개포나루에서 쇠터까지 하루가 걸렸다. 야로는 저녁 무렵에 쇠터에 닿았다. 야적은 화덕 앞에 앉아서 새로 구운 여러 숯들의 불힘을 살피고 있었다. 참나무 숯과 오리나무 숯, 그리고 가마에 바람구멍을 막고 구운 숯과 열고 구운 숯 들이 종류별로 쌓여 있었다. 야로는 작은 풍구를 돌려 화덕에 바람을 넣었다. 불꽃의 깊은 속은 하얬고, 가운데는 파랬고, 겉은 붉었다. 바람에 겉불꽃이 너울거렸으나 속불꽃은 고요했다. 바람을 멈추자 겉불꽃은 주저앉았고 속불꽃이 흐르는 듯이 흔들리며 커졌다. 야적은 홀린 듯이 화덕 속을 들여다보고 있었다. 야로가 말했다.

— 이제 불을 꺼야 할 때가 되었다.

— 무슨 말씀이신지……

— 야적아, 이제 가야는 곧 망한다. 우리는 신라로 가야 한다. 신라가 들어오기 전에 우리가 먼저 이사부에게 가야 한다. 그래야 살 수 있다.

— 어찌 적국으로……

— 대장장이에게 본래 나라는 없는 것이다. 내가 많은 병장기를 보냈으니, 이사부가 나를 내치지 않을 것이다.

야적은 화덕 속의 불꽃에서 눈을 떼지 않았다. 숯이 사위고 불꽃이 사그라졌다.

— 불을 꺼라. 할 일이 많다.

야로는 보름 동안 산속 쇠터에 머물렀다. 야로는 군사와 일꾼들을 다시 개포나루로 돌려보냈다. 산속에는 야로와 야적만 남았다. 야로는 홍류동 계곡을 지나서 깊은 산속으로 들어갔다. 골짜기 양쪽으로 철광석을 캐낸 굴들이 아가리를 벌리고 있었다. 야로와 야적은 쇠터 창고에 쌓인 물건들을 지게로 지어 굴속으로 날랐다. 병장기의 대가로 신라에서 보내온 덩이금 수십 개와 쇠집게, 쇠망치, 숫돌, 쇠끌 같은 쇠를 두드리고 주무르는 연장들이었다. 연장들은 종류별로 나뉘어 나무상자 안에 들어 있었다. 개포나루에서 옮겨온 풍구와 연장 들도 모두 굴속으로 들어갔다. 야적이 돌을 쌓아 굴 입구를 막고 덤불로 가렸다.

—여름에 나무가 우거질 터이니, 위치를 잘 보아두어라. 가야가 신라의 나라가 되면 다시 꺼내서 쓸 일이 있을 것이다.

—비단은 어찌하리까?

—비단은 오래되면 썩는다. 버려라. 몸만 가야 할 것이다.

보름 뒤에 야로는 다시 개포나루로 돌아왔다.

태자는 마른 나무토막 같은 육신으로 숨을 헐떡였다. 태자는 무덤의 능선이 바라보이는 쪽 창을 곰 가죽으로 막게 했다. 침전은 대낮에도 캄캄했다. 태자는 일관을 불러서 천문을 물었다. 일관도 내위장도 대답하지 못했다.

—월광아, 네 몸은 반이 가야고 반은 신라다. 너는 복이 많다.

태자는 머리맡을 지키던 아들에게 그렇게 말했다.

—월광아, 여기는 어디냐? 아무 데도 아닌 곳으로 가고 싶

구나.

월광은 자신이 저 죽어가는 사내의 아들이라는 운명을 믿을
수 없었다.

―아무 데도 아닌 곳은 없사옵니다. 세상은 가야이거나 백제
이거나 신라이옵니다.

―그래서 하는 말이다. 너는 갈 데가 많아 좋겠구나.

월광은 대답하지 않았다. 월광은 어디로 가야 할지를 생각하
고 있었다. ……내가 가야의 대궐에 머물러 있으면 가야의 보
위를 이을 수 없겠구나…… 월광은 몸이 굳어졌다. 태자는 미
음을 토하고 오줌을 지렸다.

가끔씩 정신이 맑아질 때 태자는 창을 막은 곰 가죽 틈새로
무덤의 능선을 내다보았다. 능선 위에 포개진 봉분들이 눈에 들
어오는 순간, 태자는 또 거품을 물고 쓰러져 사지를 버둥거렸
다. 한참 후에 깨어난 태자는 일관을 소리쳐 불렀다.

―지금 백제와 합쳐 떠난 군사들은 어떠하냐?

―전하, 병마의 일은 내위장에게 하문하소서.

시녀가 내위장을 불러왔다.

―천문은 이제 평안하냐? 쇠의 살기가 걷히느냐?

―전하, 천문의 일은 일관에게 하문하소서.

태자의 병에는 오직 가야산 천신모후의 젖이 약이라는 소문
도 있었고, 달아난 순장 시녀의 월경혈이 약이라는 소문도 있었

다. 산골의 단골들이 저마다 처방을 뇌까리고 다녀, 태자의 약은 넘쳐났다. 병풍에 그린 개가 세상으로 뛰어나와 짖을 때 그 개의 혀를 고아 먹으면 효험을 보리라는 자도 있었고, 물혜의 뱀이 소의 자궁 속으로 기어들어가 점지한 탯줄을 말려서 그 가루를 빻아 먹어야 한다는 자도 있었다.

새벽에 깨어난 태자는 시녀를 다그쳐 집사장을 불렀다.

―오래전에 죽인 단골이 생각나느냐?

―전하의 환후에 대하여 발칙한 언설을 퍼뜨린 자이옵니다.

―그자의 언설이 무엇이었더냐?

집사장이 머리를 조아렸다.

―전하, 어찌 차마 옮기리까. 이미 베어서 없앴으니 이제 잊으소서.

―그자가 이르기를 저 유택을 열고 그 바닥에 고인 녹물을 먹으면 내 어지럼증이 나으리라 하였다. 내 이제 그 약을 먹으면 어떻겠느냐?

집사장은 방바닥에 엎드려 울었다.

―전하, 어찌…… 옥체는 곧 가야의 형세이옵니다. 고을들이 회복되면 환후는 저절로 나으실 것이리다. 전하……

태자는 마른 몸을 꺾으며 낄낄 웃다가 실신했다.

태자는 10월 초여드렛날 동틀 무렵에 죽었다. 숨이 끊어지기 직전에 돌연 총기가 돌아왔다. 태자는 중신들을 대전으로 불렀다. 일관과 지관도 불려왔다. 태자는 시녀들의 부축을 받아가며 침전에서 대전까지 걸어갔다. 태자는 대전 옥좌에 앉았다. 목소리가 차분했다.

─나는 아무 데도 아닌 곳으로 가려 한다. 내 죽거든 순장을 바치지 말고, 무덤 바닥에 쇠를 깔지 말라. 다만 고운 흙으로 덮어라.

중신들이 말을 꺼낼 틈도 없이, 태자는 옥좌 팔걸이에 쓰러져 죽었다. 상반신이 꺾이어 팔걸이 아래로 늘어졌다.

시신을 침전으로 옮긴 후, 중신들은 다시 별전에 모였다. 산역을 예비하지 않아 집사장은 당황했으나, 태자의 유명遺命에 오히려 안도했다. 장례 의전을 놓고 군신들이 날이 저물도록 다투었다. 집사장이 일관에게 물었다.

─지금 군사들이 나아가 있고 그 뒷바라지로 곤고하다. 쇠를 아껴야 할 때다. 백성과 나라가 함께 전하의 유명을 따라도 천문에 살이 없겠느냐?

─전하께서 이미 천문을 내다보고 하신 말씀이오. 유명을 따름이 옳겠소. 다만 달아난 순장 시녀는 선왕의 몫이니, 태자께서 데리고 가서 선왕께 바침이 법도일 것이오.

─다만 한 명으로 하자는 말이냐?

─그러하오. 목성의 허열이 남쪽으로 번지고 있소. 시녀를 묻을 자리는 유택의 남쪽이오.

다시, 우륵은 능선 위에 섰다. 악사의 정장 차림이었다. 긴 도포자락이 바람에 날렸다. 니문과 악공 다섯 명이 뒤쪽으로 도열했다. 날이 맑아서 능선 아래쪽 민촌의 구석구석까지 들여다보였고, 바람에 벼 익는 향기가 끼쳐왔다.

태자의 상여는 이른 아침에 대궐을 떠나 능선으로 향했다. 월광과 빈이 상여 뒤를 바싹 따랐고 그 뒤로 중신들이 상여와 연결된 흰 비단끈을 붙잡고 길게 줄지었다. 내위군들의 도끼날이 햇빛에 번쩍였다. 상여는 봉분들 사이를 돌면서 올라왔다.

아라는 상여의 왼쪽에서 올라왔다. 붉은 비단천을 휘감은 몸뚱이가 삼줄로 묶여 있었고, 긴 머리카락이 어깨 아래로 늘어졌다. 눈을 가렸고, 입에 재갈이 물려 있었다.

상여는 더욱 다가왔다. 아라의 머리카락에서 햇빛이 부서지면서 흘러내렸다.

지관이 요령을 흔들며 상여 앞으로 나아가 두 번 절했다. 태자의 구덩이 남쪽으로, 아라의 구덩이는 얕고 좁았다. 그 옆에 두 쪽짜리 돌뚜껑이 놓여 있었다. 지관이 아라의 구덩이 속에 토기 세 개를 넣고, 먼 가야산 쪽을 향해 두 번 절했다. 내위군 한 명이 달려들어 아라를 밀쳤다. 아라는 구덩이 안으로 쓰러졌다. 지관이 밥 한 그릇을 구덩이 속으로 던졌다. 군사들이 돌뚜껑을 덮었다. 태자의 관이 내려졌다. 군사들이 지렛대로 돌뚜껑을 밀어서 덮었다. 지관이 우륵 앞으로 다가왔다.

　─이제, 악사는 소리를 베푸시오.

　우륵은 구덩이 앞으로 나아갔다. 니문과 악공들이 따랐다. 우륵은 금을 안았다. 열두 줄짜리 새 금이었다. 열두 줄은 우륵의 손아귀에 넉넉히 들어왔다. 우륵이 줄을 뜯었다.

　소리는 느리게 굽이쳤고 곤두박질치다가 다시 모여서 흘렀다. 다로의 소리였다. 소리는 바뀌어 가파르게 치솟다가 부딪히고 깨어졌다. 물혜의 소리였다. 니문의 피리가 금의 사이사이를 헤집으며 길게 이어졌다. 니문의 날숨이 금의 소리 사이로 흘러나와 바람 속으로 퍼졌다.

　우륵이 금을 내려놓고 일어섰다. 우륵은 두 팔을 들어 허공을 안으며 돌았다. 넓은 소매가 하늘을 스쳤다. 흘러내리던 팔이 다시 안으로 감기며 밖으로 펼쳐졌다. 니문이 피리를 놓고 금을 안았다. 니문의 눈동자가 우륵의 춤을 따라 굴렀고 니문의 소리는 우륵의 춤에 실렸다. 우륵이 팔을 뻗어 소매로 하늘을 쓸어내릴 때 니문의 윗줄이 깊게 울렸고 우륵의 팔이 안으로 감길 때 니문의 아랫줄은 잘게 떨렸다. 먼 가야산 쪽으로 노을이 펼쳐졌다.

밤

　야로는 개포나루 물가로 나왔다. 버들고리를 등에 진 야적이 따랐다. 어둠이 짙어 강 건너편 능선이나 나루는 보이지 않았고, 가을장마에 부푼 물이 모래톱에 넘쳐 있었다. 나루터에는 군사도 일꾼도 보이지 않았다. 강을 따라 늘어선 빈 대장간들이 어둠 속에서 윤곽을 드러내고 있었다. 야적이 물가 갈대숲을 헤집고 들어가 쪽배 한 척을 끌어냈다. 자던 새들이 퍼덕거리며 날아올랐다. 야적이 노를 잡고 야로는 이물 쪽에 앉았다. 배는 물살을 가로지르며 강 건너편으로 향했다. 물결이 일지는 않았으나 물살이 빨라 이물이 밀렸다. 배는 비스듬히 방향을 잡으며 강심 쪽으로 나아갔다. 물살이 더욱 빨라졌고 놋좆이 삐거덕거렸다. 강심에서는 개포 쪽 나루도 건너편 나루도 보이지 않았다. 어둠의 밑바닥에서 흔들리는 별빛이 겨우 보였다. 야로는 보이지 않는 개포나루 쪽을 바라보며 중얼거렸다.

　—야적아, 다시 돌아오더라도 그때는 여기가 가야는 아닐 것이다.

　야적은 두 눈에 힘을 주어 어둠을 노려보며 묵묵히 노를 저었다. 이물이 자주 밀렸다. 물살에 쏠리는 배를 야적은 겨우 틀어잡았다.

　—쇠는 본래 주인이 없는 것이라고, 나는 이미 말했다. 신라의 천하가 되더라도 쇠가 오로지 신라의 것은 아니다. 우리는 신라 땅에서 다시 주인 없는 병장기를 만들게 될 것이다. 허나 한동안은 견디어내야 한다.

　건너편 나루는 무너져 있었다. 허벅지까지 물에 빠져가며 야로는 배에서 내렸다. 야적은 배를 묶지 않았다. 타고 온 배는 물살에 휩쓸려 떠내려갔다.

　신라군의 서부 외곽 전초 부대는 거기서부터 동북쪽으로 이백 리 떨어진 내륙 산간 분지에 주둔하고 있었다. 신라군은 그 일대의 가야 고을 세 개를 빼앗은 후 전초 부대를 남겨놓고 주력은 철수했다. 가야 대궐에서 멀지 않은 지점이었으나, 신라군은 몇 년째 강을 건너오지 않았다. 신라군은 빼앗은 가야의 토성에 목책을 치고 그 안에 머물렀다.

　야로는 신라군의 서부 전초에 귀순했다. 신라 초병이 비틀거리며 성문 쪽으로 다가오는 야로 부자를 묶어서 군장에게 끌고

갔다. 끌려가면서, 야로는 신라 군사들의 병장기를 곁눈질로 살폈다.

투구는 정수리 이음새가 없이 한 틀에 구워낸 물건이었고 주력에서 멀리 떨어진 외곽 전초에까지 반달도끼가 보급되어 있었다. 야로의 눈매가 가늘어졌다. ……이사부는 민첩하고, 이사부의 군령은 모든 외곽에 미치는구나. 신라 군장이 군막 밖으로 나와 야로 부자를 심문했다.

—가야 백성이 어찌 강을 건너와 신라 군영 주변을 얼씬대느냐. 너희가 필시 가야의 첩자들일 것이다.

—첩자라면 대낮에 성문 앞으로 다가왔을 리가 있겠소. 우리는 가야의 대장장이요. 이제 신라에 귀부하려는 것이니, 귀국의 병부령 앞으로 인도해주시오.

신라 군장의 언성이 높아졌다.

—무어라? 요망한 대장장이로구나. 감히 병부령을 입에 담느냐?

—군장께서는 모르시려니와, 우리는 오래전부터 병장기의 일로 병부령과 교통이 있었소. 이 군영도 병부령의 휘하가 아니오?

신라 군장이 야로의 얼굴을 찬찬히 뜯어보았다. 검게 그을린 눈동자 안쪽에서 안광은 뱀의 눈처럼 차고 날카로웠다. 야로는 목소리를 낮게 깔면서 말했다.

—이 늙은이가 보기에 이 일은 군장의 소관을 넘는 것 같소이다.

　—건방지다. 허나 병장기의 일이라니, 우선 병부령께 인도하겠다. 병부령께서는 지금 북쪽 전선에 계신다. 전령이 가는 편에 너희들을 데려다주겠다. 그때까지는 가두어둘 터이니 그리알라. 포승은 풀어주겠다.

　야로 부자는 빈 군막에 갇히었다.

　태자의 봉분은 일 년 뒤에 성토되었다. 석실 바닥에 덩이쇠를 깔지 않았고, 순장자는 아라 한 명뿐이었지만, 봉분은 선왕 무덤의 크기와 같았다. 태자의 유택은 선왕의 바로 아래쪽이었다. 민촌에서 올려다보면 봉분 두 개가 아래위로 포개져 보였다. 두 봉분 사이는 골이 져서 응달이었다. 밤마다 머리카락이 긴 여자가 그 응달에서 대궐 쪽을 향해 가랑이를 벌리고 오줌을 누는데, 여자의 오줌발이 세차서 바람이 잠든 밤에는 오줌줄기가 땅바닥에 부딪히는 소리가 들려온다는 소문이 민촌에 퍼졌다. 내위장이 군사를 풀어 며칠 밤을 지켰으나 여자를 잡지는 못했다.

　새로 들어선 태자의 봉분은 니문의 집 마당에서 빤히 올려다보였다. 달이 능선 뒤쪽에서 비칠 때, 그 봉분은 집 울타리 바로 너머로 밀려와 있는 것처럼 가깝게 보였다. 니문은 살아서 구덩이 속으로 들어간 아라가 여전히 그 봉분 밑에서 살아 있을 것만 같았다. 가끔씩 네 줄짜리 금을 안고 마당에 앉아서 새나 벌레를 들여다보며 줄을 뜯을 때, 니문은 문득 뜯기를 멈추고 능선 쪽으로 귀를 기울였다. 니문의 귀는 여자 오줌 소리를 찾고 있었다. 귀는 사근거리는 바람 속으로 깊이 빨려들어갔으나, 여자 오줌 소리는 들리지 않았다. 니문의 금은 고요했다.

태자의 봉분이 들어선 뒤, 니문은 살던 집을 비워놓고 우륵의 집 아래채로 옮겼다. 봄, 가을로 빈과 월광을 문후하는 신라의 관원을 맞는 자리에 나갈 때 이외에는 아라가 순장된 뒤로 우륵은 금을 만지지 않았다.

우륵은 열두 줄짜리 새 금을 방구석에 세워놓고 바라보기만 하였다. 금의 열두 줄은 널판 위에 가득 차서, 줄들은 넓고 가지런했다. 버팀목 열두 개가 사선을 그리며 줄들을 건너가고 있었다. 금은 세상의 넓이만큼 넓어 보였는데, 그 넓이는 모두 사람의 손아귀에 잡힐 만했고, 줄을 넘나들며 뜯고 튕기고 누르고 들어올리는 손가락 끝의 떨림이 세상의 넓이 속으로 스며들 만했다. 햇살이 마르고 공기가 바스락거리는 가을날, 열두 줄은 팽팽하게 당겨져서 끊어질 듯했는데, 그때 줄들은 사람의 손가락이 닿지 않더라도 스치는 바람결에 닿아 바람 속으로 소리를 실어낼 듯했으며, 먼 고을들이 무너지는 소리나 먼 마을의 개 짖는 소리나 닭 우는 소리가 줄에 닿아서 그 소리 위에 또다른 소리를 실려보낼 듯싶었다. 우륵은 금을 들여다보며 귀를 기울였으나, 소리는 들리지 않았고, 우륵의 귀는 적막의 끝에 닿았다. 닿았다기보다는 귀가 거기로 끝없이 빨려들어가고 있었는데, 귀가 다가갈수록 소리는 모든 소리의 자취와 떨림 들을 몰고 더 멀리 물러나는 것이어서, 거기는 소리의 나라라기보다는 시간의 나라인 듯싶었다. 우륵의 귀는 더 멀리 뻗어나가 시간의 나라로 넘어들어갔다. 시간의 나라는 여름도 겨울도 아니었고 낮도 밤도 아니었는데 차갑고 어슴푸레해서 새벽인지 저녁인지 알 수 없었다. 거기는 가장자리에 닿을 수 없이 넓고 아득한 나라였다. 그 나라의 먼 가장자리 너머에서 무수한 가루 같은 것들이 반짝이며 하늘로 퍼져올라 길게 이어지면서 흔들리며 다가왔고, 사라졌으며, 쉴새없이 피어올랐다. 소리들은 새처럼 그 하늘을 날고 있었는데, 들리지는 않았다.

달빛이 방 안 깊숙이 비치는 밤에 금의 열두 줄이 널판에 드러난 나이테 무늬 위에 그림자를 드리웠다. 달빛이 나이테 무늬 속으로 스며들었고 그림자 열두 줄은 흐리게 풀어졌다. 달이 구름 속으로 들어갈 때 줄의 그림자는 아래서부터 지워졌고 달이 구름을 벗어날 때 그림자는 윗줄에서부터 다시 살아났다. 차례로 사라지고 또 드러나는 줄의 그림자들이 나이테 무늬를 스쳤다. 그때, 금은 사람의 손가락이 닿지 않아도, 바람이 스치지 않아도, 새롭게 밀려오는 시간에 부대끼며 스스로 소리를 낼 듯싶었다. 우륵은 귀를 기울였다. 우륵의 귀는 멀리 나아갔으나, 소리는 들리지 않았다.

우륵은 대숲으로 들어섰다. 니문이 뒤를 따랐다. 바람이 잠들고 새들이 멀리 나가 숲은 고요했다. 날이 흐려 숲의 향기는 아래로 깔렸고 땅을 뚫고 올라온 새순 끝에 물기가 흘렀다. 우륵은 오동나무 널판이 널려 있던 자리로 걸어갔다. 널판을 걷어낸 자리에 마른 이파리들이 쌓여 버석거렸다.

우륵은 니문과 마주 앉았다. 니문은 자루에서 술과 안주를 꺼내 펼쳐놓았다. 니문이 술을 따랐다.

—니문아, 요즘도 봉분 쪽을 맥없이 쳐다보며 소리를 듣느냐?

니문이 고개를 숙였다.

—봉분 쪽에 소리는 없었습니다.

—쳐다보지 마라. 아라는 죽었다. 소리는 살아 있는 동안만의 소리이다.

니문의 눈에 눈물이 비치는 듯했다. 우륵이 니문의 잔에 술을 따랐다.

—니문아, 내가 비록 여러 고을들의 소리를 챙겨서 금에 담았다고 하나, 소리는 본래 나라가 없는 것이다.

니문이 고개를 들었다.

—짐승이나 버러지 속에도 소리가 있을 터인데, 어찌 고을들

의 소리가 없겠습니까?

—고을들의 소리가 있다. 고을마다 왕이 있어, 고을마다 순장이 있고 봉분이 있다. 허나, 소리에 나라가 없어야 그 고을들의 소리를 갈무리할 수 있을 것이다. 니문아, 너는 알겠느냐?

니문은 대답하지 않았다. 니문이 다시 술을 따랐다. 무덤의 능선 쪽으로 해가 저물어, 아래쪽 태자의 봉분은 어둠에 잠겼다. 한참 후에 우륵은 말했다.

—니문아, 이제 신라가 들이닥치기 전에 가야를 떠나야 한다. 가야를 버려야 한다. 신라가 닥치면, 금도 목숨도 온전할 수 없다.

—어디로 가면 금과 목숨이 함께 온전하리이까?

니문의 마음속에 풍문으로 들은 우산于山이 떠올랐다. 해 뜨는 쪽을 향해 몇 날이고 한없이 바다를 나아가면 가없는 물 한가운데 섬이 있는데, 신라 이사부가 그 섬을 찾았다고 하나 아직은 어느 나라도 아니라는 섬이었다. 풍문이 전하기를, 날마다 섬 뒤쪽에서 해가 뜨고 저무는 해가 다시 섬 뒤쪽으로 돌아와 섬은 늘 밝아서 대낮이었고 사람들은 고기 잡고 밭 갈아 살았으되 나라가 없어 왕도 없고 봉분도 없다고 했다. ……스승은 지금 열두 줄 금을 안고 그 먼 섬으로 가려 하시는 것인가…… 큰 강의 물길에 잇따라 가야의 고을들이 번창했을 무렵에, 가야의 선조들이 하구에서 바다를 건너 왜倭로 들어가 거기에 이루어

246

놓았다는 여러 고을들도 니문의 마음속에 떠올랐다. 그 고을은 아늑하고 기름진 땅이었고, 왜왕의 군대도 신라나 백제의 군대도 닿을 수 없는 땅이라고, 백성들은 대를 물려가며 입에서 입으로 전해왔다.

……스승은 금을 안고 왜로 건너가시려는 것인가. 허나 하구는 이미 가야가 아니고 이사부의 배가 아니면 어찌 그 너른 바다를 건너갈 수 있겠는가……

우륵은 한동안 잠자코 앉아서 능선 너머로 저무는 석양을 바라보았다. 아라가 죽을 때 그 능선에서 금을 뜯고 춤을 추던 자신의 모습이 환영으로 떠올랐다. 니문은 다시 물었다.

─가시려는 곳이 우산입니까?

─……

니문은 거듭 물었다.

─왜로 가시렵니까?

─아니다.

─하오면 어디로……

─신라로 가겠다.

니문이 고개를 들고 우륵의 얼굴을 살폈다. 스승의 눈동자는 동자의 안쪽을 들여다보고 있는 듯했고 입가에 엷은 미소가 비쳤는데, 웃음인지 슬픔인지 어두워서 구별할 수 없었다.

─하필 적의 나라로……?

─가야는 지옥이다. 신라는 더 깊고 더 뜨거운 지옥일 것이
다. 그리로 가야 살 수 있다. 때가 거의 되었다. 니문아, 금을 들
고 더 깊은 지옥으로 가자.

우륵의 목소리는 낮고도 단호했다. 우륵은 잔을 들었다. 우륵
은 술 한 모금을 깊이 밀어넣었다. 어느 강을 건너고, 어느 산맥
을 넘어야 신라로 가는 길인지, 니문은 알 수 없었다. 니문은 취
해서 비틀거리는 우륵을 부축해서 집으로 돌아왔다.

태자가 죽은 뒤 월광은 즉시 보위에 오르지 않았다. 월광은
황망중이라는 이유로 즉위를 연기했다. 가야의 후사를 염려하
는 중신들이 혼인을 주청하였으나 월광은 듣지 않았다. 월광은
열여덟 살이었다. 월광은 죽은 태자와는 달리 뼈가 굵고 키가
컸고 말달려 사냥하기를 좋아했다. 민촌에서는 월광이 태자의
피가 아니라 모후가 신라에서 빈으로 올 때 이미 뱃속에 점지된
씨라는 말이 나돌기도 했다.

태자가 죽자, 월광과 모후인 신라 빈을 문후하는 신라 사신들
의 왕래가 잦아졌다. 월광은 신라 사신을 궐내에 들이지 말라는
태자의 유훈을 따르지 않았다. 신라 사신들은 궐내에서 며칠씩
묵어갔다. 월광은 대전을 거의 쓰지 않았다. 상복 차림의 월광
은 편전에서 사신을 맞았고, 침전에서 밤늦게까지 사신들과 술
을 마실 때도 있었다. 중신들이 그 민망함을 고하였으나 월광은

듣지 않았다. 월광은 돌아가는 사신들을 궐문까지 전송했다. 사신들은 물길을 따라 배편으로 가야를 오르내렸다. 월광은 바람을 쏘일 겸이라면서, 돌아가는 사신들을 개포나루까지 전송하기도 했다. 개포나루에는 사신들이 타고 온 배가 며칠씩 정박하고 있었다. 입동에 온 사신은 빈의 겨울옷과 보약을 봉물로 바쳤다. 사신이 돌아갈 때 월광은 개포나루까지 전송한다며 말을 타고 대궐을 나섰다. 내위군 열 명이 월광을 호위해서 떠났다. 신라 사신을 따라온 군사도 열 명이었다. 월광과 사신이 나란히 앞서고, 그 뒤로 군사들의 이열종대가 개포나루로 향했다. 날이 저물도록 월광은 돌아오지 않았다. 저녁에 내위장은 군사를 이끌고 급히 나루터로 달려갔다. 월광은 보이지 않았고, 신라 사신이 타고 온 배도 떠나고 없었다. 나루터 모래밭에 월광을 호위해 따라온 군사들이 쓰러져 있었다. 어둠 속에서 말들이 울면서 서성거렸다. 월광을 태운 신라 사신의 배는 빠르게 노를 저어 하류 쪽으로 내려갔다. 월광은 신라로 귀순했다.

비화는 마당으로 나왔다. 우륵과 니문은 대궐에 불려가고 없었다. 아라가 죽은 뒤 비화는 늘 제 젖봉우리가 허전했다. 비화는 자주 두 팔로 제 젖봉우리를 감싸안았다. 두 봉우리가 골을 메우고 포개질 때 비화의 숨은 고요했다. 강 쪽에서 불어오는 바람을 빨아당기는 들숨이 몸속 깊은 곳으로 스며들었고, 거기서부터 솟아나오는 날숨이 몸냄새를 바람 속으로 실어냈다. 들숨이 닿을 때 창자의 먼 끝 쪽이 바람의 가루들과 비벼지면서 서늘했고, 다시 날숨으로 돌아설 때 그 먼 곳은 따스했다. 제 가슴을 안고 숨을 쉴 때, 비화는 죽은 아라의 젖봉우리를 생각했다. 왜 아라의 가슴에 포개야 그 허전함이 채워지는 것인지, 비화는 늘 알 수 없었다. 비화는 제 팔로 제 가슴을 싸안고 고개를 돌려 무덤의 능선 쪽을 바라보았다. 아라가 묻힌 태자의 봉분과 선왕의 봉분이 포개져 보였다. 능선 쪽으로 햇빛이 맑아서, 봉분은 뚜렷했고 따스했다. 봉분 사이로 골은 어두워 보였다. 비화는 봉분 두 개가 눈앞으로 다가오는 환영을 느꼈다. 비화는 그 봉분에 제 젖봉우리를 비비려는 충동에 가슴을 안은 두 팔에 힘을 주었다.

비화는 제 가슴을 안고, 짚자리에 누웠다. 하늘이 쏟아져내릴 듯 다가왔다. 바람이 불어 치마폭이 펄럭였다. 부푼 치마 속으로 들어온 바람이 허벅지 안쪽을 스쳤다. 핏줄이 도드라졌고, 바람은 핏줄을 따라 몸속으로 불어갔다.

—아아아.

바람이 위로 솟으면서 치마폭이 젖혀졌다. 젖혀진 치마가 비화의 머리를 덮었다. 비화의 두 다리가 맨살로 드러났다. 비화는 바람 속에서 다리를 벌렸다. 비화는 치마폭 밑에서 입을 벌리고 바람을 깊이 빨아당겼다.

갑자기 닭들이 뒷간으로 몰려갔다. 우물가에 나와 있던 쥐들이 재빨리 수챗구멍 속으로 들어갔다. 마당은 조용했다. 나뭇잎 흔들리는 소리가 크게 들렸다. 마루 밑에서 기어나온 뱀이 마당 한가운데서 똬리를 틀었다. 뱀은 아가리를 땅에 대고 오랫동안 햇볕을 쪼였다. 뱀은 눈을 감았다. 감은 눈가에서 가벼운 경련이 일었다. 뱀은 혀를 내둘러 눈가를 닦았다. 뱀은 고요했다. 똬리의 옆구리가 숨결에 따라 조용히 오르내렸고, 똬리가 조금씩 꿈틀거릴 때마다 비늘에서 무지갯빛이 부서졌다.

다시 바람이 불어왔다. 뱀이 대가리를 치켜들었다. 똬리 위에서 대가리는 곧추섰다. 똬리가 풀리면서 뱀 대가리는 높이 솟았다. 솟은 대가리가 동작을 멈추었다. 다시, 뱀은 고요했다. 뱀은 정면을 주시했다. 뱀은 두 눈으로 바늘 끝 같은 광선을 쏘아냈다. 광선의 끝이 비화의 허벅지 안쪽에 닿았다. 뱀은 아가리를 벌렸다. 어금니로 올라온 독이 아가리 밖으로 흘러내렸다. 뱀은 다시 똬리를 감아 벌린 아가리를 뒤로 물렸다. 뱀은 똬리에 힘을 넣었다. 똬리 옆구리가 불거졌다. 갑자기 똬리가 일자로 바뀌면서 뱀이 날았다. 뱀의 어금니는 비화의 허벅지 안쪽에 박혔다. 뱀은 전신의 독을 어금니로 끌어올려 비화의 핏줄 속에 넣어주었다. 비화의 허벅지를 물고 있을 때, 뱀의 몸통은 진저리를 치며 꿈틀거렸다.

비화는 가을에 죽었다. 비화는 혼자서 죽었다. 비화는 마당에서 방까지 걸어가지 못했다. 비화는 짚자리에서 뒹굴다가 흙을 움켜쥐고 죽었다. 숨이 끊어지기 직전에 능선 위의 봉분과 바람에 흔들리는 나뭇잎들이 비화의 눈에 비쳤다. 아주 잠깐 동안이었다. 비화가 뒹굴 때, 위로 치켜올려진 치마폭이 머리통에 감겼다. 비화는 두 다리를 맨살로 드러내놓고 죽었다.

우륵은 사흘 뒤에 집으로 돌아왔다. 사흘째는 비가 내렸다. 비화의 시체는 푸르게 독이 올라서 썩어 있었다. 물린 자리가 먼저 썩었고, 이어 사타구니가 썩었다. 닭들이 올라타서 문드러진 허벅지 살점을 쪼아댔다. 우륵은 비화의 시체를 찬찬히 들여다보았다. 마당에서 가랑이 사이로 바람을 받다가 뱀에 물려 죽었다는 것을 우륵은 알 수 있었다. 비화는 뱀에 물려서 죽었다. 뱀에 물려 죽는 일은 흔해서, 늙어 죽거나, 병들어 죽거나 낳다가 죽거나 나오다가 죽는 일과 같았다. 싸움터에서 도끼에 맞아 죽는 죽음도 그와 비슷했다. 민촌에서 모든 죽음은 저절로 죽는 자연사였다.

니문이 벌어진 시체의 두 다리를 모으고 머리통에 감긴 치마폭을 풀어서 아랫도리를 가렸다. 니문은 시체의 두 발목을 포개서 새끼줄로 묶었다. 니문은 시체를 옹기관에 담았다. 니문이 우륵에게 물었다.

—어디다 묻어야 편안하리까?

―대숲으로 가자.

　니문이 옹기관을 지게에 지고 대숲으로 향했다. 우륵이 삽을 들고 뒤를 따랐다. 오동나무 널판이 널려 있던 자리에서 니문이 물었다.

　―여기에 묻으리까?

　우륵은 말없이 삽질로 땅을 팠다. 관이 겨우 덮일 만큼, 얕은 깊이였다. 니문이 구덩이 속으로 관을 밀어넣었다. 우륵은 흙으로 관을 덮고 마른 댓잎을 모아 그 위에 깔았다. 관이 묻힌 자리는 땅을 파기 전과 똑같았다. 댓잎이 바람에 날리며 버스럭거렸다. 니문이 삽질로 그 위에 흙을 쌓기 시작했다. 우륵이 니문의 삽을 빼앗았다.

　―봉분은 쌓지 마라. 우리는 가야로 돌아오기 어려울 것이다. 평평해도 좋지 않겠느냐?

　비화가 묻힌 자리는 평평했다. 봄에 대 뿌리가 무덤자리로 넘어들어와 새순이 돋았다.

　우륵은 개포나루의 버려진 색주가 토방에서 이틀을 머물렀다. 나루터에는 인기척이 없었다. 강을 따라 들어선 군막과 대장간 들은 비었고 허물어져가고 있었다. 빈 군막들이 말똥 냄새를 풍겼고 대장간 화덕에는 불냄새가 배어 있었다.

　니문은 빈 군막 두 채를 헐어냈다. 니문은 기둥과 서까래를 뽑아서 통나무를 골라냈다. 우륵은 나루터 북쪽 산속으로 들어가서 칡넝쿨을 걷어왔다. 마구간 울타리를 엮었던 삼줄을 풀어냈다. 니문이 통나무를 모래밭에 펼쳐놓고 칡넝쿨과 삼줄로 묶어나갔다. 뗏목을 엮는 데 이틀이 걸렸다.

새벽에, 우륵은 금을 등에 지고 뗏목에 올랐다. 날이 가물어 강물은 낮아졌고 젖은 모래가 드러났다. 니문이 삿대로 강바닥을 밀어 뗏목을 강심 쪽으로 몰아갔다. 새벽 어스름 속에서 건너편 강 언덕이 희미했다. 뗏목은 강 건너편 나루로 향하고 있었다. 뗏목 앞쪽이 물살에 밀렸다. 니문은 삿대를 비스듬히 박고 길게 밀어냈다.

상류 쪽에서 해가 능선 위로 올라섰다. 먼 데서부터 어둠이 걷히고 새벽 산이 다가왔다. 먼 산이 밝았고 가까운 산은 어두워, 산들은 멀어지면 빛났다. 산들은 젖어 있었다. 물 위로 빛이 깔렸다. 햇살이 닿는 먼 상류 쪽에서부터 수면이 드러났다. 빛들은 수면을 따라 흘러내려왔다. 멀리서 타오르던 빛들은 가까이 오면서 유순해졌고, 하류 쪽으로 흐르면서 어두워졌다.

강심에서부터, 니문은 삿대를 올려놓고 노를 저었다.

우륵은 손을 강물에 담갔다. 빛의 알맹이들을 튕겨내는 잔 물살들이 우륵의 손가락 사이를 빠져나갔다. 맞은편 나루는 무너져 있었다. 니문은 나루 아래쪽 모래밭으로 뗏목을 들이댔다. 우륵은 내려섰다. 굽은 등에 금을 친 우륵의 그림자가 수면 위로 길게 늘어졌다.

거기서부터 우륵은 신라군의 서부 전초를 향해 산길을 걸었다.

길

이사부는 사장대師將臺로 올라갔다. 사장대는 성안에서 가장 높은 산꼭대기에 설치한 망대였다. 근위장이 군사 열 명을 데리고 따라왔다. 사장대에서는 능선을 따라가며 고지를 넓게 둘러싼 성벽과 능선이 잘룩해지는 계곡에 들어선 성문, 그리고 그 너머에 첩첩연봉으로 뻗어나간 산맥이며 강과 들과 길이 한눈에 들어왔다. 적이 다가오면, 먼 산허리를 돌아나오는 적의 대열을 환히 볼 수 있었고, 적들은 이쪽을 볼 수 없었다.

한강 하류에서 백제를 걷어낸 이사부는 병력의 절반을 접경지에 주둔시켜 백제의 북방 수로를 막았고, 나머지 절반을 인솔해서 남한강 중류 내륙 산악의 요새로 철수했다. 군사들이 지치기도 했지만, 더이상 백제의 안쪽을 찔러들어가면 퇴로가 위태로웠다. 거기서, 이사부는 산성에 눌러앉아 군사를 달래면서 백

256

제가 오기를 기다릴 판이었다. 백제가 빼앗긴 한강 하류로 다시 병력을 집중시키기는 어려워 보였고, 백제는 방향을 돌려 중부 산악으로 달려들 공산이 컸다. 가야의 주력이 백제에 가세하고 있었으므로, 백제는 가야를 앞세우고 올 것이었다. 그 병력이 가야군의 거의 전부였다. 산성으로 오는 백제를 부술 수만 있다면, 가야의 대궐과 그 언저리는 강 건너편 산악에 남겨놓은 소규모 병력만으로도 무너뜨릴 수 있을 것이었다. 산성으로 철수한 뒤 이사부는 진지전陣地戰으로 대오를 재편성했다.

선왕의 치세 삼 년째에 쌓은 석성은 여기저기 여장女墻이 무너지고 암문暗門이 토사에 막히기는 했으나 성벽은 온전히 높고 가팔랐다. 다만, 성문 앞쪽으로 뻗어나간 계곡이 넓고 또 경사가 완만하여 적이 대오를 이루어 성문으로 접근하기가 쉬워 보였고, 능선을 따라 뻗어나간 성벽이 구불구불해서 성벽 위에 올라서면 이쪽에서 저쪽이 보이지 않는 구간이 더러 있었다. 이사부는 산성에 도착한 다음날부터 군사를 풀어 성곽을 보수했다. 여장을 세우고 암문을 뚫었다. 성문 양쪽에 석축을 쌓아 바깥쪽으로 길게 내밀어 성문 앞의 발사 각도와 시계視界를 전방위로 넓혔고, 성벽 곳곳에 망대와 각루를 세워 여장에 올라선 군사들이 저 아래쪽 성벽에서 벌어지고 있는 전투 상황을 파악할 수 있게 했다.

사장대에서 바람은 세찼다. 가을 억새가 바람에 시달리며 하얇게 풍화되고 있었다. 이사부는 오랫동안 아래쪽을 살폈다. 지게를 진 군사들이 계곡 아래쪽에서부터 성문 앞으로 석재를 날랐고, 석축은 밑동을 드러냈다. 성벽을 빙 둘러서 군사들이 들러붙어 있었다. 군사들은 삼줄에 묶은 석재를 성벽 위로 끌어올렸고 진흙을 이기고 뗏장을 떠서 무너진 성벽의 틈새를 막았다. 성벽에 바싹 붙어 올라온 키 큰 나무들을 톱으로 잘라냈고, 성문 아래쪽 경사면에 우거진 푸새에 불을 질렀다.

　─보이느냐? 지금 저 남쪽 암문 위에 쌓기 시작한 망대를 오른쪽으로 백 걸음 옮기라고 일러라.

　위병이 산 아래쪽으로 달려내려갔다.

　이사부는 날마다 사장대에 올라가 먼 곳을 살폈다. 사장대에서, 산맥은 끝없이 출렁거렸다. 포개지고 또 갈라지는 산세는 잦아지면서 다시 일어서 끝이 없었고, 산맥이 노을 속으로 달려간 저쪽은 흐려서 보이지 않았다. 아침에 붉은 산이 대낮에는 푸르렀고 저물녘에는 어두워서 멀어 보였다. 산이 순하게 내려앉은 언저리를 따라 강이 흘렀다. 산굽이를 돌아나온 강은 하얗게 반짝이면서 멀리 흐르다가 산과 산 사이로 숨었고, 숨었던 강이 다시 먼 들판을 휘돌며 건너갔다. 강이 굽이치는 안쪽이나 산세가 흩어져서 땅이 펴지는 양지에 마을들은 돋아났고 마을을 잇는 길들은 선명했다. 산하는 넓고, 출렁거렸으며, 천지간에 가득했다.

저무는 해가 능선에 닿아 가까운 봉우리들부터 어둠 속으로
불려가는 저녁 무렵에 이사부는 때때로 그 산하에서 서라벌 흥
륜사의 종소리가 들려오는 듯했다. 어린 왕에게서 받은 병부령
의 도끼를 어깨에 기대고 들은 소리였다. 그때, 종소리는 멀리
흘러갔다가 다시 다가오기를 거듭하면서 더 멀리 흘러가서 잦
아졌다. 그 소리의 물결이 번져나가면서 산맥이 일어서고 강이
흐르고 마을이 열리는 것 같기도 했고, 산하가 포개지고 또 펼
쳐지면서 그 종소리가 울리는 것 같기도 했다. 강은 그 종소리
가 낮아지는 골을 따라 흘렀고 마을에서 시작된 길이 경작지를
지나서 저편 언덕을 넘어갔다. 길들은 가늘었다.

길들은 길었다. 길들은 가팔랐고 길들은 질겼다. 한 생애의
싸움으로 건너온 수많은 길들이 이사부의 마음속에 떠올랐다.
서라벌에서 발진한 군사를 이끌고 내륙으로 북상할 때 산맥의
중허리를 돌아서 넘던 죽령, 계립령, 발티재와 수많은 고갯길
들, 그리고 남한강의 내리흐름을 따라 내륙에서 한강 쪽으로 군
사를 몰아가던 물길과, 해 뜨는 쪽을 향해 보이지 않는 우산으
로 나아가던 바닷길들이 사장대 아랫목 산하에 포개졌다. 사백
년 전 아달라왕 치세에 산을 깎아서 열어낸 그 고갯길들은 여름
에는 장마에 씻기고 겨울에는 눈에 덮여 앞이 보이지 않았다.
파인 웅덩이를 통나무와 돌멩이로 메우고 병마는 나아갔다. 산

맥을 넘어 나올 때마다 군사 수백 명이 얼어 죽거나 굶어 죽거나 떠내려가 죽었다. 다쳤거나 병든 자들을 길에 버렸다. 가을에 군사들이 산맥을 넘을 때, 봄에 버려진 자들이 죽지 않고 살아서 울면서 매달렸다. 산맥에 길이 뚫린 뒤 사백 년 동안 신라 군대는 해마다 산맥을 넘어서 내륙으로 나아갔고, 적들도 그 고갯길을 따라 산맥을 넘어 쳐들어왔다.

날이 어두워, 종소리의 환청은 일몰 쪽에서 울리는 듯싶었다. 길들은 보이지 않았다. 그 길들을 다 지나가야만 산하를 건너갈 수 있을 것이었다. 붉은 강이 종소리가 낮아지는 골을 따라 흐르며 일몰 쪽으로 사라지고 있었다. 그 골에서 울리는 말발굽 소리와 그 강을 흐르는 피의 환영이 다시 이사부의 눈앞을 스쳤다.

9월 초아흐렛날 아침에, 백제는 왔다. 이사부는 사장대에 올라가서 아래를 살피고 있었다. 백제는 산굽이를 멀리 돌아서 들판으로 나와 강을 따라 다가왔다. 해가 능선 위로 올라왔다. 산굽이에서부터 들판을 가로지르는 길에 백제군의 병장기가 햇빛에 번쩍였다. 인마는 멀어서 보이지 않았고, 빛의 대열이 길게 굽이치며 다가왔다. 산굽이 뒤쪽으로부터 빛의 대열은 계속 흘러나와 강가 모래밭까지 길게 이어졌고 그 앞에서 깃발들이 나부꼈다. 백제는 세 갈래로 다가왔다. 남쪽 산맥의 능선을 넘어왔고 서쪽으로 강을 따라 다가왔다. 그 사이로 열린 들판을 가로지르며 맹렬하게 솟구치는 먼지의 대열이 다가왔다. 빛의 대열은 보병이었고 먼지의 대열은 기병들이었다. 빛과 먼지는 땅에 들러붙어서 느리게 다가왔다.

근위장의 목소리는 다급했다.

—나으리, 보고 계시옵니까?

—보고 있다. 늙으니, 먼 것들이 잘 보이는구나.

—어찌하오리까?

—오고 있구나.

—나으리, 어찌하오리까?

—오고 있지 않느냐! 더 가까이 와야 할 것이다.

—하오면 이대로……

—외곽 경비 부대를 불러들이고 성문을 닫아라. 연기를 내지 마라. 불을 금한다.

싸움은 사십 일 동안 밤낮으로 계속되었다. 그 사십 일 동안 이사부는 사장대에서 내려오지 않았다. 이사부는 사장대 군막 안 온돌에 누워서 아래를 내려다보고 있었다. 전령들이 분주히 성곽과 사장대 사이를 오르내렸다. 백제는 낮에 몰려왔고 저물면 들판 가장자리 산 밑으로 물러가 군막을 세웠다. 백제는 군막 앞에 목책을 쳤다. 후방에서 군량을 싣고 오는 백제 소달구지의 대열이 이사부의 사장대에서 보였다. 백제는 거기서 겨울을 날 모양이었다. 날마다 백제는 전 병력을 몰아 성벽으로 붙었다. 성벽 위로 올라오는 백제군의 머리통을 도끼로 찍어내리는 꼴이 하루 종일 보였으나, 백제의 대오는 성곽을 넘지 못했다. 성곽 밑이 가팔라 백제는 산병散兵으로 접근했고, 신라군은 성벽에 걸친 사다리를 밀쳐서 걷어냈다.

이사부는 스무 날 동안 공세를 몰지 않았다. 군사를 교대로 쉬게 했고 성벽으로 기어오르는 적들만을 찍어내렸다. 이사부는 성문 앞으로 내민 석축 위에 병력을 집중시켰다. 석축이 높아 사다리가 닿지 않았고, 위로 치켜서 쏘아대는 백제의 화살은 석축에 부딪히거나 허공으로 날아갔다. 석축 위에 올라선 신라 궁수弓手들은 좌우와 정면으로 달려드는 적들을 향해 전 방위로 쏘아댔다.

진지전을 예비했으나, 이사부는 산성에 갇혀 겨울을 날 수는 없었다. 군량과 병장기는 충분했으나, 한강 하류가 뒤통수를 당겼고 고구려가 동부 내륙 산악을 압박하고 있었다. 산성 안에 군사를 오래 묶어놓으면, 고구려와 백제 양쪽으로부터 협공당할 위험이 있었다.

이사부는 날마다 사장대에서 아래쪽을 내려다보며 그믐밤을 기다렸다. 백제 가야 연합군은 삼만이 넘어 보였다. 군막에서 구름 같은 연기가 피어올랐고 말똥가루 먼지가 바람에 날려왔다. 그 너머로 종소리의 환청은 산맥을 따라 출렁거리며 퍼져나갔다.

……내 저것들을 어찌하랴. 하나둘씩 죽여서 언제 이 산성을
벗어날 수 있겠는가……

그믐날 밤에, 이사부의 군대 이만은 세 패로 나뉘어 북쪽 암
문을 빠져나왔다. 성안에 남은 수비대 오천은 성문과 여장에 배
치되었다. 군대는 기름이 흐르듯 조용히 이동했다. 좌군 칠천이
들판의 외곽을 멀리 돌아서 백제군의 군막이 들어선 산 뒤쪽에
포진했다. 우군 삼천이 백제 군막의 왼편을 흐르는 개울가 덤불
에 엎드려 매복했다. 중군 일만이 다시 세 패로 나뉘어 백제 군
막의 오른쪽으로 열린 개활지의 외곽을 길게 막고 엎드렸다. 좌
군과 중군은 가지극과 창으로 편성된 보병들이었고 우군은 반
달도끼를 든 기병들이었다.

새벽에 전령장이 사장대로 말을 달려왔다. 말은 박차를 받은
옆구리로 피를 흘리며 헐떡거렸다. 이사부는 군막 온돌에 팔베
개로 누워 있었다.

─배치가 끝났사옵니다.

─바싹 붙었느냐?

─백제가 대오를 수습하기 전에 들이닥칠 수 있을 것입니다.

이사부는 근위장을 불렀다.

─불을 올려라.

위병들이 봉수대로 달려가 장작더미에 기름을 쏟아붓고 불을

당겼다.

중군 일만이 개활지를 건너 백제 군막으로 달려들었다. 군막에서 뛰쳐나온 백제군은 왼쪽으로 밀려나면서 대오를 수습했다. 우군 기병 삼천이 개울을 건너와 백제의 대오를 부수었고 좌군 칠천이 산 아래로 쏟아져내려왔다.

해가 떠오르고, 젖은 산맥들의 등허리가 붉게 빛났다. 산맥이 겹치는 골을 따라 안개가 길게 흘렀고 햇살이 안개 속에서 부풀어 보였다. 싸움은 고비로 치달았다. 백제의 가지극 부대가 싸움의 전위를 이끌었다. 말 위로 뻗쳐올라온 가지극 갈쿠리가 신라 기병의 갑옷을 긁었다. 신라 기병의 갑옷은 이음새가 없었다. 기병들은 말을 몇 걸음 더 몰고 나가 백제 보병의 머리통을 반달도끼로 내리찍었다. 반달도끼는 날이 넓고 힘이 날의 가운데로 집중되어 투구를 부수기에 좋았다. 자루가 짧아서 조준은 정확했다. 가지극이 목덜미에 걸린 신라 기병들은 가지극을 쥔 백제 보병과 한순간 밀고 당겼다. 기병은 넓어진 등자에 발바닥을 붙이고 두 다리에 힘을 주어 몸의 균형을 버티었다. 보병이 극을 더욱 당겨 거리가 좁혀졌을 때, 반달도끼는 보병의 정수리를 부수었다. 가지극은 적을 걸어서 당겼고, 당기면서 스스로 적의 공격권 내로 들어왔다. 어둠이 걷히면서 눈이 사물을 식별할 수 있을 무렵부터 백제 궁수 일천이 목책 뒤로 포진했다. 싸움은 이미 난전으로 접어들어, 백제 궁수들의 표적은 조준되지 않았다. 백제 궁수들은 피아의 식별이 없이 마구 쏘아댔다. 백제 보병들의 창자루는 길었다. 긴 자루가 한번 헛찌른 동작을 수습할 새가 없이 자루가 감당할 수 없는 빈 공간을 재빨리 가로질러 신라의 도끼가 날아들었다. 신라 기병은 백제 기병을 피해가면서 백제 보병의 정수리를 찍었고 백제 기병은 신라 기병의 뒤로 바싹 접근해서 창 자루를 짧게 쥐고 허리를 찔렀다. 백제 기병의 창끝은 긴 유선형이었고 미늘이 붙어 있었다. 적의 창을 받는 순간, 신라 기병의 몸속은 응축되어서 몸 안의 창끝을 물었고, 미늘은 굳게 물렸다. 적의 몸속으로 찔러넣은 창이 빠지지 않아서 허둥거릴 때, 백제 기병의 뒤로 달려든 신라 보병이 가지극으로 기병을 끌어내려 방패로 찍었다.

저녁 무렵에, 신라군은 중군 쪽 진지로 물러섰다. 백제 군장 네 명이 싸움의 초장에 죽었다. 백제 중군은 지휘의 대오를 수습하지 못했다. 날이 어두워 들판과 개울에 쓰러진 시체의 수는 헤아릴 수 없었다. 중군 진지에서 밤을 지내고 신라는 일출 전에 다시 들이닥쳤다. 새벽에 이사부는 성안을 지키던 병력 오천을 내보냈고 싸우던 오천을 성안으로 불러들여 교대시켰다. 아침에 신라군의 대오는 기습에서 섬멸로 바뀌었다. 기병을 뒤로 돌렸고 보병 전 병력을 하나로 묶어 백제를 멀리서 에워싸고 조여들어왔다. 백제는 지휘부를 기병으로 엄호하고 기병에 보병 정예 부대를 가세시켜 신라 포위망의 헐거운 지점을 겨누었다.

백제의 대오가 드러나자, 후미에 포진했던 신라 기병들이 다시 전위 대열로 가세했다.

이사부는 성안으로 불러들인 오천을 다시 암문으로 내보내 들판 오른쪽을 흐르는 개울 양쪽 고지에 배치했고, 나가 있던 병력 중 기진한 자 오천을 성안으로 불러들였다.

—우측 개울 쪽 포위망을 풀어주어라.

전령이 말을 달려 산 아래쪽으로 내려갔다.

백제의 지휘부와 그 부속 병력들은 개울 쪽 신라 포위망을 쉽게 걷어내고 개울을 따라 길게 들어왔다. 백제 지휘부가 빠져나간 뒤, 신라는 포위망을 다시 이었다. 백제의 주력은 지휘부의 뒤를 잇지 못했다. 개울가 양쪽 고지에서 신라 궁수들이 화살을 쏘아댔고, 돌맹이가 쏟아져내렸다. 개울을 따라 들어온 백제군 지휘부 병력은 삽시간에 전멸되었다. 포위망 안에 남아 있던 백제군은 천천히 하나씩 쓰러졌다. 지휘부가 무너지자 백제 군막 쪽 목책 앞에, 병장기를 버린 백제군들이 길게 줄지어 무릎을 꿇고 앉았다.

이사부는 보료 위에 엎드려 찬 오미자차를 마셨다. 어금니가 시렸고 머릿속으로 찌릿한 한기가 뻗쳤다.

—끝내자. 수고했다고 일러라.

전령이 산 아래로 말을 달려 내려갔다. 신라 군장들이 들판을 다섯 구역으로 나누어 쓰러진 백제군의 숫자를 헤아렸다. 죽은 자가 일만오천삼백이었고, 병장기를 버리고 투항한 자가 일만사천육백오십이었다. 싸움에 나갔던 기병 대장과 가지극 부대장, 전령장이 이사부의 사장대로 달려와 전과를 보고했다. 대장들은 군막 앞 땅바닥에 엎드렸다. 대장들의 갑옷에 피가 엉겼고, 살점이 들러붙어 너덜거렸다.

―수고했다. 갑옷을 털어라.

이사부는 칼을 빼서, 칼등으로 대장들의 어깨를 두드려주었다. 기병 대장이 고개를 들었다.

―나으리, 적들이 버린 병장기를 어찌하리까?

―병장기는 이미 넉넉하다. 거두어 다른 전선으로 보내기도 쉽지 않다. 허나, 적들이 다시 와서 걷어갈 것이니 구덩이를 파고 깊이 묻으라.

―투항한 자들이 일만오천이니 어찌하리까?

―어찌하면 좋겠느냐?

―……

―먹일 수가 있겠느냐?

―……

―먹일 수 없으니 부릴 수가 있겠느냐?

―……

―가두어놓고 지켜야 하겠느냐?

―……

—돌려보내면 다시 오지 않겠느냐?

　　—……

　　—병장기와 함께 묻으라. 죽은 적군과 아군도 함께 거두어 묻으라. 역질이 돌까 두렵다. 말들은 성안으로 끌고 오라.

　　대장들은 읍하고 물러갔다. 이사부는 보료 위에 누워 이불을 끌어당겼다. 잠에 겨우 잠겨가다가 이사부는 벌떡 일어나 앉았다. 이사부는 전령을 불렀다.

　　—내려가서 전하라. 병장기를 깊이 묻어야 한다. 구덩이 속에 병장기를 먼저 던지고, 그 위에 시체를 쌓고 그 위에 흙을 덮으라 이르라.

　　이사부는 다시 이불을 끌어당겨 덮었다.

　　신라 군장들이 백제 포로들을 분류했다.

　　목숨은 붙었으나 기동할 수 없는 자들이 삼천이었고, 기동은 할 수 있으나 부릴 수 없는 자들이 칠천이었고, 온전히 성한 자 오천이었다. 구덩이를 파는 데 아흐레가 걸렸다. 백제 포로들 중 성한 자들이 삽을 들고 구덩이를 팠다. 도끼를 멘 신라 기병들이 그 외곽을 지켰다. 그 아흐레 동안 부상자 이천삼백이 죽었다.

　　산 자는 일만이천삼백오십이었다. 신라 군장들이 일만이천삼백오십을 들판으로 끌어내 십열종대로 무릎 꿇려 앉혔다. 무릎 꿇은 자세로 머리를 땅에 박게 했다.

신라 보병 일만이천삼백오십이 성문을 나섰다. 가지극 대장이 말을 타고 대오를 인솔했다. 대장의 머리 위로 수帥의 깃발이 휘날렸다. 보병은 십열종대로 들판을 향했다. 보병들은 도끼를 왼편 어깨에 메고 발을 맞추어 나아갔다. 도끼날이 가을 햇살을 튕겨냈다. 신라 보병들은 꿇어앉은 백제 포로의 대열 사이로 들어갔다. 일만이천삼백오십이 일만이천삼백오십의 등뒤에 한 명씩 부동자세로 기립했다.

가지극 대장이 말에서 내려 대오의 앞쪽으로 걸어갔다. 가지극 대장이 수帥의 깃발을 하늘로 곧게 치켜올렸다. 신라 보병 일만이천삼백오십이 기마 자세로 두 다리를 벌리고 도끼를 머리 위로 치켜들었다. 백제 포로들의 울음소리가 들판에 가득 찼다. 울음소리는 이사부의 사장대에까지 들렸다. 가지극 대장이 깃발을 내렸다. 일만이천삼백오십의 도끼가 일만이천삼백오십의 정수리를 찍었다. 도끼날에서 햇빛이 일제히 번쩍이는 짧은 순간이 지났다. 울음소리가 멎고 들판은 다시 고요했다.

보졸들이 들판과 계곡에서 몰아온 병장기를 구덩이 속으로 던졌다. 일자도끼, 반달도끼, 창, 꺾창, 긴 칼, 짧은 칼, 고리칼, 가지극, 화살촉, 투구, 갑옷, 목가리개, 어깨가리개, 손목가리개, 발목가리개, 말갑옷, 말머리가리개, 안장, 등자, 재갈, 기꽂이 들이 구덩이 속으로 던져졌다. 쇠붙이들이 허공에서 부딪쳐

쩔그렁거렸다. 구덩이 바닥에 한 길이 넘도록 쇠가 깔렸다. 쇠 위로 시체들이 날아들었다. 군졸들이 구덩이 가장자리에 빙 둘러서서 시체 한 구를 맞잡고 흔들다가 안쪽으로 날렸다. 시체들은 쇠붙이 위에 쌓여갔다. 덜 죽은 자들도 구덩이 안으로 던져졌다. 백제의 시체와 가야의 시체와 신라의 시체들이 구덩이 속에서 엎어져서 뒤섞였다. 작업은 밤새도록 계속되었다. 군졸들이 구덩이 가장자리를 따라 횃불을 올렸다. 시체를 맞잡고 흔드는 군졸들의 그림자와 허공에 떠서 날아가는 시체의 그림자가 횃불에 흔들렸다. 새벽에 비가 내렸다. 핏물이 개울로 흘러들어갔다. 빗속으로 비린내가 번졌다. 작업은 밤새도록 계속되었다.

이사부는 사십 일 만에 사장대에서 숙사로 내려왔다. 승전을 알리는 전령단을 출발시켰다. 전령단은 기병 이십 명으로, 중부 내륙 산악을 가로지르며 서라벌로 향했다.

이사부는 물을 데워 목욕을 하고 일찍 자리에 누웠다. 목뼈가 욱신거리고 무릎이 저렸다. 저녁 무렵에, 개포나루 건너편 산악에 포진한 서부 전초 부대로부터 전령들이 도착했다. 이사부는 숙사 마루에서 전령장을 맞았다. 가야 대궐 주변에 박힌 신라의 첩자들이 염탐한 정보를 전령장은 이사부에게 보고했다. 가야의 왕위 계승자인 월광이 서라벌로 귀순했고, 가야의 중신들은 월광의 도주를 극비에 붙이고 새 왕을 모시기 위해

왕족의 혈통을 점검하고 있으며 지금 가야 대궐은 집사장이 살림을 맡고 내위장이 병마를 맡아 겨우 꾸려나가고 있는데 내위장 휘하의 병력이 오천이고 예비대가 칠천이라는 사정들을 전령장은 보고했다.

—우리 서부 전초는 어떠하냐?

—전투가 한산하여 사냥과 씨름으로 소일하고 있사옵니다. 가야 대궐이 비었으니, 개포나루를 밟고 들어가 쉽게 가야를 합칠 수 있을 것입니다. 강 쪽으로 병력을 이동코자 하오니 허락하여주십시오.

—허락한다. 허나 강을 건너가지는 말아라. 서두를 일이 아니다. 저절로 무너지는 것을 힘들여 없앨 필요가 있겠느냐. 강가에 바싹 포진해서 명령을 기다리라 이르라.

—하옵고……

—말하라.

—가야에서 웬 늙은 대장장이가 서부 전초로 귀순하였습니다. 나으리를 뵙기를 청하여 데리고 왔습니다.

—야로라 하더냐?

—그러하옵니다. 야로와 그 아들입니다. 성문 앞 위병 초소에 가두어놓았습니다.

—데려오라.

야로는 다리를 절었다. 야적이 그 아비를 부축해서 숙사로 올라왔다. 야로 부자는 이사부에게 큰절을 올렸다.

─오다가 싸움터를 보았습니다. 경하드리옵니다.

─야장께서 보내준 병장기가 크게 쓰였소.

─병부령 막하에 머물다가 신라의 천하에서 신라의 병장기를 만들게 하여주십시오.

─고마운 말씀이오. 허나 야장의 병장기는 본래 주인이 없는 것 아니오? 이번 싸움에 백제도 반달도끼를 들고 나왔더구려.

야로의 얼굴이 굳어지고 야적의 애꾸눈이 꿈틀거렸다. 이사부는 문득 몸이 허물어져내릴 듯한 피로를 느꼈다. 사십 일 동안 벌어진 모든 도끼질과 창질의 피로가 이사부의 몸으로 달려드는 듯싶었다. 창밖으로, 먼 산맥 너머로 해가 기울고 있었다. 그 산하는 건너갈 수 없이 넓어 보였다. 야로가 말했다.

─병장기는 손에 쥔 자의 것입니다. 그러니 놓쳐서는 안 되는 것이지요.

이사부가 대답했다.

─그렇겠구려. 허나 오늘은 먼 길을 오셨으니 일찍 주무시오. 야장 어른을 어떻게 모셔야 할지를 생각중이오. 내일 아침에 거취를 정해드리리다.

위병이 야로 부자를 군막으로 데려갔다.

─방을 따뜻하게 해드리고, 목욕물을 올려라.

이사부가 위병에게 일렀다.

동틀 무렵에 이사부는 근위장을 불렀다.

─아침에, 저 늙은 대장장이를 죽여라. 그 아들놈도 죽여라. 성 밖으로 끌고 나가서 죽여라. 죽여서, 지금 매립이 진행 중인 저 구덩이에 묻으라. 죽일 때 아가리에 재갈을 물려서 말이 새어나오지 않게 하라. 반달도끼로 쳐라. 물러가라.

새벽에 근위장이 야로 부자가 잠든 군막 안으로 들어갔다. 반달도끼를 멘 위병 두 명이 따랐다. 위병이 잠든 야로 부자의 몸에 올라타서 막대기로 부자의 입을 벌리고 말 재갈을 물렸다. 매립은 거의 끝나가고 있었다. 위병장이 야로 부자의 앞정강이를 걷어차 무릎을 꿇렸다. 반달도끼가 내려왔다. 위병들이 야로 부자의 몸을 맞잡고 흔들다가 구덩이 쪽으로 던졌다. 시체가 떨어질 때 철퍼덕 소리가 났다. 보졸들이 달려들어 흙덮기를 시작했다. 흙을 덮는 데 닷새가 걸렸다.

주인 없는 소리

우륵은 이사부의 숙사를 향해 다리를 절며 걸었다. 신발이 해져서 발가락에 피가 흘렀다. 금을 멘 니문이 우륵을 부축했다. 성문에서부터 무장한 위병 두 명이 붙었다. 우륵은 숙사 마당에 주저앉았다. 목욕을 마친 이사부가 젖은 머리를 수건으로 닦으며 마루로 나왔다.

—얼마 전에 서라벌로부터 통지가 있었다. 네가 가야의 악사 우륵이냐?

—그러하오.

—네가 너희 대궐에 온 우리 사신 편에 귀부의 뜻을 서라벌로 전했느냐?

—그러하오.

—이 변방 산성에까지 어떻게 왔느냐?

—개포나루 건너 귀국의 서부 전초에 의탁했소. 귀국의 사신이 그리 일러주었소.

　—데리고 온 자는 누구냐?

　—내 심부름을 하는 사람이오.

　—귀부하는 뜻이 무엇이냐?

　—이제 신라 병부령께서 가야를 토멸하실 것이니, 다만 살아서 소리를 내려 하오.

　—그뿐이냐?

　—그뿐이오.

　—너는 가야의 녹을 받았느냐?

　—많지는 않았소.

　—가야의 악사는 무슨 일을 하느냐?

　—왕들이 죽으면, 무덤 앞에서 노래하고 춤추고 금을 뜯으며, 소리를 베풀었소.

　—왕의 장례에 소리를 베풀며 녹을 받던 자가 적국으로 귀부함이 온당하냐?

　—귀국의 도끼에 맞아 죽는 것 또한 온당치 못할 것이오.

　이사부가 웃음을 터뜨렸다. 이사부는 온몸을 흔들며 웃었다.

　—그렇겠구나. 세상에, 온당하기란 쉽지가 않구나. 내, 풍편에 들었다. 너의 소리가 그리도 절묘하냐?

　—나의 소리가 아니라, 본래 스스로 흘러가는 소리요.

—소리는 주인이 없는 것이냐?

—소리는 들리는 동안만의 소리고 울리는 동안만의 소리니 아마도 그러할 것이오.

—너희 나라 대장장이 야로를 아느냐?

—가야에서 몇 번 마주친 적이 있었소.

—그 늙은 대장장이가 말하기를, 병장기는 주인이 따로 없어서 쥐는 자마다 주인이라 하였다. 소리는 병장기와 같은 것이냐?

—소리는 없는 세상을 열어내는 것인데, 그 세상은 본래 있는 세상인 것이오. 병장기가 어떠한 것인지는 병부령께서 더 잘 아시리이다.

이사부는 숙사 아래쪽 들판으로 눈길을 돌렸다. 구덩이는 흙으로 덮여졌고, 보졸들이 그 아래쪽으로 배수로를 파고 있었다.

—그러니 아마도 소리와 병장기는 같은 것인 모양이로구나. 너는 몇살이냐?

—올해, 일흔 살이오.

—그 또한 나와 같구나. 내가 죽인 야로도 일흔이라 하더라. 오래들 살아왔다.

—하온데, 신라 병부령께서 어찌 가야의 대장장이를 아시오?

—너처럼, 야로도 얼마 전에 나에게 귀부하여 살 길을 청하였다. 야로의 병장기가 국경을 넘나들어 내 너무 힘들어서 야로

를 죽였다. 죽여서 모든 시체들과 함께 쇠붙이 위에 묻었다.

　—가야 왕의 무덤들이 그러하오.

　—그러하냐? 그러하겠구나. 그러고 보니 신라 왕들의 무덤도 대체로 그러하다.

　이사부는 니문이 메고 있는 금을 손가락으로 가리켰다.

　—저것이 너의 금이냐? 한번 보여다오.

　니문이 금을 내려놓고 뚜껑을 열었다.

　—가까이 가져오라.

　이사부는 금을 찬찬히 들여다보았다.

　—이것이 가야의 금이냐?

　—그것이 가야의 금이오. 가야 여러 고을들의 소리의 틀이요. 그리고 아마 모든 나라의 금이오.

　—내가 한번 튕겨도 좋겠느냐?

　—심하게 당기지는 마시오.

　이사부는 줄을 쥐고 튕겼다. 소리가 솟아올랐다. 둥글고 단단한 소리였다. 소리의 꼬리가 사라질 때까지 이사부는 귀를 기울였다. 사라지는 소리의 끝에서, 서라벌 흥륜사의 종소리가 다시 일어나 일몰의 산맥 너머로 흘러가는 환영이 이사부의 눈앞에 스쳤다. 군마와 병장기를 이끌고 또 물으면서 그 산맥들을 다 건너갈 수 있을 것인지…… 이사부는 오래 침묵했다.

　—그래, 네가 나에게서 원하는 바가 무엇이냐?

─나를 그저 내버려두시오. 신라가 가야를 멸하더라도, 신라의 땅에서 가야의 금을 뜯을 수 있게 해주시오. 주인 있는 나라에서 주인 없는 소리를 펴게 해주시오.

　이사부는 섬뜩 놀랐다. ……이자는 대체 누구인가. 이자가 지금 무슨 말을 하고 있는 것인가. 이자가 소리로 저 산맥을 건너가려는 것인가. 이자는 나와 같은 자인가. 이자는 나의 적인가. 양쪽 다인가……

　이사부는 말했다.

　─무인이 악사를 죽여서 무슨 득이 있겠느냐. 병장기를 지니고 있지 않으니, 우선 너를 살려둔다. 허나, 여기는 군영이다. 악사가 머물 곳이 아니다. 너는 낭성娘城의 민촌으로 가라. 거기는 신라의 내륙 북부 변방이다. 외지고 적막하여 금을 켜기에 좋을 것이다. 내, 그곳의 전초 병력에 일러 너의 정처와 양식을 마련해주마.

　낭성은 신라의 점령지였다. 산맥은 길고 가팔랐으나, 산맥이 민촌을 윽박지르지 않아 들은 넓었고, 싸움이 없는 시절에 소출은 넉넉했다. 낭성은 수백 년 동안 백제의 땅이었는데, 신라 선왕의 치세 때 고구려가 내려와 백제를 건어내고 남부 전초를 내밀었다. 오랜 싸움 끝에 고구려가 기진해 있을 때 이사부는 작고 빠른 부대를 몰고 들어가 쉽게 고구려를 건어냈으나 곧바로 고구려의 증원군이 들이닥쳐 싸움은 이 년이 걸렸다. 이사부가 겨우 그 들에 전초의 병영을 세울 무렵에 멀리 물러가 있던 백제가 들이닥쳤다. 백제군은 피로의 기색이 없이 싱싱했다. 이사부는 싸우지 않고 군대를 물렸다. 그해, 봄부터 가을까지 논에 멸구가 끓었고, 날이 가물어 들이 타들어갔다. 가을에 소출은 없었다. 이사부는 백제에서 낭성으로 통하는 모든 고개에 군사를 배치해서 백제의 보급선을 끊었다. 겨울에 눈이 많이 내렸다. 이사부의 군대는 눈 속에 묻혀 겨울을 났다. 눈이 녹자, 이사부는 다시 군사를 집중시켜 낭성으로 몰아갔다. 주린 백제군은 저항하지 못했다. 이사부는 후방에서 증원군을 몰아와 산악에 배치했고, 백제와 맞닿은 낭성 외곽에 석성을 쌓았다.

그 들에서 수백 년을 살아온 백제 원주민의 사내들은 싸움터에서 죽거나 다쳐서 흩어졌고 늙은 부녀들이 마을에 남아 캄캄한 토방 속에 엎드려 있었다. 한때 고구려가 지방 유민들을 그 들에 이주시켜 농경에 부렸으나 고구려의 지방민들도 이사부의 공격 때 대부분이 군에 징집되어 싸움터에서 죽었고, 다치고 병든 자들이 마을에 남아 양지쪽에서 이를 잡았다. 가야의 변방민들이 더러 흘러들어와 그 들에서 땅을 일구었고 이사부가 고을을 장악한 후에는 기근에 몰린 신라 유민들도 낭성의 들로 넘어들어왔다. 낭성에는 백제 원주민의 늙고 병든 자들과 고구려, 신라, 가야의 유민들이 모여 산자락 끝에서 드문드문 모여살았으나, 마을은 한산하여 인기척이 드물었고 들판에는 피가 웃자랐다. 산토끼들이 마을로 내려와 피를 뜯어 먹었고, 토끼를 잡아 먹고 들개들의 종자가 퍼져 골짜기마다 개 짖는 소리가 요란했으나, 주린 늙은이들은 개를 몰아붙여 잡아 먹지 못했다. 고을의 외곽으로 뻗어나간 산줄기에는 몇 년째 이사부의 군대가 포진해 있었다. 가끔씩 밤중에 산봉우리마다 봉화가 옮겨붙었고 말발굽 소리가 민촌에까지 들렸으나 어디로 가는 군마들인지 민촌에서는 알지 못했다.

봄부터 이듬해 가을까지 우륵은 낭성에 머물렀다. 신라의 군장이 군사들을 데리고 와서 무너진 집 한 채를 고쳐주었고, 때때로 보리쌀과 소금이나 사냥에서 잡은 산짐승을 보내오기도 했다.

우륵은 겨우내 금을 가까이 하지 않았다. 백발이 흘러내려 수염에 닿았고 수염과 머리카락이 뒤섞여 배 위로 흘러내렸다. 니문이 돌을 달구어 우륵의 다친 무릎에 찜질을 했고 명아주나무로 지팡이를 깎아 우륵의 손에 쥐여주었다.

봄에, 우륵은 지팡이를 짚고 밭두렁에 나와앉아 볕바라기로 소일했다. 봄바람에 수염을 날리면서 우륵은 봄볕에 풀어지는 흙을 하루 종일 들여다보곤 했다. 흙 속으로 햇살이 스며, 얼었던 땅은 솟았고, 들뜬 흙의 틈새로 벌어진 잔구멍들 속에서 햇살이 오글거렸다. 녹은 흙에 물기가 흘렀고 흙 구멍마다 젖은 숨결이 새어나왔다. 녹아서 젖은 흙의 구멍들은 날마다 조금씩 벌어졌고, 햇살은 흙 속으로 더 깊이 들어가 스몄다. 우륵은 흙 속으로 귀를 기울였다. 아무 소리도 들리지 않는 땅속에서 무언가 소리가 들려오는 듯했고, 그 들려오는 듯한 소리 속에서 아무 소리도 들리지 않았다…… 아아, 소리란 얼마나 먼 것이냐. 몸이 그 먼 소리를 당기는구나. 당겨서 베풀어내는구나. 그러니 소리는 또 얼마나 가까운 것이냐…… 니문이 밥을 차려놓고 부르러 올 때까지 우륵은 밭두렁에 앉아 있었다.

바람이 불어 흙냄새가 번질 때, 우륵은 죽은 비화의 몸냄새를 생각했다. 산 것의 냄새는 스치고 지나가면 그뿐이었고, 날마다 새로운 냄새가 솟아나는 듯했었다. 그 겨드랑에 코를 박고 냄새를 들이마실 때, 냄새는 거꾸로 거스를 수 없었고 붙잡을 수 없었고, 새롭게 생겨나되 돌아오지 않는 것이었다. 흙을 스치는 바람이, 그 돌아오지 않는 것들을 멀리서부터 되돌려 실어오는 듯했으나, 그 먼 냄새 속에서는 아무 소리도 들리지 않았다. 흘러들어온 백성들이 땅에 코를 박고 봄 일을 시작했다. 소가 없는 백성들은 몸에 쟁기를 묶어서 끌었고, 산맥은 봄꽃을 품어냈다. 가끔씩, 백제가 쌓은 봉수대에서 신라의 봉화가 올라 산맥을 건너갔으나, 낭성은 신라도 백제도 아닌 듯싶었다.

산지 사방에서 떠돌아 들어온 백성들이 끼니때면 밭두렁에 모여앉아 뭐라고 지껄이며 떠들어댔다. 백제 원주민들의 말은 느리고 순해서 출렁거림이 적었고 말의 끝이 느슨하게 열려 있었다. 신라에서 넘어온 지방민들의 말은 크고 빠르게 출렁거렸고, 말의 끝이 치켜올려져 있었으며 어디서 왔는지 알 수 없는 자들의 말은 둥글거나 각져 있었고, 가파르거나 느슨해서 제가끔이었다. 꽃가루가 날려 희뿌옇던 산맥은 꽃이 걷히자 푸른 등허리로 번쩍거렸다. 봄이 다 가도록, 우륵은 밭두렁에 앉아 귀를 기울였다. 봄이 다 가도록, 우륵은 금을 만지지 않았다.

하림성河臨城은 신라 중부 내륙의 최북방 요새였다. 성은 석축이 오천 이백 척으로 동서가 길고 남북이 좁아 장방형을 이루었다. 성벽의 모퉁이는 날카롭게 각이 섰고 정을 맞은 석재들이 크고 반듯했다. 성문은 이층 누각에 처마가 솟았고 물매가 싼 각루角樓 지붕에까지 기와가 얹혀져 있었다. 강이 크게 휘도는 내안內岸의 고지에 자리를 틀어서, 남 동 북으로 빠르게 흐르는 강물을 두르고, 서쪽으로는 가파른 산줄기들이 겹쳐 있었다. 세 갈래로 강을 건너오는 봉화는 모두 서쪽 산봉우리에 모였고, 거기서부터 봉화는 산맥을 따라가며 낭성 외곽에까지 닿았다. 사장대 아래 동쪽 사면에 들어선 행재소行在所 지붕 위에 금동으로 만든 봉황이 꼬리를 높이 치켜세웠고, 각루와 망대마다 깃발이 휘날렸다. 하림성은 산성이며 또 행궁行宮이었다.

봄에 신라 진흥왕의 순행 대열은 하림성에 당도했다. 그 전해 봄에 서라벌을 떠난 왕은 남쪽 바닷가에서 빼앗은 가야의 고을들과 동부 내륙 산악에서 빼앗은 고구려의 고을들을 두루 순시했다. 눈이 쌓이자 왕은 주둔지에서 군사를 풀어 사냥으로 소일했고, 눈이 녹을 무렵에 다시 백제를 몰아낸 중부 내륙으로 향했다.

왕은 열아홉 살의 청년이었다. 왕은 가마와 일산을 물리치고 스스로 말을 몰아 달렸다. 왕은 갑옷에 투구를 썼고 도끼를 메었으며 시녀를 데리고 다니지 않았다.

왕의 순행중에, 서라벌에서는 팔관회八關會가 열렸다. 승려들이 명산대천에 제를 올렸고 연등을 달아 부처의 땅을 꽃밭처럼 밝혔다. 서라벌의 모든 절들이 열흘 동안 종을 울려 산천에 흩어진 백골들의 넋을 달래었다. 산과 들에 박힌 절들이 차례로 종을 울렸다. 종소리는 산맥을 넘어 동쪽 영일만의 바다에까지 닿았다. 바다에 연한 절들이 종을 울려서 종소리는 파도의 물이랑을 타고 넘으며 거북이와 고등어에까지 퍼졌다.

팔관회가 열리는 동안에도 왕은 서라벌로 돌아가지 않았다. 그때 왕은 동부 내륙의 점령지에 막 도착한 참이었다. 왕은 서라벌로 전령을 보내 중신과 승려 들의 노고를 치하했다.

왕의 행렬이 하림성에 당도하리라는 소식은 곧 이사부의 산성에 전해졌다. 이사부는 보기步騎 삼천의 대열을 이루어 하림성으로 향했다. 이사부는 성문 밖 오십 리 앞쪽 강변길에서 왕을 맞았다. 서라벌에서부터 호종해온 내위군장이 대열의 뒤로 물러서고 이사부가 왕의 옆에서 나란히 말을 몰아 성안으로 들어왔다.

행재소 침전에서 왕은 비로소 도끼를 내려놓고 갑옷을 벗었다.

─병부령도 갑옷을 벗으시구려.

─신은 갑옷이 오히려 편하옵니다.

─많이 늙으셨구려, 병부령. 아직도 허리가 곧아서 보기에 좋소.

─공 없이 늙어가니 송구하옵니다.

─이 너른 산천에서 적들을 모두 걷어낸 것은 병부령의 공이오. 허나 산천을 비록 차지했으나 무인지경에 백골이 뒹굴고 있고, 땅에 핏물이 빠지지 않아, 겉돌고 헤매는 민심이 달라지지 않으니 내 심히 걱정하는 바이오.

─신들의 불충이옵니다. 폐하께서 이제 연부역강年富力强하시니 이 무인지경의 푸새밭에 고을들을 일으켜 부처의 땅을 이루소서.

젊은 왕의 눈이 빛났다. 이사부는 고개를 들어 왕의 얼굴을 살폈다. 눈매와 입가에, 보위에 오르던 일곱 살적 모습이 그대로 남아 있었으나, 왕의 팔다리는 길고 굵었고 목소리는 우렁찼다.

─내 순행중에 서라벌에서 팔관회가 있었소. 아마도 좋은 날들이 올 것이오.

왕은 시종을 불러서 오래 도끼를 멘 어깨를 주물렀다. 임금의 불국토를 이루기 위하여 얼마나 넓은 산천을 건너가야 하는 것인지를 생각하며 이사부는 고개를 숙였다. 배 위로 길게 늘어진 흰 수염은 윤기가 없었고 끝이 닳아서 부러져 있었다.

—전하, 이제 침소에 드소서. 여기는 적에게서 가까운 곳이옵니다. 내위군이 원행에 피곤하여, 여기에 머무시는 동안 신이 데려온 군사들로 성벽을 지키리다. 내위군은 침소 가까이 두소서.

—병부령의 판단에 따르겠소.

—하옵고, 이 행군에서 멀지 않은 민촌에 소리를 잘하고, 춤을 잘 추는 자들이 있습니다. 적적하실 때 불러서 심신을 위로하소서.

—순행중에 어찌 여색女色을 놀릴 수가 있겠소.

—여색이 아니옵니다. 가야에서 투항해온 늙은 악사이옵니다.

—며칠 뒤에 과인이 호종한 내위군장들과 병부령을 위해 술을 한잔 내릴 것이니, 그 자리에 불러서 놀도록 하시오.

이사부는 읍하고 물러났다. 새벽에 이사부는 낭성의 민촌으로 말 탄 전령을 보냈다.

악기 속의 나라

니문이 지게를 지고 우륵의 발치에 꿇어앉았다. 지게 앞쪽에 금이 실려 있었다. 우륵은 금의 뒤쪽으로 지게에 올랐다. 우륵은 두 손으로 지게뿔을 잡았다. 니문이 작대기로 땅을 밀고 일어섰다. 지게 위에서 우륵이 말했다.

─니문아, 무겁지 않느냐?

─무거우나, 견딜 만하옵니다.

스승의 몸이 가벼워서, 니문은 고개를 숙이고 울먹이며 걸었다. 니문이 걸음을 옮길 때마다 지게 아래로 늘어진 우륵의 다리가 흔들렸다. 낭성의 민촌에서 하림성까지는 꼬박 하루 걸음이었다.

며칠 전에, 말 탄 전령이 낭성의 민촌으로 달려와 4월 보름날 저녁까지 하림성으로 들어오라는 이사부의 명을 우륵에게 전했다. 전령은 병부령의 명령임을 강조했다. 부르는 까닭을 묻자 전령은, 신라 왕의 순행 대열이 하림성에 당도하여 왕이 군사를 위로하는 연회를 베풀 것이라고 말했다. 군장은 낭성에서 하림성에 이르는 길을 자세히 일러주고 나서, 가지고 온 술 한 통과 말린 사슴 넓적다리를 내려놓고 돌아갔다. 보름까지는 닷새가 남아 있었다.

그날 밤, 우륵은 니문과 마당에서 마주 앉아 신라 전령이 가져온 술을 마셨다. 술을 넘길 때 우륵의 늙은 목울대가 꿈틀거렸다.

—니문아, 이제 신라 왕 앞에서 춤을 추고 소리를 내야 하는 모양이다.

—여기는 신라의 땅이옵니다.

—그렇구나. 니문아, 죽은 가야 왕의 무덤에서 춤을 추는 것과 산 신라 왕 앞에서 춤을 추는 것이 다르겠느냐?

—아마도 다르지 않을 것입니다. 소리는 스스로 울리는 것입니다.

—이제, 신라가 가야를 토멸한다 해도 그것이 다르지 않을 것이냐?

—소리는 왕의 것이 아니니, 아마도 그러할 것입니다.

우륵은 소리내서 웃었다. 니문은 스승의 큰 웃음소리에 놀라 스승의 얼굴을 쳐다보았다. 늙어서 짓무른 눈가에 눈물이 번진 듯했다.

─보름날, 하림성으로 가자. 가서 무너진 이 낭성의 소리를 들려주자.

그날 밤 우륵은 취해서 먹은 것을 토했다. 니문이 우륵을 눕히고 옷을 갈아입혔다.

니문은 물을 거슬러 강 길을 걸었다. 지게 위에서 우륵은 말 없이 흔들렸다. 꽃 핀 산벚나무숲이 물 위에 거꾸로 비쳤고, 물에 잠긴 꽃 그림자 속에 하림성이 어른거렸다. 우륵은 고개를 들어 산 쪽을 바라보았다. 산의 동쪽 사면으로 하림성이 펼쳐져 있었다.

성은 세상을 향해 갑자기 장막을 걷어내고 나타난 듯싶었다. 가파른 석축을 따라 깃발들이 나부꼈다. 처마를 치켜든 누각은 높았고, 그 위로 가슴이 딱 벌어진 금동봉황이 번쩍거렸다.

……아아, 저것이 신라로구나.

지게 위에서 우륵은 이따금씩 숨을 몰아쉬었다.

우륵은 어두워질 무렵에 성문 앞에 도착했다. 성문에서 행궁으로 오르는 길바닥에는 판석이 깔려 있었고 창검을 든 군사들이 길 양쪽에 도열해 있었다. 횃불을 든 군사들이 번을 교대하며 고함을 질렀다. 지게를 진 니문이 그 길을 걸어올라갔다. 앞선 위병이 우륵을 행궁 옆 별전으로 데리고 갔다.

이사부는 별전 마당에 나와 있었다.

—웬 지게냐? 가마라도 보내줄 걸 그랬구나. 내 불찰이다.

니문이 지게를 내려놓았다. 우륵은 흙바닥에 주저앉았다. 수염이 늘어져 땅에 닿았다.

—몰골이 추하다. 어찌 어전에 나아가겠느냐.

이사부가 군사를 보내 옷을 가져왔다.

—갈아입어라. 신라 금척奏尺의 옷이다. 마침 행궁에 준비된 것이 있었다.

우륵은 입었던 옷을 벗었다. 마른 뼈 위로 늘어진 가죽에 저승꽃이 번져 있었다. 우륵은 신라 금척의 옷으로 갈아입었다. 니문도 갈아입었다. 붉은 비단옷이었다. 각진 소매가 늘어졌고 깃이 넓었고 허리에 금실로 꼰 띠를 둘렀다. 띠의 매듭이 발목에 닿았다.

—내, 폐하께 너희 둘의 일을 이미 아뢰었다. 그러니 너희들은 폐하께서 물으시는 말에만 대답해라. 대답이 길어서는 안 된다. 문에 들어서면서 멀리서 절하고, 부르시면 가까이 다가가서 다시 절하라. 따르라.

내관이 대전 문을 열었다. 왕은 먼 안쪽 옥좌에 앉아 있었다. 날 출出자 관에서 구슬이 반짝였다. 금술을 드리운 도끼 두 자루가 왕의 등 뒷벽에 엇물려 걸려 있었다. 그 앞으로 갑옷을 입은 신라 군장들이 두 줄로 도열했고, 이사부가 대열의 맨 앞자리로 앉았다.

문지방을 건너서, 우륵은 왕을 향해 절했다. 우륵은 두 팔을 치켜올려서 머리 위에서 손을 모았다. 신라 금척의 옷소매가 넓게 펼쳐졌다. 우륵은 몸을 낮추고 허리를 수그렸다. 신라 금척의 옷 속에서 다친 무릎이 쑤셨다. 우륵은 두 손을 모아 마룻바닥에 대고, 손등 위에 이마를 얹었다. 멀리서 왕의 목소리가 들렸다.

—가까이 오라.

우륵은 일어서서 다가갔다. 다가가서 우륵은 다시 절했다.

—얼굴을 들어라.

우륵은 고개를 들었다. 젊은 왕의 얼굴이 열아홉 살의 혈기로 빛났고 목소리는 깊었다.

—네가 스스로 금을 메고 강을 건너오니 어여쁘다. 내, 새로 얻은 백성과 오래된 백성들을 두루 어루만져 기를 것이니 너는 과인의 나라에 의탁하여 심신을 편케 하고 너의 소리를 펴게 하라. 소리를 들어보자.

우륵은 금을 무릎에 안았다. 우륵이 오른손으로 맨 윗줄을 튕겼다. 소리는 아득히 깊었고, 더 깊고 더 먼 곳으로 사라져갔다. 우륵의 왼손이 사라져가는 소리를 들어올렸다. 소리는 흔들리면서 돌아섰고, 돌아서면서 휘어졌다. 우륵의 오른손이 다음 줄을 튕겼다. 소리는 넓고 둥글었다. 우륵의 왼손이 둥근 파문으로 벌어져가는 소리를 눌렀다. 소리는 잔무늬로 번지면서 내려 앉았고, 내려앉는 소리의 끝이 감겼다. 다시 우륵이 세번째 줄을 튕겼다. 소리는 방울지면서 솟았다. 솟는 소리를 우륵의 왼손이 다시 들어올렸다가 내려놓았다. 내려놓고 더욱 눌렀다. 소리의 방울이 부서지면서 수많은 잔방울들이 반짝이며 흘러갔다. 다시 우륵의 오른손이 맨 윗줄을 튕겼다. 깊고 아득한 소리가 솟았다. 솟아서 내려앉는 소리를 우륵의 왼손이 지웠다. 지우면서 다시 우륵의 오른손이 세번째 줄을 당겼다. 당기면서, 다시 우륵의 왼손이 소리를 들어올렸다. 올려진 소리는 넘실대며 다가왔다. 다가오는 소리를, 다시, 우륵의 왼손이 눌렀다. 우륵의 몸이 소리 속으로 퍼져나갔고 소리가 몸속으로 흘러들었다. 몸은 소리에 실려, 없었던 새로운 시간 속으로 흘러나갔고, 흘러나간 몸이 다시 돌아와 줄을 당겼다. 열두 줄은 우륵의 손바닥에 가득 찼다. 손바닥 안에서 열두 줄은 넉넉했다. 우륵의 손가락은 열두 줄을 바쁘게 넘나들었다. 손가락들은 바빴으나, 가벼워서 한가해 보였다.

니문이 자리에서 일어섰다. 신라 금척의 옷소매가 위로 치켜올려졌다. 우륵의 소리가 먼 곳에서 돌아올 때, 니문의 소매가 허공을 곡강曲江으로 쓸어내리며 돌아섰다. 우륵의 소리가 솟을 때 니문의 소매가 옆으로 돌면서 아래를 쓸어올렸다. 허리띠 매듭이 둥글게 퍼지면서 펄럭였다. 우륵의 소리가 여울졌다. 여울진 소리는 빠르고 가벼웠다. 니문은 반걸음 나아가서 다시 반걸음 옆으로 비켜섰다. 비켜서면서 멀리 나간 두 팔을 불러들이며 돌아섰다. 돌아서면서 다시 두 팔을 태극으로 펼쳐들어 허공을 쓸었다.

소리가 멎고, 니문이 자리에 돌아가 앉았다. 이사부가 말했다.

—악사의 춤을 보여라.

우륵이 자리에서 일어섰고, 니문이 금을 안았다. 우륵의 팔이 소매를 뻗어 허공을 각으로 끊어냈다. 허공은 부서졌다. 펼쳐진 소매가 돌면서 부서진 허공을 지웠다. 지우고 나서 소매는 가슴에 모였다. 소매가 다시 뻗어나가 새 허공을 움켜쥐었다. 소매는 새 허공을 끌어당겼다. 끌어당겨서, 안고 돌았다. 새 허공 속으로, 허리띠 매듭이 나부꼈다. 우륵은 앞으로 한 걸음 나가면서 몸을 낮추었다. 우륵은 몸을 일으키면서 소매를 위로 펼쳤다. 펼쳐서 쓸어내리며 안으로 당겨서 뒤로 돌았다. 우륵의 소매에서 부서진 공간의 파편들이 흘러내렸다. 우륵의 춤이 니문의 소리를 이끌었고, 니문의 소리가 우륵의 춤을 밀어냈다.

왕이 말했다.

—더 가까이 오너라.

우륵은 다가갔다.

—지금 그 소리가 무슨 연유가 있는 소리이냐?

우륵은 대답했다.

─대왕께서 부수신 낭성 옛 백제 고을의 소리이옵니다.

　왕이 우륵을 노려보았다.

　─그 고을의 소리를 어찌 금에 담았느냐?

　─무너진 고을에 살아남은 백성들의 소리를 한 토막씩 주워서 다듬고 이었사옵니다.

　─너의 말이 거칠다. 무너진 고을이 아니다. 새로 얻은 고을이다. 다시 말하여보아라.

　─대왕께서 새로 얻으신 고을에……

　─되었다. 그만하라. 그러면 너희 무너진 가야 여러 고을들의 소리도 너의 금 안에 담겨 있느냐?

　─그러하옵니다.

　─어느 고을들이냐?

　─물혜, 달기, 다로, 가라, 기물, 알터, 바람터, 노루목과 여러 강가 마을들의 소리이옵니다. 고을의 소리로되, 고을을 넘어가는 소리이옵니다.

　─그러니, 너의 금은 나의 나라와 같구나!

　왕은 웃음을 터뜨렸다. 왕은 손으로 옥좌 팔걸이를 두들기며 웃었다. 이사부는 몸을 흔들며 웃었다. 도열에 있던 군장 오십 명이 일제히 웃음을 터뜨렸다. 사내들의 웃음소리는 말발굽 소리처럼 터져나왔다. 우륵은 구부린 등 위를 밟고 지나가는 웃음소리를 느꼈다. 다시 왕이 말했다.

—너의 금을 보여라.

내관이 금을 들어서 왕 앞에 바쳤다. 왕은 미소 띤 얼굴로 금을 내려다보았다.

—아름답구나. 헌데, 왜 하필 열두 줄이냐?

우륵은 대답했다.

—열두 줄이 세상을 아우르기에 모자람이 없고, 사람의 손에 잡혀 넉넉하고 또 가지런한 것입니다.

—너의 말이 아름답다. 그러니 너의 금은 나의 나라와 같다.

왕은 또 크게 웃었다. 군장들이 일제히 따라 웃었다. 군장들의 웃음을 따라서 왕은 더 크게 웃었고, 왕이 더 크게 웃자 군장들은 더욱 웃었다. 군장들은 주먹으로 마루를 치며 웃었다.

—네가 지금 사는 곳이 낭성이냐?

—그러하옵니다.

왕이 이사부에게 물었다.

—낭성은 어떠한 마을이오?

—백제와 고구려가 번갈아 들이닥쳐, 폐하의 땅이 된 지 오래지 않습니다. 아직도 들뜬 백성들은 짐승과도 같고 논밭은 버려져 있사옵니다. 속히 지방민들을 옮겨살게 할 작정이옵니다.

왕이 우륵에게 말했다.

—너는 이제 낭성을 떠나서 국원國原으로 가라. 국원은 새로 차지한 고을로 지금은 어수선하나 삼한의 중심이다. 내 거기 소

경小京을 열고 백성들을 이주시켜 새로운 왕도王都를 세우려 한다. 너를 위해 국원에 거처를 마련해주마. 너는 국원에 살면서 너의 소리를 과인의 나라의 소리로 키워라.

우륵은 대답하지 않았다.

……소리는 스스로 스러지는 것이옵니다…… 우륵은 말을 몸 안으로 눌러넣었다. 우륵은 보름 동안 하림성에 머물렀다. 저녁이면 왕의 술자리에 불려가 노래하고 춤추고 금을 뜯었다. 왕은 저녁마다 크게 웃었다. 너의 금은 나의 나라와 같다, 를 술취한 왕은 거듭 말했다. 강 건너 산맥에 산벚이 피어 꽃잎이 강물 위로 쏟아져내렸고, 꽃잎 뜬 강물에 하림성이 거꾸로 비쳤다.

초막

이사부는 보기 步騎 일만 이천으로 섣달 초하룻날 산성을 떠났다. 눈 쌓인 겨울 산맥을 멀리 외곽으로 돌면서 이사부는 남하했다. 행군 대열은 이십 리가 넘었다. 후미에 신호가 닿지 않아, 말 탄 군장들이 후미와 선두를 오가며 군령을 전했다. 눈보라가 들판을 휘몰아갔다. 인마 人馬의 몸속에 찬바람이 가득 찼고 말 자지 끝에 고드름이 달렸다. 해가 짧아 행군은 느렸다. 이듬해 정월 초닷새에 이사부의 대오는 개포나루 강 건너편, 신라의 서부 전초에 도착했다. 일천이 이동중에 죽었거나 다쳐서 버렸고, 서부 전초에 주둔하던 오천을 합쳤다. 이사부는 일만을 강을 따라 길게 전개했고, 나머지 육천을 후방 고지에 매복시켜 기습에 대비했다.

정월 열이렛날, 이사부의 일만은 뗏목으로 강을 건너 가야로 향했다. 신라로 귀순한 가야 왕자 월광이 보병 오천으로 중군을 이끌었고 신라 화랑 사다함斯多含이 보기 오천으로 좌군을 맡았다. 월광은 마흔 살이었고 사다함은 열일곱 살이었다.

출정하던 새벽에 군사들은 이사부의 군막 앞에 도열했다. 그 자리에서 이사부는 중군장 월광에게 말했다.

—그대가 가야의 왕자로서 신라에 귀부하였으니, 오늘 강을 건너가 가야의 찌꺼기를 쓸어내면 가야의 땅은 마땅히 그대의 나라가 될 것이오. 우리 왕의 뜻도 그러하오. 기르던 신하와 군사를 도륙하기는 인정에 쉽지 않을 것이나, 그대는 이미 저들의 적이니 저들은 그대의 적인 것이오. 아시겠소?

이사부는 또 좌군장 사다함에게 말했다.

—너의 용맹과 청순을 내 모르는 바 아니로되, 너는 이제 열일곱 살로 산전수전의 쓰라림을 모르니 내 염려하는 바가 없지 않다. 허나, 너의 이름 사다함이 즉 일생일멸一生一滅이고 한번 왕래하면 달리 길이 없다 함이니 싸움은 곧 죽음이라. 싸워 이겨서 죽음에서 돌아와 다시 생을 받도록 하라. 내, 너의 코흘리개 시절을 보았거니와 이제 늙어서 너의 첫 싸움을 보게 되니 어여쁘고 눈물겹다.

이사부가 월광과 사다함에게 금술을 매단 도끼를 내릴 때 군사들이 함성을 질렀다. 이사부는 강을 건너지 않고 전초의 군막에 남아 출정하는 군사들을 배웅했다.

개포나루 대장간 뒤쪽 산봉우리에서 가야의 봉화가 올랐다. 봉화는 산봉우리마다 옮겨붙으면서 가야의 대궐 쪽으로 이어졌다. 가야 보병 사천이 개포나루를 막았다. 가야 보병은 지휘부를 나루터에 두고 그 위아래로 진을 펼쳤다. 가야 궁수 일천이 보병 대열의 앞쪽에서 방패 뒤에 엎드렸다. 갈수기의 강은 얕아서 가야 쪽 강 안으로 넓은 모래톱이 드러났고, 강물 위로 짙은 안개가 흘렀다.

신라는 열 개 방향에서 강을 건너왔다. 안개 속으로 화살이 쏟아져날아왔다. 뗏목 세 대와 군사 삼백을 가야군에게 내어주면서 월광의 주력은 가야 쪽 모래톱에 닿았다. 가야는 상륙 저지를 포기하고 육전으로 대오를 바꾸었다. 궁수들이 뒤쪽으로 물러섰고 도끼와 창을 든 보병이 물가로 나아갔다. 월광의 얼굴을 알아본 가야 군장들이 통곡하면서 창을 꼬나들고 달려들었다. 반달도끼를 든 신라 보병들이 월광을 에워쌌다. 도끼가 투구를 부수었고, 창이 갑옷을 뚫었다. 피아를 모르는 눈 먼 화살이 쏟아졌다. 창자가 쏟아져나온 말들이 네 굽을 들어 하늘을 긁었다. 신라의 뗏목은 계속 건너왔다.

정오 무렵에 나루터 싸움은 끝났다. 가야 보병 사천은 모래톱에서 전멸되었다. 월광은 남은 군사들 중 성한 자 삼천 오백으로 대오를 수습해서 가야 대궐로 향했다.

사다함의 좌군 기병 오천은 새벽에 상류 쪽에서 강을 건넜다.

강안에 가야군은 없었다. 기병들은 가야 대궐을 향해 빠르게 나아갔다. 알터 들판에서 중군은 좌군과 합쳤다. 사다함이 합친 군사를 지휘했다. 알터에서 가야 대궐은 빤히 마주 보였다. 대궐 뒤쪽으로 무덤의 능선은 눈에 덮였다. 바람이 능선을 쓸고 올라갔다. 봉분마다 눈보라가 일었다. 눈보라는 길게 회오리치면서 바람에 끌려갔다.

가야 내위장은 보기 오천으로 대궐에 남았다. 가야군은 궐문 문루에 지휘부를 두고 대궐 담장을 따라 전개했다. 궁수가 전위에 나섰고, 보병들이 뒤를 받쳤다. 사다함은 기병 일천으로 대궐 담장을 멀리 돌아 북문으로 향했다. 월광은 화공 부대를 앞세워 정문에 불섶을 던졌다.

─저것이 월광이냐?

─저것이 월광이다. 월광아, 전하야.

담장 위에 올라선 가야 군장들이 월광을 알아보고 통곡했다. 도끼를 든 가야 군장 몇몇이 월광을 향해 돌진하다가 신라의 창에 찍혀 쓰러졌다. 담장에서 뛰어내려 월광의 발밑에 투항하는 자들도 있었다. 사다함이 대궐 북문을 깨뜨렸다. 신라 보병의 도끼 부대가 대궐 안으로 달려들었다. 월광의 군사들은 불붙은 정문 문루를 넘어 대궐 안으로 들어섰다.

시녀와 내관 들이 대전 안으로 숨었다. 쫓기던 가야 내위장도 군사를 불러서 대전 안으로 들어갔다. 지관과 일관이 따라 들어갔다. 신라 화공 부대들이 대전을 빙 돌아가며 섶을 쌓아놓고 불을 질렀다. 대전에 불이 붙었다. 뛰쳐나오던 가야 내위군들이 신라 궁수의 화살에 쓰러졌다.

월광이 대궐 안을 수색했다. 덜 죽은 자들을 주워서 우물을 메웠다. 침전 마루 밑이나 쌀뒤주와 아궁이 속에 숨어 있던 자들은 끌어내 베었다.

싸움은 밤중에 끝났다. 대전 앞마당에 흩어진 시체를 연못에 던졌다. 신라군이 가야 대궐의 곳간에서 곡식을 실어냈다. 대전 마당에 솥단지를 걸고 장작을 때서 저녁밥을 지었다. 밥 익는 냄새가 퍼졌다. 군사들이 두 줄로 앉아서 손바닥에 밥을 받았다. 저녁을 먹인 후 사다함은 남은 군사들을 다섯 개의 별동대로 재편성했다. 자정 무렵에 사다함의 별동대는 각각 나뉘어 대궐에서 가까운 가야의 마지막 다섯 고을로 향했다. 횃불의 대열이 들판을 길게 가로질러 캄캄한 산모퉁이를 돌아갔다. 월광은 보병 오백으로 가야 대궐에 남아 밤새 수색을 계속했다.

무덤의 능선 위로 별들이 돋아나 와글거렸다. 별들은 쏟아질 듯 가까웠다. 달이 떴다. 눈 덮인 봉분들이 달빛을 품었다. 봉분들은 어둠 속에서 푸르고 우뚝했다.

이사부는 군막 온돌에 누웠다. 강을 건너간 군사들이 돌아올 때까지 한 열흘쯤 구들에 불을 쳐 때고 등뼈를 지질 작정이었다. 며칠 전부터 숨이 답답해서 의관醫官을 불러 명치끝을 두드리게 했다. 들숨이 몸 안으로 깊이 들어오지 않았고 날숨이 가빴다.

밤중에 전령장이 강을 건너와 가야 대궐의 함락을 보고했다.

—사다함은 어디 있느냐?

—좌군장께서는 다시 군사를 이끌고 가야의 고을로 향하셨습니다.

—월광은 어디 있느냐?

—중군장께서는 가야 대궐에서 싸움의 뒷수습을 하고 계십니다.

—알았다. 너는 다시 돌아가라. 가서 가야 대궐 안의 모든 누각과 당우를 불태우라 이르라. 대궐의 흔적이 남아 있으면 가야 민심이 들떠 소란스러울 것이다.

전령장은 돌아갔다. 이사부는 다시 군장 다섯 명을 군막 안으로 불러들였다.

—월광은 지금 가야 대궐 안에 있다. 너희들은 날이 밝으면 강을 건너가서 월광을 묶어라. 가야의 왕자다. 죽이지는 말아라. 가야산 깊은 곳에 자리를 정해 가두고 군사를 붙여서 먹여주어라.

새벽에 가랑비가 내렸고 강은 짙은 비린내를 풍겼다. 군장들은 안개 낀 강을 건너갔고, 이사부는 군막 안에서 잠자리에 들었다.

아침에 의관이 탕약을 받쳐들고 군막 안으로 들어갔다. 신라 병부령 이사부는 죽어 있었다. 사체는 베개를 안고 윗목 구석에 엎어져 있었고 이부자리가 헝클어져 있었다. 가슴이 답답했던지, 앞섶을 쥐어뜯어 잠옷이 찢어졌고 노란 위액을 토해놓았다. 똥물이 흘러나와 가랑이에 엉겼다.

서부 전초 군장들이 모였다. 군장들은 사다함에게 전령을 보냈다. 사다함은 급히 강을 건너왔다. 사다함은 가야를 뿌리 뽑은 소식과 이사부의 죽음을 알리는 전령단을 서라벌로 보냈다.

이사부의 사체는 진중에서 화장되었다. 군사들이 강가에 장작을 열 척으로 쌓아올렸다. 도끼를 멘 위병 삼백이 장작 더미를 에워쌌다. 군사들이 모래밭에 꿇어앉아 이마를 땅에 박았다. 사다함이 장작 더미에 불을 당겼다. 군사들이 이마를 찧으며 곡했다. 바람이 잠들어 연기는 곧게 올라가면서 퍼졌다.

강 건너 개포나루 쪽 산맥 너머에서는 가야의 대궐과 여러 고을들을 태우는 연기가 닷새째 피어올랐다. 연기는 넓게 퍼졌다. 바람이 방향을 바꾸어, 가야를 태우는 연기가 강 건너로 밀려왔다. 연기에 덮여 건너편 산맥이 흐려졌다. 이사부를 태우는 연기가 가야를 태우는 연기와 섞이면서 넓게 퍼졌다. 강에 안개가 걷히고, 바람은 하류 쪽으로 불어갔다. 연기는 강을 따라 길게 흐르면서 물굽이를 돌아갔다.

기병 삼십이 이사부의 유골을 서라벌로 옮겼다. 왕이 대궐문 앞에까지 나와 유골을 받았다. 왕은 유골을 흥륜사에 안치하고 재를 올렸다. 승려 삼백이 목탁을 치며 글을 읽었다. 왕이 종루로 나아가 당목을 당겨 종을 울렸다. 종소리는 멀리 나갔다가 가까이 돌아오면서 더 멀리 나갔다. 서라벌 안팎의 모든 절들이 차례로 종을 울렸다. 종소리는 들을 건너고 산맥을 넘어서 바다에 닿았다.

월광은 가야 대궐 침전에서 잠들어 있었다. 월광의 부왕과 그 부왕의 부왕이 그 침전에서 살다가 거기서 죽었다. 신라 군장들이 월광의 위병들을 밀치고 침전 안으로 들어갔다. 월광의 침소에 시립해 있던 가야 대궐의 시녀 두 명이 비명을 지르며 달아났다. 군장들이 잠에서 깨어 두리번거리는 월광의 팔을 뒤로 비틀어 묶었다.

─너희들이 누구냐. 나는 너희들의 중군장이다.

월광은 묶이면서 군장들을 꾸짖었다. 군장들은 대답하지 않았다. 군장들은 소가 끄는 함거에 월광을 실었다. 함거는 가야산으로 향했다. 군사 오십이 뒤를 따랐다. 길이 끝나는 곳에서 함거는 돌아갔다. 월광은 묶인 채 걸어서 산을 올라갔다.

산 중턱에서, 야로의 쇠터는 무너져 있었다. 대장간 지붕에서 버섯이 피어올랐고 푸새에 뒤덮인 화덕자리에 불냄새가 남아 있었다. 들개들이 쓰러진 대장간 안으로 들어와 새끼를 낳았다.

군장들은 월광을 야로의 쇠터보다 더 높은 산속으로 끌고 갔다. 절벽의 가장자리 쪽으로 군사들이 초막을 엮었다.

—여기가 너의 종신할 자리이다. 다시 마을로 내려오면 너를 죽이라는 명이 있었다. 양식은 가끔씩 우리가 가져다주겠다. 땔감은 널려 있으니 알아서 하라.

군장들은 내려갔다. 월광은 초막 안에 혼자 남았다. 깊은 겨울이었다.

초봄에 군사 두 명이 양식 자루를 들고 월광의 초막으로 올라갔다. 밥을 끓여 먹은 흔적은 있었는데, 초막은 비어 있었다. 군사들은 이틀 동안 초막에서 기다렸다. 월광은 초막으로 돌아오지 않았다. 월광은 마을로 내려오지도 않았다. 군사들이 돌아와 월광의 실종을 보고했다. 가야 대궐을 지키던 군사 삼천이 산을 뒤졌으나 월광을 찾지는 못했다. 여름 장마에 초막은 허물어져서 절벽 아래로 씻겨내려갔다.

금의 자리

국원의 물줄기는 길고 힘찼다. 산맥이 멀리 물러선 들에서 남북으로 흘러온 두 줄기가 만나 큰 물을 이루었다. 거기서부터 물은 양안兩岸으로 산줄기들을 밀어내면서 내륙을 휘감아 서해로 향했고 산맥은 갈라져 동서로 뻗어나가 다른 산맥의 중허리를 타넘었다. 산줄기가 달려들 때 물은 좁은 산협을 빠르게 돌아나왔고, 들 언저리에 닿아 넓고 느렸다. 날마다 상류 쪽에서 해가 떠서 하류 쪽으로 저물었다. 첫 햇살이 닿는 새벽에 어둠에서 깨어나는 봉우리들이 물에 비쳤고, 강을 향해 달려오는 골짜기 속에서 빛은 안개에 젖었다. 아침에 강은 안개 속에서 비렸고, 물풀 속에서 새들이 날개를 퍼덕거렸다. 저녁이면 들판 끝에 닿는 붉은 강이 노을 속으로 흘렀다. 강의 먼 쪽이 어둠에 잠길 때 새들은 갈대숲으로 돌아왔다. 강이 부푸는 여름에 갈대를 누이는 물의 소리는 넓었고, 강의 숨결이 골라지는 가을에 바위에 부딪히는 물의 소리는 맑았는데, 겨울에 강은 옥빛으로 얼어붙어 고요했다. 강은 산맥들이 만나고 갈라지는 오지에서 부터 바다에 걸쳐 굽이쳤으나 흐르면서 닿았고 이르러서 또 떠났으며, 얼고 또 녹아서, 국원에서 강은 시작도 없었고 끝도 없었는데 흐르는 것들은 모두 그러하였다.

국원에서 합쳐지는 두 물줄기는 남쪽으로 방향을 바꾸면서 그 가랑이 사이에 긴 삼각주의 퇴적평야를 길러냈다. 햇볕이 바르고, 강 양안의 숲이 바람을 막아 삼각주는 아늑하고 포근했다. 강이 실어오는 썩은 고사목과 낙엽 들이 쌓여 삼각주는 수억 년의 시간 속에서 날마다 기름지고 찰져갔으나, 작은 비에도 물이 넘쳐 경작하지 못했다. 삼각주가 물에 끌려가는 아래쪽으로 넓은 초승달 모양의 모래밭이 펼쳐졌고 거기서 새떼들이 햇볕을 쪼이면서 교미했다.

모래밭은 저편 끝이 가물거리도록 넓었다. 모래에 검은빛이 감돌았고, 금과 쇠의 입자가 섞인 모래 알맹이들은 물에 젖어 있을 때도 햇빛을 튕겨냈다. 모래밭을 마주 보는 강안에 신라의 대장장이들이 이주해서 대장간을 지었다. 신라는 무너진 가야의 유민들을 끌어왔다. 가야 유민들은 쪽배를 타고 모래밭으로 건너가 모래를 퍼왔고 목도를 지어 땔나무를 날랐다. 신라 대장장이들이 모래를 녹여 금과 쇠를 뽑아냈다. 금은 바로 서라벌로 가져갔고 덩이쇠는 다시 병장기로 바뀌어 북쪽 전선으로 운반되었다. 강안은 늘 연기로 덮여 있었다. 물굽이마다 신라 군대가 주둔했다. 가야 유민들이 등짐으로 돌을 날라 나루터를 물쪽으로 내밀었다.

우륵의 거처는 삼각주가 내려다보이는 강 언덕이었다. 뒤로 떡갈나무숲이 우거졌고 위아래 두 물굽이 사이의 강이 내려다보였다. 신라 군사들이 방 두 칸에 마루 한 칸짜리 초가를 지어주었고 국원에 상주하는 신라 군장이 가끔씩 곡식을 가져다주면서 우륵과 니문의 동태를 살폈다. 우륵은 겨우내 담장 밖을 나가지 못했다. 무릎이 땅을 딛지 못했고 가래에 피가 묻어나왔다. 니문이 우륵의 머리를 안고 미음을 먹였다. 니문이 우륵의 아래를 벗겨 요강에 앉혔다. 니문이 아궁이에 군불을 땠고 햇볕이 좋은 날 금을 열어서 말렸다.

유민들이 떠나온 가야의 소식을 전했다. 무덤의 능선 위로 뜬 별들이 병풍 속으로 들어가 박혔고, 병풍의 별이 하늘로 올라갔다고도 했고, 가야산 꼭대기에 번개가 칠 때 능선 위의 봉분들이 일제히 열리면서 흰 젖이 내를 이루어 개포나루 쪽으로 쏟아져내렸다고도 했다. 그 번갯불빛이 번뜩이는 순간, 가야산 산신의 가랑이 사이 동굴로 걸어들어가는 월광의 뒷모습이 얼핏 보였으며 사다함이 그 번개에 맞아 죽었다고도 했다. 사백 년 동안 순장된 시녀들의 혼백이 알터 들판에 모여 강의 하류 쪽을 향해 오줌을 누었는데 허연 김이 바다에까지 이어졌고, 비 오는 날이면 열린 봉분에서 썩은 쇳물이 폭포처럼 흘러내려 땅은 소출을 내지 못한다고도 했다. 이사부가 죽었을 때 서라벌에서 울린 종소리가 가야에까지 닿아, 오줌을 누던 시녀의 혼백들이 갑자기 흰 거품을 물고 쓰러져 벌거벗은 사지를 버둥거렸고, 종소리가 사라지자 혼백들은 깔깔거리며 웃어댔다고도 했다.

초여름에 우륵의 거처를 찾아온 신라 군장이 가야의 마지막 고을들이 멸망한 소식을 전했다. 우륵은 마루에 나와앉아 기둥에 등을 기대고 있었다. 햇빛이 마루 깊숙이 들어와 있었다. 군장은 말했다.

─가야는 고을이 제가끔이니 어찌 신라를 대적할 수 있겠소?

우륵은 강 쪽으로 시선을 두고 미동도 하지 않았다. 강을 스쳐오는 바람이 강물에 밴 수목의 향기를 실어왔다. 해가 곧게 내리비쳐 강물은 푸르고 깊어 보였다. 군장이 말했다.

─이제 신라의 지경地境이 백제와 마주 닿게 되었으니, 저 삼각주의 대장간들이 바빠질 것이오.

우륵의 시선이 강물을 훑어내려가 먼 물굽이에 닿았다. 물이 떠나는 자리에 물이 와 닿았고, 물이 와 닿는 자리에서 물은 또 떠나고 있었다. 우륵은 시선을 거두지 않은 채 말했다.

─그리되었구려.

─그리되었소. 그리되었고, 임금께서 악사의 소리와 춤을 신라로 옮기라 하시었소. 허나 악사께서 이미 연로하시어 기력이 없으시니, 임금께서 신라 관원 세 명을 곧, 악사께로 보내실 것이오. 서라벌의 젊은 관원들로, 소리에 재주가 있는 자들이오. 악사께서 그 관원들에게 소리와 춤을 가르치어 신라에 전하도록 하시오. 이것은 임금의 분부요.

군장은 소달구지에 싣고 온 곡식 자루를 마당에 내려놓고 돌아갔다.

니문이 금을 안았다. 우륵은 돌아앉아 니문의 등에 등을 기대었다. 해가 삼각주 쪽 산 능선 위로 올라섰다. 빛들이 산꼭대기로 몰렸고 골짜기들의 깊은 안쪽이 들여다보였다. 빛들은 강물 속 깊이 닿았으나, 물에 쓸려 흘러가지 않았고, 빛들은 새롭게 당도하는 물속에서 어른거렸다. 모래를 실은 쪽배들이 삼각주 쪽 나루를 떠나 강심으로 나왔다. 노들이 물을 헤집어 빛들이 깨어졌다. 빛은 우륵의 마루 안쪽으로 깊이 와 닿았다.

니문이 금을 뜯었다. 니문의 오른손은 열두 줄 위에서 가벼웠다. 물혜, 달기, 다로, 알터, 바람터, 노루목의 소리들이 울렸다. 니문의 손가락이 새로운 시간을 끌어당겼고, 니문의 손가락이 끌어당겨진 시간을 누르고 또 튕겼고 헤치고 모았다. 금이 떨릴 때 명주실 올 속에 닿은 빛들이 흔들렸다.

우륵의 몸속에서 가래가 가르릉거렸다. 가래 끓는 떨림이 니문의 등으로 전해졌다. 니문의 손가락이 열두 줄의 맨 윗줄을 튕겼다. 넓고 깊은 소리가 솟았다. 니문이 솟은 소리를 흔들어 잘게 부수었다. 부서진 소리들이 흔들리면서 넓게 퍼졌다. 퍼지는 파문들이 겹치면서 흘러갔다. 우륵이 말했다.

—니문아, 너는 이제 몇살이냐?

—쉰이거나 쉰둘일 것입니다.

우륵이 몸을 꺾고 기침을 했다. 니문이 우륵의 등을 두드렸다. 니문이 우륵의 머리를 안고 타구를 받쳤다. 피가 섞인 가래가 왈칵 쏟아져나왔다. 우륵의 목이 식은땀에 젖었다. 니문이 수건을 우륵의 옷 속으로 넣어 식은땀을 닦아냈다. 니문이 우륵을 누이고 수염을 가슴 위로 가지런히 모았다. 우륵이 말했다.

—니문아, 내가 죽거든 저 열두 줄을 신라로 보내라.

니문이 섬뜩 고개를 들었다.

—어찌 하필 신라로⋯⋯

—악기란 아수라의 것이다. 금을 신라로 보내라. 거기가 아마도 금의 자리이다.

니문은 대답하지 않고 고개를 돌렸다. 니문의 어깨가 흔들렸고 니문의 눈가가 젖어왔다.

신라의 관원 세 명은 여름에 왔다. 셋 다 키가 크고 눈매가 싱그러운 청년들이었다. 신라에서 대사大舍의 관등이라고 자신들을 소개했다. 우륵은 대사의 지위를 알 수 없었다. 처음 온 날 신라 관원들은 신라 금척의 정장 차림으로 흙 마당에 엎드려 우륵에게 절했다. 우륵은 마루 기둥에 기대앉아 관원들의 절을 받았다. 장마의 습기가 무거웠다. 우륵은 숨을 몰아쉬며 니문의 부축을 받아 겨우 맞절의 시늉을 냈다. 관원들은 우륵 앞에서 늘 두 손을 앞에 모았고 고개를 숙였다.

　—그대들이 신라의 공자들로, 무너진 가야의 금을 배우려는 까닭이 무엇이냐?

　—전하께서, 열두 줄 금은 나라와 같은 것이라 하옵시며 그 소리로 천하의 민심을 가지런히 하라고 이르셨습니다.

　—소리는 가지런한 것이 아니다. 소리는 살아서 들리는 동안만의 소리이고 손가락으로 열두 줄을 울려 새로운 시간을 맞는 것이다.

　여름부터 가을까지 신라 관원들은 우륵의 마루에서 금을 배웠다. 소리에 맞추어 춤을 추고 노래를 불렀다. 니문이 젊은 관원들의 손을 쥐어 줄 위에 얹어주었고 줄을 누르고 당기는 손가락의 힘을 빼거나 더해주었다. 줄을 누르는 몸의 떨림이 눌리는 줄의 떨림과 만나고 또 갈라서는 자리로 니문은 관원들의 손가락을 이끌었다. 우륵은 벽에 기대어 관원들이 뜯는 금의 소리를 들었다. 우륵은 이따금씩 팔을 내저어 소리를 중단시켰고, 소리를 바로잡았다. 우륵이 팔을 내저을 때마다 신라 관원들은 머리를 숙이고 절했다.

첫서리가 내릴 무렵에 신라 관원들은 무너진 가야 열한 고을의 소리를 모두 익혔다. 관원들은 우륵 앞에서 그 열한 고을의 소리를 모두 베풀었다.

우륵은 삼각주 쪽 강으로 눈을 주며 신라 관원들의 소리에 귀를 기울였다. 강 아래쪽으로 대장간들이 늘어났고 화덕을 달구는 연기가 솟아올랐다. 모래를 실은 쪽배들이 분주히 삼각주와 대장간 사이의 강을 오갔다. 신라 관원들이 뜯는 금에서 물혜, 달기, 다로, 알터, 바람터의 소리가 울렸다. 우륵이 신라 관원들에게 물었다.

—가야 고을들의 소리가 어떠하냐?

신라 관원들 중 나이 많은 자가 고개를 들었다.

—어려운 말씀이오나……

—말하라.

—가야 고을들의 소리는 번잡하고 들떠서 아정雅正하지 못합니다. 그렇게 들렸습니다.

우륵이 관원을 노려보았다. 우륵의 눈가에 경련이 일고 목울대가 흔들렸다. 우륵이 물었다.

—아정이란 무엇이냐?

—바르고 가지런해서 흐트러짐이 없는 것입니다.

—번잡이란 무엇이냐?

312

―거칠고 급해서 종잡을 수 없는 것입니다.

우륵이 니문에게 말했다.

―금을 다오.

니문이 우륵의 무릎에 금을 안겼다. 우륵이 맨 윗줄을 당겼다. 넓고 깊은 소리가 솟았다. 솟은 소리를 우륵의 왼손이 급히 눌렀다. 소리는 꺾여져서 곤두박질치면서 쏟아져내렸다.

―이것이 번잡이냐?

우륵이 다시 줄을 당겼다. 솟은 소리가 낮게 깔리기를 기다려 우륵이 왼손으로 소리의 꼬리를 눌렀다. 눌러서 가볍게 흔들었다. 사라지던 소리의 끝 쪽이 둥글게 감기면서 여울져 흘렀다.

―이것이 아정이냐?

신라 관원들은 침묵했다. 우륵이 말했다.

―그것이 아정이라면, 너희들의 아정일 뿐이다. 아마도 그 아정이 너희들의 벽일 것이다.

우륵이 허리를 꺾고 기침을 토했다. 피가래가 쏟아져 앞섶을 적셨다. 니문이 수염에 엉긴 가래를 닦아냈다. 우륵이 또 말했다.

―소리는 제가끔의 길이 있다. 늘 새로움으로 덧없는 것이고, 덧없음으로 늘 새롭다. 아정과 번잡은 너희들의 것이다.

신라 관원 셋이 마당에 내려가 우륵에게 작별의 절을 올렸다. 관원들을 서라벌까지 호송하는 군사들이 담장 밖에 도열해 있었다.

우륵이 툇마루를 짚고 댓돌 아래로 내려섰다.

—니문아, 금을 가져오너라.

니문이 마루로 올라가 금을 내려왔다.

—주어라.

니문이 금을 신라 관원들 앞으로 내밀었다. 우륵이 말했다.

—내 금을 너희들에게 주마. 서라벌로 가져가라.

관원들이 금을 받아 상자에 담았다.

—너희들의 나라가 삼한을 다 부수어서 차지한다 해도 그 열
두 줄의 울림을 모두 끌어내지는 못할 것이다. 그러니 늘 새롭
고 낯설지 않겠느냐.

신라 관원들이 출발했다. 군사들이 뒤를 따랐다. 대열은 언덕
을 내려가 강가로 향했다. 밤새 내린 비가 멎어, 부푼 강물에 산
맥의 진액이 흘러내렸다. 지게에 금을 진 군사 한 명이 대열의
맨 뒤를 따라갔다. 우륵은 떠나는 신라 관원의 대열을 오랫동안
바라보았다. 니문이 우륵을 안고 소리내 울었다.

314

가을빛

우륵은 가을에 죽었다. 객혈을 하다가 가래가 빠지지 않고 기도를 막았다. 니문이 우륵의 등을 두드리고 나서 자리에 눕혔다. 숨이 멎어 있었다. 오줌이 흘러 두 다리를 적셨다. 니문이 우륵의 수염을 가슴 위로 모았고 눈을 쓸어 감겼다. 니문이 수건으로 우륵의 밑살을 닦아 윗목에 눕히고 홑이불을 덮었다.

니문은 대장간 마을로 내려왔다. 마을에서 옹관을 구할 수 없었다. 니문은 빈손으로 돌아왔다. 니문이 우륵의 사체를 거적에 말아 지게에 실었다. 니문이 작대기로 땅을 밀며 일어섰다. 우륵의 다리가 지게 옆으로 삐져나와 흔들렸다. 니문은 사립문을 나왔다. 개 한 마리가 따라왔다. 니문이 작대기를 휘둘러 개를 쫓았다. 지게를 지고 산 쪽으로 걸으면서 니문이 요령을 흔들었다. 숲속에 가을빛이 흔들렸고 나뭇잎이 바스락거렸다. 요령 소리는 방울지면서 솟아올랐다. 소리의 방울에 빛이 부딪혔다. 먼 물굽이 사이의 강이 내려다보이는 양지에 니문은 우륵을 묻었다.

우륵을 묻고 나서 니문은 국원을 떠났다. 니문은 무너진 가야의 고을들을 떠돌았다. 니문은 마을의 초상이나 혼례에 소리를 베풀고 얻어먹었다.

일흔 살인지 일흔두 살인지 되던 가을날, 니문은 가야 대궐 뒤 무덤의 능선에 올랐다. 불타버린 대궐 터에는 검게 그을린 석재들이 나뒹굴었고, 봉분들은 팽팽한 하늘 아래서 우뚝했다. 니문은 아라가 묻힌 태자의 봉분 아래 주저앉았다.

풀섶에서 사마귀 한 마리가 다가왔다. 여름내 햇볕에 그을린 대가리가 누렇게 변해 있었다. 사마귀는 긴 앞다리를 내밀어 땅을 긁고 몸통을 꺾으면서 다가왔다.

니문이 등짐을 내려 금을 꺼냈다. 옛 가야 고을의, 네 줄짜리 금이었다. 사마귀는 앞다리 두 쪽을 모두 들고 몸통을 꺾었다.

니문이 사마귀를 들여다보며 금을 뜯었다. 사마귀가 앞다리를 들었다. 니문의 소리가 솟았다. 사마귀가 앞다리 한 쌍을 마주 비볐다. 니문의 소리가 잘게 부서졌다. 사마귀가 긴 몸통을 꺾으며 다가왔다. 니문의 소리는 꺾이면서 휘돌았다. 사마귀는 니문 앞을 지나 봉분 뒤로 돌아갔다. 니문의 소리가 멎었다. 민

촌에서 저녁을 짓는 연기가 올랐다. 산맥과 봉분과 민촌의 지붕 위에 가을빛이 가득히 내렸다. ■

기원전

10세기~1세기 김해 지역이 가락구촌駕洛九村으로 나뉘어 구간이라는 촌장에 의해 영도되고, 부족연합 단계의 사회생활을 했다.

69년 박혁거세가 태어났다.

59년 천제 해모수가 홀승골성에 내려와 북부여를 세웠다.

58년 동부여에서 주몽이 태어났다.

57년 신라에 혁거세가 즉위했다.

37년 동명성왕이 즉위하고, 국호를 고구려라 했다.

19년 석탈해가 태어났다. 유리가 왕의 부인 예씨와 함께 부여에서 고구려로 도망을 왔다. 고구려 2대 유리왕이 즉위했다.

18년 비류·온조 형제가 고구려에서 남하했다. 온조가 하남 위례성에 백제를 세웠다.

서기 42년 수로왕이 즉위하여 금관가야를 건국했다.(『삼국유사』) 대가야의 시조 이진아시왕(일명 惱窒朱日)이 즉위하여 대가야국을 건국했다.(『신증동국여지승람』)

43년 수로왕이 신답평新畓平에 도읍을 정했다.(『삼국유사』)

44년 금관가야가 궁궐과 관사를 낙성했다. 수로왕이 신궁으로 옮겨 정무를 보았다. 탈해가 나타나 왕위를 쟁탈하

려 하자 수로왕이 싸워 계림鷄林으로 쫓아냈다.(『삼국
유사』)

48년   아유타국阿踰陀國 공주 허황옥許黃玉이 금관가야에 와
수로왕이 그녀와 혼인했다. 금관가야가 9간干의 명칭
을 고쳤다.(『삼국유사』)

77년   금관가야가 신라의 아찬 길문吉門의 공격을 받아 황산
진黃山津 어귀에서 싸웠으나 1천여 명이 사로잡혔다.
(『삼국사기』)

80년   신라의 탈해왕이 사망하고 5대 파사왕婆娑王이 즉위했다.

87년   7월에 신라 파사왕이 백제와 가야의 침공에 대비하여
가소加召와 마두馬頭에 성을 쌓았다.(『삼국사기』)

94년   2월에 금관가야가 신라의 마두성을 에워쌌으나 아찬
길원吉元의 공격을 받아 물러났다.(『삼국사기』)

96년   9월에 금관가야가 신라의 남쪽 변경을 공격하여 가성
주加城主 장세長世를 죽였으나 신라 파사왕이 보낸 5천
병력과 싸워 패했다.(『삼국사기』)

97년   정월에 금관가야가 신라 파사왕이 군사를 일으켜 치려
하자 사신을 보내어 사죄했다.(『삼국사기』)

102년   8월에 금관가야의 수로왕이 음즙벌국音汁伐國과 실직곡
국悉直谷國이 영역 싸움을 하자 신라의 요청을 받아 해결
에 나서 문제된 땅을 음즙벌국의 것으로 판정했다. 이때
신라 파사왕이 수로왕을 대접하는데, 5부에서는 이찬을
파견했으나 오직 한기부漢祇部만 직위가 낮은 자를 보
내자 화가 난 수로왕이 한기부주漢祇部主 보제保齊를 죽

이고 귀국했다.(『삼국사기』)

106년 8월에 신라 파사왕이 마두성주에게 명하여 가야를 정벌하게 했다.(『삼국사기』)

112년 신라의 파사왕이 사망하고, 6대 지마왕祇摩王이 즉위했다.

115년 2월에 금관가야가 신라의 남쪽 변경을 공격했다.(『삼국사기』)

7월에 금관가야가 신라 지마왕이 친히 병력을 거느리고 황산하黃山河를 건너 공격해오자 물리쳤다.(『삼국사기』)

116년 8월에 금관가야가 정병 1만으로 구성된 신라의 공격을 받자 성을 굳게 지켰다. 때마침 비가 오래도록 내려 신라군이 물러났다.(『삼국사기』)

189년 3월에 금관가야의 허황후가 157세로 사망했다.(『삼국유사』)

199년 3월에 금관가야의 수로왕이 158세로 사망하고 세조世祖 거등왕居登王이 즉위했다.(『삼국유사』)

201년 2월에 금관가야가 신라에 화친을 요청했다.(『삼국사기』)

209년 7월에 포상팔국浦上八國이 공모하여 가야를 침범하자 가야는 왕자를 신라에 보내어 구원을 요청했다. 신라 나해왕奈解王이 태자太子 우로于老와 이벌찬伊伐滄 이음利音을 보내어 아라阿羅를 구원하여 8국을 항복시켰다.(『삼국사기』) ; 『삼국유사』에는 212년 포상8국이 아라를 공격한 것으로 되어 있다.

212년 골포骨浦, 칠포漆浦, 고사포古史浦 등 3국인이 신라의 갈

화성竭火城을 침공했으나 패퇴했다.(『삼국사기』) : 『삼국유사』에는 215년의 일로 되어 있다.

3월에 가야가 신라에 왕자를 보내어 볼모로 삼게 했다.(『삼국사기』)

253년 금관가야의 거등왕이 사망하고, 마품왕麻品王이 즉위했다.(『삼국유사』)

291년 금관가야의 마품왕이 사망하고, 거질미왕居叱彌王이 즉위했다.(『삼국유사』)

346년 금관가야의 거질미왕이 사망하고, 이시품왕伊尸品王이 즉위했다.(『삼국유사』)

400년 고구려의 광개토대왕이 보낸 병력이 가야의 종발성從拔城에 이르자 성이 항복했다. 안라인安羅人으로 구성된 수병守兵은 그에 저항했다.(광개토대왕릉비)

407년 금관가야의 이시품왕이 사망하고, 좌지왕坐知王이 즉위했다.(『삼국유사』)

421년 금관가야 좌지왕이 사망하고, 취희왕吹希王이 즉위했다.(『삼국유사』)

451년 금관가야 취희왕이 사망하고, 질지왕銍知王이 즉위했다.(『삼국유사』)

452년 금관가야가 허황후의 명복을 빌기 위해 왕후사王后寺를 세웠다.(『삼국유사』)

479년 대가야의 왕 하지荷知가 남제南齊에 사신을 파견하여 보국장군본국왕輔國將軍本國王에 제수되었다.

481년 3월에 가야가 고구려와 말갈이 신라의 미질부성彌秩夫城

등을 침공하자 백제와 연합하여 신라를 구원했다.(『삼
국사기』)

492년   금관가야의 질지왕이 사망하고, 겸지왕鉗知王이 즉위했
다.(『삼국유사』)

496년   2월에 가야가 꼬리가 다섯 자 되는 백치(白雉, 흰꿩)를
신라에 보냈다.(『삼국사기』)

521년   금관가야의 겸지왕이 사망하고, 구형왕仇衡王이 즉위했
다.(『삼국유사』)

522년   3월에 대가야의 이뇌왕異腦王이 신라에 사신을 보내어
혼인을 청하니 신라에서는 이찬伊湌 비조부比助夫의 누
이를 보냈다. 그들 사이에 월광태자月光太子가 태어났
다.(『삼국사기』) ;『신증동국여지승람』에는 비조부의 누
이가 딸로 기재되어 있다.

524년   9월에 대가야 왕이 신라 법흥왕이 남쪽 국경으로 순행
하여 땅을 넓혀오자 가서 만났다.(『삼국사기』)

527년   신라의 이차돈이 순교했다.

528년   신라가 불교를 공인했다.

532년   금관가야의 왕 김구해金仇亥가 왕비와 노종奴宗, 무
덕武德, 무력武力 등 세 왕자를 데리고 신라에 항복함으
로써 멸망했다. 신라는 그들을 진골로 편입시키고 본국
을 식읍食邑으로 삼게 했다.(『삼국사기』『삼국유사』)

540년   신라의 진흥왕이 즉위했다.

541년   신라가 이사부異斯夫를 병부령으로 삼아 내외 군사의
일을 맡게 했다. 백제가 신라에 사신을 보내어 화친하

기를 청하므로 왕이 허락했다.

544년 신라가 2월에 흥륜사를 지었고, 사람들이 출가하여 중이 되고 부처를 받드는 것을 허락했다.

551년 신라가 연호를 개국이라 했다. 혜량이 백고좌강회와 팔관회를 개최했다. 백제가 신라와 연합하여 고구려를 공격하여 한강 유역을 점령했다.

3월에 신라의 진흥왕이 낭성(娘城, 지금의 충주)에 행차했을 때 국원國原에 있던 대가야 출신의 악사 우륵于勒과 그의 제자 니문尼文을 불러 하림궁河臨宮에 머물러 있게 하며 가야금을 연주케 했다.(『삼국사기』)

552년 신라의 진흥왕이 계고階古, 법지法知, 만덕萬德 등 3인으로 하여금 우륵에게서 음악을 배우게 했다.(『삼국사기』)

553년 신라의 나제동맹이 깨졌다.

554년 대가야가 백제와 함께 신라의 관산성管山城을 공격하다가 대패했다.(『삼국사기』)

562년 신라가 대가야를 정복했다.

가야가 반란하므로, 신라 왕은 이사부에게 명하여 이들을 정벌하게 하고, 사다함을 부장으로 삼았다. 이사부가 거느린 신라군의 공격을 받아 가야가 멸망하고 그곳에 대가야군大加耶郡을 두었다.(『삼국사기』) : 『일본서기』에는 같은 해 6월에 임나(가야) 10국이 멸망한 것으로 되어 있다.

김훈

1948년 서울 출생. 자전거 레이서. 장편소설 『빗살무늬토기의 추억』 『칼의 노래』 『현의 노래』 『개』 『남한산성』 『공무도하』 『내 젊은 날의 숲』 『흑산』 『공터에서』 『달 너머로 달리는 말』 『하얼빈』, 소설집 『강산무진』 『저만치 혼자서』, 산문집 『풍경과 상처』 『자전거여행』 『라면을 끓이며』 『연필로 쓰기』 등이 있다.

문학동네 장편소설

현의 노래

ⓒ 김훈 2012

1판 1쇄 │ 2012년 1월 5일
1판 17쇄 │ 2023년 1월 16일

지은이 김훈
책임편집 조연주 │ 편집 이경록 │ 독자 모니터 김경범
디자인 엄혜리 유현아
마케팅 정민호 이숙재 박치우 한민아 이민경 안남영 김수현 정경주 김혜원
브랜딩 함유지 함근아 김희숙 고보미 박민재 박진희 정승민
제작 강신은 김동욱 임현식 │ 제작처 영신사(인쇄) 경일제책사(제본)

펴낸곳 (주)문학동네 │ 펴낸이 김소영
출판등록 1993년 10월 22일 제2003-000045호
주소 10881 경기도 파주시 회동길 210
전자우편 editor@munhak.com │ 대표전화 031)955-8888 │ 팩스 031)955-8855
문의전화 031) 955-3578(마케팅) 031) 955-2675(편집)
문학동네카페 http://cafe.naver.com/mhdn
인스타그램 @munhakdongne │ 트위터 @munhakdongne
북클럽문학동네 http://bookclubmunhak.com

ISBN   978-89-546-1725-3 04810
          978-89-546-1723-9 (세트)

www.munhak.com